I CONFINI DELLA TENTAZIONE

Un romanzo alla Montgomery Ink

CARRIE ANN RYAN

I confini della tentazione

Un romanzo alla Montgomery Ink

Carrie Ann Ryan

Questo libro è un'opera di fantasia. Nomi, personaggi, luoghi ed eventi sono il prodotto dell'immaginazione dell'autrice o sono rappresentati in modo immaginario. Qualunque riferimento a eventi, luoghi o persone reali (presenti o passate) è puramente casuale.

Quest'opera non può essere sfruttata, riprodotta o trasmessa, in tutto o in parte, senza il permesso scritto dell'editore, con l'eccezione di brevi estratti a scopo di recensione, secondo quanto permesso dalla legge.

Questo libro è concesso in licenza per uso esclusivamente personale, non può essere rivenduto o ceduto a terzi. Per condividere questo libro con altri, si prega di acquistare una copia per ciascun ricevente. Se stai leggendo questo libro e non lo hai comprato, oppure questa copia non è stata acquistata per il tuo utilizzo, dovresti acquistare la tua copia personale.

Grazie per aver rispettato il duro lavoro di questa autrice.

I confini della tentazione
Un romanzo alla Montgomery Ink
di Carrie Ann Ryan
©2020 Carrie Ann Ryan
eBook: 978-1-63695-200-0
Print: 978-1-63695-201-7
Titolo originale: Tempting Boundaries
Traduzione dall'inglese di Well Read Translations
http://wellreadtranslations.com
Prodotto negli Stati Uniti
Per maggiori informazioni, iscriviti alla MAILING LIST di Carrie Ann Ryan.
Per interagire con Carrie Ann Ryan, entra nel FAN CLUB su Facebook.

I confini della tentazione

Decker Kendrick sa che è non è il caso di provare dei sentimenti speciali per la sorellina del suo migliore amico, eppure non può fare a meno di pensarla continuamente. Per quanto cerchi di stare lontano da Miranda, ogni volta che la vede non riesce a staccarle gli occhi di dosso.

Miranda Montgomery è la più giovane del clan Montgomery, ma ciò non significa che non sappia quello che vuole. In particolare: Decker. Lo ama da sempre e non si allontanerà da lui senza averlo conquistato.

Ma quando i due si avvicinano, non tutto sembra andare liscio. Il padre di Decker esce di prigione, qualcuno appartenente al passato di Miranda non è contento di questa sua nuova relazione. Quando i due riusciranno a voltare pagina per superare ogni dolore, scopriranno di dover affrontare ancora i loro ostacoli interiori.

Capitolo 1

Era una bella sensazione, il profumo della grigliata, il piacere di una birra gelata tra le mani, la compagnia di una famiglia che l'amava davvero; Decker Kendrick voleva solo rilassarsi, dopo una dura giornata di lavoro. Se solo avesse potuto andare a casa e trovare la sua donna al suo fianco, sotto e sopra di lui, tutto intorno, sarebbe stato un modo davvero fantastico di terminare la giornata.

Colleen, la ragazza che aveva portato alla festa di fidanzamento, nonché grigliata di famiglia dei Montgomery, si appoggiava a lui sbattendo le ciglia finte. Decker non capiva perché le indossasse. Lui la trovava comunque bella, anche senza. Insomma, era padrona del suo corpo, poteva giocarci come e quanto voleva. Ormai Decker usciva con Colleen da qualche mese, ogni tanto; più spesso nel mese scorso, da quando l'aveva chiamata, nella speranza di togliersi dalla testa una certa brunetta dalle gambe lunghe a cui non avrebbe nemmeno dovuto pensare in quel modo.

La donna in questione non era ancora arrivata alla festa, motivo per cui Decker era proprio contento. Sarebbe stato difficile ignorarla, tenerla fuori dai propri pensieri, se continuava a presentarglisi davanti dappertutto. Anche se onestamente era normale, in fondo anche lei faceva parte della famiglia.

Anzi, per la precisione era *lui* che faceva parte della famiglia di lei.

Lui era un Montgomery onorario, mentre lei era la sorellina.

Per tutti, ma non per lui.

"Decker? Tesorino?"

Decker sbatté le palpebre e guardò Colleen. Non era la donna che lo perseguitava anche in sogno, non era la donna a cui pensava fino a notte fonda. Santo cielo, che uomo era? Un pessimo uomo, davvero pessimo. Certo, il rapporto con Colleen non era affatto impegnato (all'inizio era stata proprio lei a volerlo così), ma non avrebbe dovuto pensare a una donna con le gambe lunghe con cui non poteva stare, quando era a una festa con un'altra.

Non voleva essere quel tipo di uomo.

"Colleen?" le rispose, tenendo la voce bassa. Normalmente non portava le ragazze con cui usciva occasionalmente agli incontri della famiglia Montgomery, quindi non voleva che tutti sentissero cosa si dicessero. Erano tutti molti impiccioni, del tipo "siamo una famiglia e ci diciamo tutto," Decker aveva imparato a gestire quella curiosità. Non era sua intenzione portarla alla festa, ma lei l'aveva chiamato per chiedergli di uscire a cena, lui le aveva svelato i suoi piani, così lei si era praticamente invitata da sola. In un primo momento, lui non si era sentito troppo infastidito, ma ora quella situazione lo faceva sentire un po' strano, a disagio. Dato che quella era la prima volta che portava Colleen a un raduno di famiglia dai Montgomery, era pronto a sentirsi fare domande da tutti sul loro rapporto, era preparato a farsi tormentare a morte.

Per il momento non era successo, il che la diceva lunga sull'impressione che avevano gli altri di quel rapporto. Il modo educato e non invadente con cui li avevano accolti significava che nessuno vedeva un futuro in quel rapporto. Considerando che Colleen non aveva voluto parlare di futuro fin dall'inizio del suo rapporto con Decker, lui era contento così. Non credeva proprio che avrebbe sposato quella donna, comunque, erano solo amici. Più o meno.

"Pensi un po' troppo." Colleen gli grattò un piccolo neo che Decker aveva tra le sopracciglia, lui si acciglò. Di solito non era così attaccata, così presente e attenta. Che strano.

Si tirò indietro, non era a suo agio con quel modo palese di mettere in mostra i propri affetti (o qualunque altra emozione fosse) davanti a tutta la famiglia che lo aveva accolto tanto tempo prima.

"Sono solo stanco, ho portato mezzo quintale di porcellana su e giù per le scale tutto il giorno, davvero un lavoraccio. Poi abbiamo finito il nostro progetto l'altro ieri, quindi non vedo l'ora di fare un bel riposino, oppure di bermi un'altra birra."

Lei arricciò il naso, probabilmente perché lui aveva parlato di lavoro. Quello era un altro motivo per cui il loro rapporto non era troppo impegnato: Colleen odiava il lavoro di Decker, il fatto che fosse un lavoro manuale, non un lavoro d'ufficio con tanto di giacca e cravatta, che potesse garantirle gioielli e abiti pregiati. Lei si faceva in quattro, lavorava sodo, indossava abiti pregiati che facevano parte del suo ambiente. Lui non era interessato a quello stile di vita, alla lunga: lavorava per la Montgomery Inc., il ramo costruzioni dell'azienda di famiglia. Era responsabile dei progetti, dipendeva direttamente da Wes e Storm, i gemelli Montgomery che avevano ereditato l'azienda di famiglia quando i genitori, Harry e Marie, erano andati in pensione.

Wes era responsabile della progettazione urbanistica, ma si sporcava le mani tutti i giorni con ogni tipo di lavoro manuale previsto per mandare avanti un'azienda edile privata a Denver. Storm era l'architetto capo, era un genio nel trovare lo stile ideale nel ristrutturare edifici, o nel progettare da zero lo sfruttamento perfetto di un nuovo lotto di terreno.

Decker aveva cominciato da ragazzo a lavorare per Harry, svolgendo ogni tipo di lavoro, anche umile, su cui poteva impegnarsi direttamente. Era andato al college solo perché c'erano andati anche i due gemelli Montgomery, c'era andato

Griffin, il suo migliore amico (un altro Montgomery), e poi perché lo stato l'aveva aiutato, altrimenti lui non se lo sarebbe potuto permettere. Aveva frequentato l'università locale, si era fatto il mazzo per laurearsi, poi era tornato subito a lavorare per la famiglia che l'aveva cresciuto, dopo che i suoi genitori biologici l'avevano deluso e abbandonato.

Decker strinse i denti.

Meglio non pensare a quei due, in quel momento, almeno per non perdere il controllo (guardò la birra che teneva in mano), meglio rimanere sobrio.

"Devi proprio parlare di quei problemi, con me?" gli chiese Colleen, interrompendo i suoi pensieri.

Lui fece spallucce. Non sapeva davvero perché l'aveva portata con sé, quella sera, se non per forza dell'abitudine, perché non voleva dirle di no. Si piacevano a vicenda, ma non erano innamorati. Ormai erano mesi che non andavano a letto. Pur avendo i testicoli che quasi gli scoppiavano per carenza di sesso (la sua mano destra gli piaceva solo fino a un certo punto), non voleva stare con una donna, quando con la testa pensava a un'altra. Certo, cercava di frequentare qualcuna, per togliersi di testa quei pensieri, ma non era disposto a usare così palesemente un'altra donna.

"Io mi occupo di tutto ciò che deve entrare in una casa, in un edificio," disse Decker, sempre a voce bassa. La sua voce era profonda, quasi roca, almeno secondo la "donna da non nominare"; quando si irritava o si emozionava molto, la sua voce diventava ancora più profonda.

A Colleen non interessava.

"Sì, caro, ma non devi sempre parlarne." Poi Colleen alzò la testa e guardò nel cortile. Decker aveva dato una mano a sistemare le piante e il giardino, anni prima, quando ancora doveva trovare la sua collocazione nell'azienda di famiglia. Era più bravo a scavare buche e a sollevare sacchi di terriccio fertilizzato, che a progettare il design di per sé. Era stata Marie a progettare quel giardino. Era stata lei a decidere cosa fare, lui aveva eseguito, insieme agli altri ragazzi.

Alla fine, il risultato ottenuto era fantastico, tantissime

piante dall'aspetto più che naturale, invece dei soliti filari perfettamente organizzati, chiaramente non naturali.

"Mi hai sentita, Decker? Ma si può sapere cosa ti succede? Ti ho detto di non parlare di lavoro, non di smettere di parlare."

Lui trattenne a malapena l'istinto di alzare gli occhi al cielo. "Scusa se ti disturbo," le sussurrò, pur non essendo affatto dispiaciuto. "Perché non vai a parlare, ehm, alle ragazze laggiù, mentre io mi prendo qualcos'altro da bere?" Non riusciva a ricordare il nome delle due ragazze che lavoravano con Sierra, la nuova arrivata, appena fidanzata, la star della festa. Sembrava che andasse d'accordo con tutti, magari avrebbe potuto fare amicizia anche con Colleen, così la serata non sarebbe andata del tutto persa.

Colleen inarcò un sopracciglio e guardò tutta seria la mano di Decker. Davvero? Santo cielo. Non avrebbe dovuto portarla a quel ritrovo. Anzi, non avrebbe dovuto consentirle di auto invitarsi, a dirla tutta. Lei era fuori luogo, Decker non capiva chi stava prendendo in giro, cercando di far funzionare quel rapporto, che nessuno dei due voleva davvero.

"Ho bevuto solo una birra, ne voglio un'altra, dato che dovremmo stare qui ancora per un paio d'ore. Non ho intenzione di bere di più." Ai Montgomery non avrebbe dovuto spiegare nulla, loro lo conoscevano troppo bene, conoscevano il suo passato, sapevano che non si sarebbe mai e poi mai messo al volante, se non perfettamente lucido.

"Se lo dici tu," commentò lei, che poi si incamminò verso le due ragazze dall'altra parte del cortile.

Lui rilassò appena le spalle, poi imprecò. A lui *piaceva* Colleen. Gli piaceva davvero. Non era una cattiva persona. Solo che non lo capiva.

Di chi era la colpa?

In fondo non le aveva raccontato molto su di sé, non le aveva detto nulla del proprio passato.

"Cazzo, amico mio, sembra quasi che hai mangiato una mela marcia," disse Wes, avvicinandosi. Wes aveva gli occhi azzurri e i capelli castani tipici dei Montgomery, solo che era sempre molto ben curato e pettinato, in linea con il suo incarico di responsabile dei progetti pubblici.

Storm, il gemello di Wes, gli camminava dietro. Mentre Wes era un tipo smilzo, Storm era di costituzione un po' più robusta. Aveva anche un aspetto più trasandato, capelli spettinati, barba incolta, camicia di flanella su una maglietta della salute, mentre Wes indossava jeans eleganti e una camicia completamente abbottonata. Decker non ci aveva mai trovato una logica: il gemello che si occupava di lavori manuali più spesso, rispetto al responsabile generale dei progetti, preferiva vestirsi più elegante quando non lavorava, mentre il gemello che sedeva a una scrivania a fare progetti, quando non lavorava preferiva vestirsi più casual. Insomma, considerato che lavoravano entrambi fianco a fianco con Decker e che si facevano tutti il mazzo, a lui non importava come si vestivano, bastava che tutti si impegnassero al lavoro.

E loro si impegnavano molto.

"Amico?" domandò Decker, con il sorriso in volto. "Adesso lavori coi ragazzi del negozio di Austin?" Austin era il più anziano dei fratelli Montgomery, era il proprietario di metà della Montgomery Ink, il negozio di tatuaggi legato all'attività di famiglia, l'altra metà era della sorella Maya. Era la festa di fidanzamento di Austin e Sierra, il motivo per cui si erano trovati tutti quella sera, a quella grigliata.

Storm sbuffò. "A volte ci chiamiamo così. Ciò non significa che siamo dei ragazzacci e che vogliamo farci sfregiare con dei tatuaggi."

"I miei tatuaggi non sono degli sfregi, stronzo," sbottò Maya, che nel frattempo era sopraggiunta. Maya abbracciò Decker all'altezza dei fianchi, lui ricambiò l'abbraccio. Perché non aveva questo rapporto rilassato con *tutte* le donne della famiglia Montgomery?

Lei si allontanò prima che Decker potesse stringerla di più. A Maya piaceva avere i propri spazi, per questo Decker l'apprezzava molto. Maya si era fatta la frangia castano scura, i capelli le scendevano dritti sulla fronte; si era fatta uno strano contorno occhi, sembrava una ragazza copertina in stile rock anni Cinquanta. Il rossetto deciso sulle labbra dava l'impressione che stesse per sorridere, o per prendere qualcuno a calci in culo.

"Ho parlato di tatuaggi che sfregiano perché lui non conosce la differenza con quelli fatti bene," disse Storm, cercando di correggere il tiro. Wes e Storm erano i fratelli più anziani dopo Austin, ma nessuno scherzava con Maya, pensando di passarla liscia. "Non intendevo dire che i tuoi tatuaggi sono degli sfregi."

Wes rise, ma si bloccò, fulminato dall'occhiata decisa di Maya.

Decker, forse quello più furbo di tutti, tenne un'espressione del viso neutra.

Maya strinse gli occhi a tutti e tre, poi annuì. "Va bene, allora che avete da raccontarmi? Jake oggi non poteva venire, mi sto annoiando."

"Quand'è che finalmente ammetterai che Jake è il tuo ragazzo?" le chiese Wes.

Decker chiuse gli occhi. Sembrava quasi che i due gemelli quella sera *volessero* morire per mano di Maya.

"Non stiamo insieme, cazzo," grugnì Maya, che poi alzò il mento, parlando con più calma. "È solo un mio amico. Non capisco perché un ragazzo e una ragazza non possano essere amici senza che tutti credano che scopano insieme."

Decker alzò un sopracciglio e guardò Maya perplesso.

Maya respinse quello sguardo. "Tu non sei solo un amico, sei come un fratello. Quindi nessuno pensa che tu ti faccia una Montgomery. Sarebbe un pensiero proprio malato."

Decker deglutì a fatica e cercò di non reagire facendo una brutta smorfia. Cazzo. Maya aveva ragione. Nessuno si sarebbe mai aspettato che lui si mettesse con una Montgomery. Maya era come sua sorella, lo stesso valeva per Meghan, la più anziana delle sorelle. Meghan comunque era sposata... con uno stronzo, ma pur sempre sposata.

Miranda invece... Miranda era la sorellina del suo migliore amico, l'aveva accolto in famiglia come un fratello.

Mai e poi mai avrebbe potuto vederla diversamente.

O meglio, doveva *smettere* assolutamente di pensarla.

"Comunque," proseguì Wes, "siamo venuti a chiedere a Decker che succede. Ha una faccia, sembra che abbia appena pestato una cacca…"

Decker alzò gli occhi al cielo. A Wes piaceva sempre esagerare, dipingeva la realtà molto peggio di quanto non fosse. "Sto bene. Ho solo avuto una giornataccia." Poi si sciolse un po' le spalle, i gemelli fecero lo stesso. Avevano lavorato entrambi duramente al suo fianco, erano tutti belli pieni di dolori.

"A chi lo dici," si lamentò Storm. "Non voglio più avere a che fare con gabinetti e lavandini."

"Che poesia," commentò Maya seccata.

"Allora, avete trovato una nuova segretaria, finalmente?" chiese Decker a Maya, cercando di cambiare argomento, passando dai sanitari alla barzelletta ricorrente della famiglia. Il negozio aveva cambiato quattro o cinque segretarie solo nell'ultimo anno. I tatuatori erano fantastici, Callie, l'apprendista, era appena stata promossa. Eppure, non riuscivano a tenere una segretaria fissa che tenesse tutto in ordine. Le ragazze dell'università se ne andavano sempre per paghe migliori, le altre pensavano fosse una buona idea presentarsi mezze sballate in un ambiente pieno di aghi. Fumare non era certo un reato, ma accendersi le sigarette sul posto di lavoro non era certo una buona idea.

"Non potete prendervi Tabby," si inserì Wes. "Lei è nostra." Tabby era la segretaria della Montgomery Inc. ed era una maga nel tenere tutto organizzato. Lei e Wes facevano un ottimo gioco di squadra nel mondo della progettazione urbanistica.

Maya imprecò a denti stretti. "Non la voglio, Tabby. Metterebbe etichette colorate a ogni mio progetto, poi non potrei più spostare nulla. Comunque no, non abbiamo ancora trovato una segretaria. Non lo so il perché. L'ultima voleva solo farsi tatuare gratis. Gratis, capito? Io pago per farmi tatuare, lo sai, non vorrei mai che Austin lavorasse gratis, perché il suo lavoro *vale* i miei soldi. Chiedere tatuaggi gratis nel nostro negozio è una mancanza di rispetto."

Decker sbottò. "Almeno tu hai lo sconto di famiglia." Maya si guardò attorno, poi lo mandò a quel paese con discrezione.

Decker fu quasi divertito da quel risentimento contenuto, ma poi sorrise vedendo i figli di Meghan, Cliff e Sasha, che correvano per andare a salutare gli zii dall'altra parte del cortile. Di sicuro avrebbero fatto presto il giro per salutare tutti. Decker amava quei mocciosi.

"Anche tu puoi avere lo sconto, caro fratello," disse Maya. "Ma lo sconto non è molto importante, in prospettiva. Quell'idiota voleva tutto gratis. Molto probabilmente se n'è fregata e se n'è andata in un altro negozio." Fece spallucce. "Di certo non un negozio di qualità come il nostro, ma chi se ne frega."

"Non esiste un negozio come il vostro." Decker si grattò la schiena, in mezzo alle scapole. "A proposito, devo prenotare un appuntamento per farmi un tatuaggio sulla schiena." Maya spalancò gli occhi, Decker imprecò. "Con Austin, bella. Tocca a lui." Tutti i Montgomery facevano a turno, quando andavano a farsi tatuare nel negozio dei loro fratelli: erano entrambi molto bravi, era davvero impossibile decidere, altrimenti.

Poi avevano entrambi un caratteraccio, se la sarebbero presa, venendo esclusi dalle scelte dei genitori, dei fratelli e delle sorelle.

"Bene. Capisco. Preferisci lui." Maya sbuffò e fece finta di asciugarsi una lacrima virtuale da un occhio. In realtà non sfiorò nemmeno il suo make-up, ma la mossa ebbe il suo effetto.

Decker alzò gli occhi al cielo e mollò un colpetto sulla spalla di Maya. "Ma finiscila. Mi hai *appena* finito un lavoro sul braccio, poi mi farai la gamba. Ora tocca ad Austin."

Decker vide il sorriso di Maya e non capì se quello fosse un sorriso tipo *me la pagherai*, ma lo prese per buono.

Poi si guardò intorno in cerca di Colleen, che era impegnata a chiacchierare con una delle commesse di Sierra, quindi la lasciò stare, poi guardò la bottiglia di birra vuota che aveva in mano. "Vado a fare il pieno, voi volete qualcosa?"

Scossero tutti la testa, così Decker si congedò e si incamminò verso il frigorifero da esterno. Alex, un altro Montgomery (insomma, c'erano otto tra fratelli e sorelle, più una marea di cugini e cugine, quindi da ogni parte si incontravano uno o due parenti) era in piedi vicino al frigorifero con un boccale di bevanda ambrata tra le mani.

Decker si guardò intorno cercando tra la folla e cambiò espressione. "Dov'è Jessica?" Jessica era la fidanzatina del liceo di Alex, ora sua moglie. Quando si erano sposati, pochi anni prima, all'inizio lei frequentava sempre gli eventi di famiglia, pur non sentendosi mai completamente a suo agio. Non che si fosse impegnata molto in tal senso. Tutti i membri della famiglia Montgomery avevano cercato di accoglierla come una di loro, ma chissà per quale ragione non aveva mai funzionato. Ripensandoci, ora Decker capì di non averla vista da molto tempo a uno dei loro ritrovi.

Alex sbuffò e prese un altro drink. A giudicare dal suo sguardo assente, quello non era certo il primo boccale.

Porco cane. Non era un bel segnale.

"Come se fosse mai venuta a una di queste feste," disse, strascicando le parole. Non sembrava completamente ubriaco, ma con Alex era difficile capirlo, a volte. Decker riuscì a capire che c'era qualcosa che non andava per pura esperienza: aveva avuto a che fare con molti ubriachi o quasi, tanti da bastargliene per una vita intera. "Sarà in giro con le sue amiche, al centro benessere o chissà dove. Non si sentiva di festeggiare il fidanzamento di Sierra e Austin, dato che non ha mai davvero incontrato Sierra."

Decker aggrottò la fronte. "Non ha ancora incontrato Sierra? Ma com'è possibile?" Jessica era già una Montgomery, poi Sierra non era certo nuova, nella famiglia. Viveva già con Austin, lo aiutava a crescere suo figlio.

"Evidentemente per Jessica è possibile." Alex bevve un altro sorso e si girò dall'altra parte.

Va bene, conversazione finita.

Decker non sapeva come affrontare la situazione. Alex era stato sempre molto scherzoso, faceva ridere tutti. Non era la persona che vedeva Decker in quel momento, e questo lo spaventava un po'. L'uomo che aveva davanti sembrava arrabbiato... e beveva. Decker conosceva altre persone che bevevano troppo. Aveva vissuto con un alcolista ogni tanto, finché non era riuscito a liberarsene.

Non voleva che accadesse di nuovo.

"Vuoi dell'acqua, Alex?" gli chiese con calma. Girarci troppo attorno non serviva, ma non era nemmeno il caso di andare diretti e chiedere se l'uomo che considerava suo fratello era un ubriacone.

Alex reagì con un sorrisetto e non si arrabbiò, sorprendendo Decker. "Va bene così." Non andò a riempire di nuovo il boccale, ma ciò non significava che non l'avrebbe fatto, appena Decker si sarebbe allontanato. Decker non sapeva che fare, magari sarebbe bastato far sapere ad Alex che era nei paraggi.

"Va bene. Solo... sai che ci sono, vero?" gli chiese a bassa voce.

Alex si rabbuiò in viso e alzò il mento. Cavolo. "Va bene così," ripeté.

Decker cercò di scrutarlo in viso, ma non riuscì a trovare uno spiraglio per superare la barriera che l'altro uomo aveva appena issato. Decise che l'avrebbe tenuto d'occhio, in fondo era come un fratello, a prescindere dal sangue nelle vene.

Decker si prese un'acqua tonica invece di una birra, il suo stomaco non era pronto a farsi un goccetto, poi si incamminò verso Griffin, il suo migliore amico. Anche lui aveva lo stesso aspetto degli altri Montgomery: capelli scuri e occhi azzurri, ma con la stessa corporatura snella di Wes, al posto del corpo tarchiato di Austin, o di Storm. Griffin era quello più alla mano della famiglia, lo scrittore che passava tanto tempo immerso nei suoi pensieri, invece che nel mondo reale. Questo si rifletteva nel disordine che aveva in casa, ma Decker gli voleva comunque molto bene. Avevano la stessa età, dopo un po' erano cresciuti quasi come gemelli. Decker aveva molti punti in comune con Austin, lavorava a stretto contatto con Wes e Storm, ma era Griffin quello che conosceva meglio.

"Finalmente mi hai trovato, sono contento," scherzò Griffin; era seduto su una sedia da giardino e faceva cenno a un'altra sedia vuota lì vicino. "Siediti. Mi piace star qui a guardare gli altri."

Decker prima rise, poi si sedette. "Prima di tutto potevi venire tu da me, nessuno te l'ha impedito. E poi questa è la tua famiglia, perché te ne stai qui a guardarli?"

Griffin bevve un sorso di birra, poi scosse la testa. "Stavi con Colleen, non sopporto le sue risatine, non volevo intromettermi."

"Risatine?" chiese Decker, un po' irritato per il modo in cui Grif dava giudizi sulla ragazza che aveva portato alla festa. Anche se non era sposato con Colleen, usciva comunque con lei. Non gli sembrava corretto prenderla di mira così.

"Risatine," ribadì Griffin. "Dai, lo sai, ogni volta che si mette a ridacchiare ti si bloccano le spalle e fai quella smorfia con l'angolo della bocca."

Oh, ora era chiaro… No, non voleva pensarci. C'era ancora il resto della serata da affrontare, probabilmente sarebbe uscito qualche altra volta con quella donna. Non era il caso di stare a cavillare, puntualizzando troppo le sue bizzarrie. Poi non sarebbe più riuscito a sopportarle.

"Ti sei accorto di tutto questo?" gli chiese, sorseggiando la sua acqua tonica.

"Sì. Te l'ho detto, mi piace osservare le persone. Infatti, sto proprio guardando quello stronzo con mia sorella. Vorrei tanto pestarlo a sangue, ma non sono sicuro che lei lo apprezzerebbe. Non le piace, quando qualcuno di noi minaccia di pestare o di fare il mazzo a suo marito."

Decker si accigliò, poi guardò Meghan e suo marito Richard. Meghan era più grande di lui di tre anni, gli aveva sempre dato l'impressione di essere una donna gentile e aperta, con cui andare d'accordo. Era proprio come la madre, la chioccia del clan, sapeva difendersi da sola.

In quel momento invece no.

Ora aveva la schiena curva e la testa abbassata. Richard se l'era presa per qualcosa; ogni volta che parlava con lui, Meghan si arrendeva un po' di più. No, non poteva andare avanti così.

Decker si alzò, mise giù la sua bottiglietta e scrollò le spalle. "Sei pronto?" disse a Griffin, che si era alzato con lui. Quello era l'unico modo di reagire, vedendo una persona a cui erano affezionati che veniva abbacchiata emotivamente.

"Sì. Non possiamo pestarlo, dato che ci sono dei bambini, poi alla festa di Austin e Sierra, però sì, sono pronto."

Si avviarono a grandi falcate verso la coppia, Richard gonfiò il petto appena li notò. Un tempo, anche lui aveva avuto una corporatura discreta, quando aveva più capelli sulla testa. Ora si stava stempiando, anche se si pettinava nel modo giusto, per non lasciar intravedere che i capelli che gli si stavano diradando. Poi gli era cresciuta un po' di pancetta, perché non faceva molto movimento. Anche se indossava delle giacche molto costose, e si vedeva, l'effetto svaniva perché il bottone all'altezza della pancia si chiudeva a malapena.

"Cosa c'è?" sbottò quel bastardo.

Decker sorrise, ma non era un sorriso gentile. Mise un braccio intorno a Meghan, che si irrigidì. Lui non si scompose e tenne il braccio su di lei. Più persone le mostravano affetto, meglio era.

"Volevo solo salutare mia sorella, tutto qua," spiegò tranquillamente.

Richard lo schernì. "Non è tua sorella. Tu sei una feccia, togli le mani di dosso da mia moglie."

Decker non fece una piega, sentendosi chiamato feccia. Ne aveva sentite di peggio, spesso da persone molto più vicine a lui di quel pezzo di merda.

"Richard," lo ammonì Meghan, dando più forza alla voce. *Forza, ragazza!* "Decker fa parte della famiglia."

Decker le strinse le spalle, ma lei non si rilassò. Merda.

"Ha ragione," confermò Griffin con tutta calma.

"Va bene, cara moglie, tu comunque non sei più una Montgomery," replicò Richard, stringendo i denti. "Faresti meglio a ricordartelo. Vai a prendere i bimbi, noi ce ne andiamo. Abbiamo salutato la coppietta felice (non saranno felici a lungo, sapendo che tipo brusco è lui) quindi è ora di andare."

Perché cavolo Meghan stava ancora insieme a quell'uomo? La trattava di merda, la faceva sempre deprimere. Decker non credeva che Richard le mettesse le mani addosso, ma chissà, come faceva a saperlo? Decker avrebbe dovuto accorgersene.

Le immagini dei pugni e le sensazioni del fiato pesante di alcol gli tornarono in mente, cercò di allontanare quei brutti ricordi.

"Se sei un Montgomery, lo rimani per sempre," commentò Griffin al suo fianco.

"Infatti," confermò Decker tranquillamente. "Se sei di fretta, te ne puoi anche andare, ci pensiamo noi a portare a casa Meghan e i bimbi, quando vorranno tornare a casa."

"È *mia* moglie, non la tua."

"Decker, Griffin, lasciate perdere," sussurrò Meghan.

Decker scosse la testa. "Scusa, tesoro, la festa di Austin e Sierra è appena cominciata e non abbiamo nemmeno fatto il brindisi. Dovresti rimanere. Se Richard deve andare, può anche andare." La guardò dritto negli occhi e pregò che Meghan capisse che non intendeva dire solo per una notte.

"Va bene. Tieniti qui i bambini," disse Richard.

"Mi servono i seggiolini per la macchina," sussurrò Meghan.

"Allora dovresti venire con me," scattò di nuovo Richard.

Lo sguardo di Meghan si accese. Ottimo. Riusciva ancora a infiammarsi. "Non rischio la vita dei miei figli solo perché te ne vuoi andare prima."

"I nostri bambini, Meghan. Sarà meglio che te lo ricordi." Sorrise in modo freddo, Decker raggelò.

Ecco perché rimaneva con lui, per i bambini. Che stronzo.

"Abbiamo dei seggiolini anche a casa," disse Griffin. "Mamma e papà li tengono, per quando hanno i bambini a casa." Non accennò al fatto che Decker li aveva portati quando Richard aveva lasciato Meghan da sola con i bimbi, quella volta che se n'era andato via con la macchina.

Lei non aveva certo bisogno che glielo ricordasse. Ripensandoci, forse era il caso di farglielo presente.

"Va bene." Richard non salutò nemmeno Cliff e Sasha, prima di andarsene via. Quando partì, Meghan si rilassò visibilmente.

"Meghan…" cominciò Decker, ma lei alzò una mano per fermarlo.

"No. Non qui. Devo occuparmi dei miei bambini."

Lui annuì, sapeva che Meghan era più forte, rispetto a sua madre. O almeno ci sperava. "Sono qui, se hai bisogno di me."

"Anch'io," aggiunse Griffin. "Siamo tutti con te."

Lei mise una mano sulla guancia a entrambi, poi sorrise tristemente. "Lo so. Voglio bene a entrambi. Ora andate a parlare con Austin e Sierra, fate un giro. Ho bisogno di stare un attimo da sola."

Decker annuì, prima di lasciare Meghan da sola con Griffin. Il suo amico si sarebbe occupato di lei, finché lei non l'avrebbe mandato via, pensando di essere troppo forte per doversi appoggiare a qualcuno. Decker non voleva che la sua situazione si inasprisse, come era successo a lui in passato, ma sapeva che non c'era molto da fare, oltre che cercare di separarli fisicamente.

Così non aiutavano nessuno.

"Quel bastardo se n'è andato?" esordì Austin, quando Decker lo raggiunse. Sierra colpì il suo fidanzato nello stomaco, lui trasalì, prima di abbracciarla.

"Non dire parolacce," gli sussurrò, guardandosi intorno.

Anche Austin e Decker si guardarono intorno. Il figlio di Austin, Leif, era lì vicino, ma prestava attenzione a quanto diceva Storm, non alle parole di Austin, per fortuna. Leif era entrato in famiglia dopo la morte della madre, quando Austin aveva scoperto di esserne il padre. Anche se era un pensiero stranissimo, Decker voleva bene a quel ragazzetto come se lo avesse visto crescere fin dalla nascita. Ci andava proprio d'accordo.

"Sì. Il bastardo se n'è andato. Sono preoccupato per lei. Anche per Alex." Era meglio sfogarsi dicendo tutto. Austin era il fratellone, Sierra era ormai come una sorella. Erano la sua famiglia.

Sierra scosse la testa. "Siamo tutti preoccupati. Meghan e Alex sanno che ci siamo, se possiamo fare qualcosa, cercheremo di capirlo."

Decker tirò Sierra dalle braccia di Austin e l'abbracciò stretta, per poi baciarla sulle labbra.

"Ehi, via la bocca dalla mia donna."

Decker si fece indietro e sorrise, vedendo Sierra arrossire. "Ma è una donna bellissima." Se la tirò al fianco. "Vedi? Sta benissimo al mio fianco."

Austin ringhiò e tirò di nuovo al suo fianco Sierra, che nel frattempo si era messa a ridere. "No, sta benissimo al mio fianco, e tu sei un cretino."

Decker fece una smorfia maliziosa. "Un cretino sexy, e tu lo sai."

"Siete due idioti, ma voglio bene a entrambi." Sierra rise alle sue stesse parole, mentre Austin ringhiò di nuovo. "Intendo dire che voglio bene a Decker come a un fratello. A te invece voglio bene in modo più intimo, passionale. Va bene?"

Decker alzò le braccia, come fingendo di arrendersi. "Non ci voglio pensare più. Vado a vedere come sta Harry. Fatemi sapere se vi serve aiuto per fare un brindisi o per altro."

Austin annuì, anche se i suoi occhi erano tutti per Sierra.

Cavolo, chissà com'era vivere un amore come quello? Avere una persona al tuo fianco, a prescindere da tutto.

Decker non credeva gli sarebbe mai successo. Soprattutto perché la sua mente e il suo corpo cercavano proprio la persona con cui non poteva stare. Secondo la sua esperienza, l'amore non durava e il matrimonio era solo un vincolo di cui tanti non potevano fare a meno.

Ovviamente non valeva per tutti, dato che la coppia che aveva appena salutato sembrava sulla strada giusta, anche se non era ancora detto. Poi ovviamente c'era la coppia che stava andando ad incontrare, quei due erano stati insieme per più di quarant'anni, eppure sembravano innamorati ogni giorno di più.

Ma l'amore fa star male, se uno è malato.

Harry Montgomery aveva sempre avuto una grande personalità. Era un omone dal cuore grande e generoso. Eppure, l'uomo che in quel momento stava seduto su quella sedia non aveva lo stesso aspetto. Decker aveva fatto le sue ricerche: la radioterapia mirata al cancro alla prostata di Harry gli aveva fatto pagare lo scotto. Ora sembrava molto più piccolo, più debole, Decker non l'aveva mai visto così pallido.

I medici gli avevano detto che erano riusciti a diagnosticare il cancro abbastanza presto, che la situazione era piuttosto rosea, ma le cure sembravano far male più del cancro stesso. Ora, secondo la logica di Decker, Marie era costretta a stare al fianco del marito, per amore, per dovere, per le circostanze, pur vedendolo sempre più debole. Che ricompensa era, per una vita d'amore? Ne valeva davvero la pena? Per lui non valeva davvero la pena di avvicinarsi così tanto a qualcuno, per poi doverne soffrire, per perdere la persona amata, poi non era nemmeno sicuro di meritarselo, tanto per cominciare.

"Vieni qui, ragazzo mio," gli gridò Harry, con una scintilla di vita negli occhi.

Grazie al cielo.

Decker si accucciò vicino ad Harry, gli tremavano le mani, non sapeva bene come comportarsi. Poteva abbracciarlo? Forse sì, magari un solo abbraccio, senza stringere troppo, altrimenti Decker temeva di far del male all'uomo che considerava come suo padre.

"Come ti senti?" gli chiese. Figuriamoci se non gli si spezzava la voce.

Harry gli diede un paio di colpetti sul braccio, mentre Marie giungeva al fianco di Decker, inginocchiandosi per farsi abbracciare. Decker le mise un braccio intorno al collo, inalando quel dolce profumo di mamma che lo faceva sempre rilassare, da ragazzo.

"Sto meglio," rispose Harry a bassa voce. "So che non sembra così, ma non sto morendo. Almeno per il momento."

Decker si sentì quasi pugnalato al cuore da quelle parole. Per Dio, non poteva perdere Harry. Davvero non poteva.

"Ehi, non guardarmi così," gli disse Harry. "Ho promesso a tutti che sarei stato onesto sul mio stato di salute. L'abbiamo preso per tempo. La radioterapia fa stare malissimo, ma sta facendo effetto. Adesso vieni qua, prima di tutto sei mio figlio e mi fa piacere vederti, poi ti voglio ringraziare per come hai gestito quel bastardo che mia figlia si è scelta come marito. Io non potevo alzarmi per intervenire, quindi grazie per averlo fatto." La velata ammissione di impotenza nelle parole di Harry fu davvero troppo.

Decker deglutì a fatica e sperò che gli occhi non gli si riempissero di lacrime. Merda.

"Io l'avrei preso a calci in culo…" Poi guardò Marie. "Cioè, nel sedere, ma c'erano i bambini."

"Puoi anche dire culo, quando si tratta di Richard," intervenne Marie. "Lui *è* una faccia da culo."

Decker si lasciò cadere la testa all'indietro ridendo. "Vi voglio bene. Volevo solo che lo sapeste."

Gli occhi di Marie si riempirono di lacrime. "Ma che dolce che sei. Davvero dolcissimo. Anche noi ti vogliamo bene, piccolo."

Harry annuì, mentre Decker si lasciava abbracciare da quella donna così forte.

Poi sentì come un presentimento, si rialzò rapidamente, si girò e vide Miranda che entrava nel cortile, le sue gambe lunghe camminavano sotto il suo prendisole.

Porco cane, era bellissima.

Decker sperò che il suo uccello non si ingrossasse, anche perché era ancora lì in piedi tra i suoi genitori. Griffin gli si avvicinò al fianco, Decker sapeva che c'era un posto pronto all'inferno per chi provava desideri carnali per la sorellina del migliore amico.

Harry e Marie lo guardarono come se avessero saputo, Decker trattenne un gemito. Sì, sarebbe andato all'inferno, a bruciare per l'eternità, meritandosene ogni momento.

Miranda si girò verso di loro e sorrise ampiamente, con gli occhi pieni di luce.

Decker cercò di controllarsi, per tenere gli occhi sul viso di lei, invece che squadrarle i seni e le gambe, che non finivano mai.

Ce la poteva fare.

Quella era Miranda Montgomery. Era una donna, non era più una ragazzina, ma non era la donna per lui.

Non poteva sbavare per lei. Non si sarebbe reso ridicolo.

Griffin lo guardò stranito, Decker si tenne per sé i suoi lamenti.

Sì.

Dritto all'inferno.

Capitolo 2

Miranda Montgomery era innamorata. A dirla tutta, era innamorata da quando aveva sei anni, all'epoca lui ne aveva dodici. Il suo amore era cresciuto, a volte sembrava svanito, per poi tornare a tutta forza, trasformandosi nel sentimento che provava in quel momento,

Era un amore non ricambiato, che le faceva male da morire.

Si lisciò il vestito con le mani e sfoggiò il suo sorriso migliore. Era arrivata tardi alla festa di fidanzamento di Austin e Sierra perché si era messa a ripassare all'ultimo minuto per le sue lezioni del giorno dopo, avrebbe preferito fare un ingresso meno plateale.

Tra tutti i fratelli e le sorelle, coi relativi coniugi o partner, bambini, vicini di casa e amici, la prima persona che vide fu proprio quella che sperava di non vedere.

Colleen.

Non avrebbe dovuto prendersela tanto, se Decker si era fatto accompagnare a un evento di famiglia. Se Miranda avesse avuto un ragazzo con cui faceva sul serio, probabilmente l'avrebbe portato con sé. Il mese prima era uscita con uno degli uomini più noiosi sulla faccia della terra, ma poi nulla. Forse doveva cominciare a lasciar perdere l'uomo di cui era innamorata e trovare la sua strada nella vita.

Forse.

A miranda non piaceva Colleen. Anche se Colleen usciva con l'uomo che voleva Miranda, la sua antipatia non nasceva solo da quello.

A Colleen non piaceva il lavoro di Decker. Per nulla. Colleen non stimava chiunque dovesse sporcarsi le mani per guadagnarsi da vivere. I parenti di Miranda erano tatuatori, lavoratori del settore edile, poi c'erano uno scrittore e un fotografo. Nella sua famiglia non c'erano dei figurini alla moda. Invece Colleen era tutta presa dal prestigio e dal patrimonio. Al di là dell'aspetto esteriore, Miranda non vedeva proprio cosa avessero in comune Decker e Colleen.

Oltre al problema del lavoro, Colleen sembrava non capire perché i Montgomery considerassero Decker parte della famiglia.

Decker si era presentato in casa loro un giorno con Griffin, quando Miranda era ancora molto piccola; poi non se n'era più andato, se non in rare occasioni, quando era stato costretto a tornare a casa dai suoi genitori biologici. I Montgomery l'avevano accolto perché i suoi genitori non riuscivano a fare l'unica cosa che dovevano: crescere il proprio figlio. La legge non consentiva ai Montgomery di adottare Decker, ma i fratelli di Miranda lo consideravano comunque uno di loro.

Miranda invece non lo aveva mai visto come un fratello (gli voleva troppo bene), per lei era sempre stato qualcosa di più.

Era quasi certa che Colleen non conoscesse affatto la storia di Decker. Era ovviamente confusa sul ruolo di Decker nella famiglia. Doveva essere lui a raccontarle la sua storia. Se non aveva fiducia in Colleen, significava che non era ancora ben inserita nella sua vita.

Miranda aveva sentito di sfuggita Decker che parlava con Griffin a proposito del suo rapporto con Colleen, lo definiva un rapporto libero, niente di serio per entrambi, ma ciò non le dava il diritto di immischiarsi per cercare di conquistare Decker.

I confini della tentazione

Lei non era così meschina, non le piaceva fare la stronza, anche se aveva pensieri di quel tipo, ma non le piaceva farseli venire.

Comunque, non avrebbe mai potuto stare con Decker.

O forse sì?

"Zia Miranda! Perché sei così triste?" le chiese Cliff, il figlio di Meghan. Oddio, come aveva fatto Meghan ad accettare che suo marito chiamasse quel povero bimbo Cliff? Lo prendevano spesso in giro per il suo nome, anche se lui reagiva sempre a testa alta.

Miranda sorrise, poi si inginocchiò davanti a lui. Non l'aveva sentito avvicinarsi, ma il suo nipotino era il toccasana perfetto per i suoi dolori di cuore.

"Ciao Cliff, non sono triste, sono solo persa nei miei pensieri. Ti va un abbraccio?" Miranda allungò le braccia in avanti, così lui le saltò tra le braccia. Miranda fece un gridolino di contentezza e lo strinse forte. "Sai di cioccolata. Per caso il nonno e la nonna ti hanno dato dei cioccolatini?" Miranda gli fece il solletico, mentre Cliff si agitava, per poi cadere a terra ridendo.

"Basta, basta!"

"Dimmelo!" Miranda rise e continuò a fargli il solletico.

"La cioccolata è buona," riuscì a dire Cliff, tra le risa.

"Lo so. Ne voglio un po' anch'io," sussurrò Miranda, baciandolo sulla fronte. Poi fece un altro gridolino, quando Sasha, la figlia di Meghan, le saltò sulla schiena. Aveva tre anni, era un batuffolo o di energia rispetto al fratello di sei anni, che era un vero e proprio uragano.

Santo cielo, quanto voleva bene a quei due bimbi. Non vedeva l'ora che anche Austin e Sierra cominciassero a darle altri nipotini da viziare. Si era innamorata a prima vista anche del figlio di Austin, Leif, sperava che anche lui avesse presto un fratellino o una sorellina. A giudicare dal modo in cui parlavano Austin e Sierra, Miranda aveva la sensazione che non ci sarebbe stato molto da aspettare. Tempo prima credeva di poter giocare con i figli di Alex e Jessica, ma dopo tanti anni non sapeva più cosa stesse succedendo tra loro.

Jessica non era tra le sue persone preferite, nell'universo della famiglia, per quanto Alex fosse di sicuro un ottimo padre, Miranda non era altrettanto sicura di Jessica come madre.

Cavolo. Quando aveva cominciato a giudicare così le persone? Era ora di finirla.

Si scrollò Sasha dalla schiena e cominciò a fare il solletico anche a lei. I bambini risero entrambi ai suoi attacchi, lei ricambiò il loro sorriso. Quei due bimbi potevano rallegrare la giornata di chiunque, Miranda fu contenta di averli trovati.

"Vedo che i cuccioli ti hanno trovata," disse Meghan. Miranda alzò lo sguardo e nel frattempo si ritrovò un piede sul mento. "Cliff! Stai attento, tesoro! Stai bene, Miranda?"

Miranda si strofinò la mandibola dolorante. "Sì, non mi ha colpito forte." Meno male, non era sicura di avere il tempo di andare dal dentista per farsi curare i denti. Peraltro, non ne aveva nemmeno i soldi. "Mi sono solo distratta." Si mise le mani sui fianchi e si alzò. "Va bene, gente, penso che la lezione vi sia bastata."

"La lezione?" chiese Sasha, guardandola con gli occhi spalancati. Eh sì, quella bimba da grande avrebbe davvero spezzato molti cuori. Era adorabile.

"Sono la vostra zia preferita. Ricordatelo."

"Ti ho sentita!" gridò Maya da poco lontano, senza avvicinarsi.

I bimbi risero e le sorrisero.

Miranda fece una smorfia di soddisfazione. "Ecco, appunto, la zia preferita. Non importa quello che dice Maya." Cliff e Sasha si alzarono, la baciarono sulla guancia e poi corsero via per andare a giocare con Leif. La generazione futura dei Montgomery si stava formando, urlando e giocando come sempre, in tutto il mondo.

"Ecco qua la mia M&Ms," disse suo padre di fianco a lei. Miranda si girò e sorrise al padre, cercando di ignorare il fatto che Decker fosse in piedi vicino a lui.

I loro genitori avevano scelto il nome dei figli senza pensare troppo ai soprannomi, così Alex e Austin cominciavano con la stessa lettera, mentre gli altri erano tutti diversi.

Invece le tre figlie, Meghan, Maya e Miranda Montgomery, cominciavano tutte con la M. Erano le M&Ms. Alla luce di tutti gli eventi accaduti negli ultimi mesi, Miranda non avrebbe fatto a cambio per nulla al mondo; amava il legame speciale che aveva non solo con le sorelle, ma anche coi suoi genitori. La faceva sentire veramente speciale, nella galassia dei Montgomery.

Miranda si alzò rapidamente e abbracciò il padre, cercando di trattenere le lacrime. Cacchio. Poteva mostrarsi più forte, crollare alla vista del papà, così debole, non sarebbe servito a nulla. Decker si avvicinò al fianco di Harry, aveva il volto contratto. Miranda non riusciva a leggergli nella mente, chissà cosa stava pensando, ma sapeva di dover reagire meglio, doveva mostrarsi molto più forte di così.

"Ciao papà," gli sussurrò, abbracciandolo con dolcezza. Lui non la strinse tra le braccia con la forza di un tempo, lei si morse un labbro.

Decker si tirò al fianco Miranda, come faceva sempre, mettendole un braccio intorno alle spalle. Lei inspirò rapidamente, costringendosi a rilassarsi. Decker riusciva sempre a capire gli stati d'animo di Miranda, non la faceva mai sentire sola, anche se quelli erano comportamenti affettuosi, da fratello... non avevano altri significati. Non era cambiato nulla, non sarebbe mai cambiato nulla, se lei fosse rimasta com'era.

A quello però avrebbe dovuto pensare meglio in seguito, in quel momento doveva concentrarsi sul presente, non su un futuro pieno di "se".

Meghan abbracciò Harry e cominciò a parlare di Cliff e di Sasha. Miranda ascoltava per metà, mentre la sua attenzione era sempre rivolta a Decker. L'aveva lasciata lì in piedi per andare a prendere una sedia per il padre, ma stava tornando con due sedie.

Non *poteva* fissare i suoi avambracci, così sensuali, coi muscoli contratti per portare quelle sedie.

No, non poteva.

Magari solo una sbirciata.

No, datti una calmata, Miranda.

Miranda si sedette in una delle sedie. Meghan rinunciò alla seconda sedia e si allontanò per raggiungere i suoi bambini. Decker si sedette di fianco al padre, in una sedia libera. Avrebbe dovuto essere una sensazione strana, stare seduta così vicina all'uomo che amava e che non poteva avere, ma in realtà non era proprio così.

Facevano tutti parte della famiglia, e così sarebbe sempre stato, a prescindere.

"Decker? Devo andare a casa, domani mi devo alzare presto."

Miranda sorrise a Colleen. Visto? Poteva comportarsi con più decoro.

Certo, avrebbe *voluto* spingere via quella donna e gettarsi tra le braccia di Decker, ma ciò non voleva dire che lo *avrebbe* fatto.

Decker tirò fuori di tasca il telefono e guardò l'ora, imbronciandosi. "Va bene, andiamo a salutare Austin e Sierra, poi ce ne possiamo andare."

Colleen sospirò, ma forse Decker non se ne accorse. Stava diventando sempre più difficile far finta di apprezzare quella donna, comunque Miranda faceva già molta fatica.

"Ora ce ne andiamo." Quell'annuncio non era così necessario. Decker si rivolse a Harry: "Ricordati sempre di farmi sapere come stai, chiamami se hai bisogno di qualcosa o di una mano in casa."

"Sai che lo farò," rispose Harry, porgendogli la mano. Decker invece di stringergli la mano lo abbracciò, per poi rialzarsi.

Miranda rimase impalata per un momento, poi alzò le braccia. Abbracciava *sempre* Decker, quel giorno non si sarebbe comportata diversamente. Decker ricambiò il suo abbraccio stringendola per bene. Non si limitò a darle una pacca sulla schiena per congedarsi, l'abbracciò con molto affetto. Faceva così con tutti quelli della famiglia che sentiva più vicini, mentre con gli estranei teneva sempre le distanze.

Colleen lo prese per un braccio, facendogli un sorriso

sdolcinato. Ma davvero? Decker sbatté le palpebre, guardando entrambe. Insomma, che situazione, era impossibile uscirne bene senza sembrare un'idiota, o almeno una meschina come Colleen. Miranda lasciò andare il braccio di Decker e gli diede una pacca sulla spalla libera. Era sempre stato così muscoloso?

Sì. Era sempre stato così.

"Piacere di vederti. Ti saluto." Visto? Che donna... dignitosa.

"Va bene, scricciolo."

Oh no, quanto odiava quel soprannome.

Ormai era un'adulta, dannazione.

Non che lui se ne accorgesse.

Non se ne accorgeva nessuno. Era la sorella minore dei Montgomery, quella più piccola. Era impossibile cambiare l'ordine delle nascite, ma almeno sarebbe stato carino trattarla come l'adulta che era. Starsene lì col muso, d'altra parte, non era nemmeno il comportamento più maturo.

Così, sorrise alla coppia. "Mi chiamo Miranda, non scricciolo. Non sono più una ragazzina da tanti anni. Buona notte."

Sentì il papà che la prendeva per mano e si rilassò un poco. "Sei la mia bambina, tesoro. Questo non cambierà mai."

Miranda si voltò dall'altra parte rispetto a Decker e Colleen, per guardare in faccia suo padre. "Tu se vuoi puoi chiamarmi così, ti sei guadagnato questo privilegio." Vide la luce negli occhi del padre che si illuminava alle sue parole, erano parole sincere, sentite con tutto il cuore. Era la bambina di papà... almeno finché c'era, il papà.

Il cancro era una enorme sfiga.

Più che vederli, sentì che Decker e Colleen se ne stavano andando, così finalmente poté rilassarsi davvero. Ogni volta che c'era Decker vicino, era come se il corpo di Miranda si inondasse di vibrazioni, chiamandolo come una schiera di sirene. Anche se forse le sirene non potevano adescare un uomo, o forse sì, chissà. Ovviamente, quando si trovava vicino a Colleen, tendeva a trasformarsi in una stronza con la puzza sotto al naso, doveva smetterla di comportarsi così. Non era colpa di quella donna, se Decker l'aveva scelta... anche se Decker continuava a sostenere che il loro era un rapporto libero.

Andò a salutare fratelli e sorelle per un'altra oretta, poi decise di tornare a casa. Il mattino dopo doveva alzarsi presto, non poteva andare a lavorare con le borse sotto gli occhi, come se fosse stata fuori a festeggiare tutta la notte. Erano appena le sette passate, ma il giorno dopo doveva comunque andare a scuola.

Fece una smorfia. Andare a scuola. Per tutta la vita si era sempre trattato di scuola, in un modo o nell'altro. Ora che insegnava matematica alle superiori, sarebbe andata a scuola fino all'età della pensione. Le piaceva molto l'ambiente scolastico, specialmente la sfida posta dagli studenti che non volevano studiare. Sapeva di poter lasciare il segno, trovando le motivazioni giuste, sapeva che avrebbero cambiato idea. Forse non ci riusciva con tutti, ma anche uno solo, uno alla volta, era importante.

Prima di andarsene dal cortile della casa dei genitori, andò di nuovo a salutare e abbracciare il papà, per poi andare verso casa. Viveva a solo una decina di minuti di macchina da loro, ma quella distanza le bastava per sentirsi indipendente. Era quello che le importava. Amava Golden, in Colorado. Proprio come Arvada e Westminster, dove vivevano altri parenti, era un quartiere periferico a ovest. Arrivava fino ai piedi delle montagne, dall'altra parte rispetto alle pianure orientali. Era circondata da cave e birrerie, il suo appartamento era circondato da un piccolo parco alberato.

Poi Decker viveva solo a un paio di chilometri.

Non aveva scelto quella zona per avvicinarsi a lui. Aveva scelto Golden perché lì si era liberato un posto di lavoro, nella scuola. Tanto per cominciare, era difficilissimo trovare posto nelle scuole statali. Il fatto che Decker vivesse così vicino era solo una pura coincidenza.

Ormai le sembrava quasi di essere una stalker.

I confini della tentazione

Ora basta.

Parcheggiò nel suo posto auto e poi si avviò verso il suo appartamento. Amava casa sua. Anche se era un appartamentino con una sola camera da letto (era tutto ciò che si poteva permettere, col suo misero stipendio), ma almeno era *suo*. L'aveva ammobiliato in modo informale, con colori vivaci, la cucina aveva una penisola per fare colazione, quindi invece del tavolo da pranzo aveva preferito una scrivania da lavoro. Non le serviva altro.

Stava benissimo così com'era. Aveva un appartamento tutto suo, per quanto piccolo, un lavoro che le piaceva, amici e parenti che l'amavano, studenti che l'apprezzavano. Almeno, molti di loro.

Quel che le mancava era un uomo per la vita. Non che non potesse vivere senza (non era così depressa), ma era abbastanza romantica da sapere di aver bisogno di... compagnia.

Sbuffò.

Anche di sesso. Il sesso non le avrebbe fatto certo male. A lei *piaceva* far sesso. Solo che non lo faceva da tantissimo tempo, questa astinenza la irritava. Sì, doveva solo andare a letto e tirar fuori il suo giocattolo serale, per potersi rilassare, sognando a occhi aperti un uomo tatuato con la barba, l'uomo che non poteva avere.

Almeno, non ancora.

∽

"Allora, soddisfatta della seconda settimana di scuola?" Jack, un collega di Miranda, era in piedi dietro di lei, in sala insegnanti.

Miranda si girò, con in mano la sua tazza di caffè, poi annuì. "Sì, in realtà sì. È solo la seconda settimana che insegno da sola in prima superiore, ma sono ancora molto motivata."

"La botta arriva per tutti, tesoro," intervenne la signora Perkins, una docente di inglese sulla sessantina, seduta al tavolo. Jack e Miranda erano in piedi vicino al banco dei rinfreschi, fissavano i loro caffè, mentre gli altri professori gironzolavano, preparandosi per la prima ora di scuola.

Miranda si limitò a scuotere la testa sorridendo. "Per ora mi godo l'entusiasmo, se non le dispiace."

La signora Perkins la guardò da sopra gli occhiali, aveva il mento affusolato e la bocca stretta. "Se le serve per tirare avanti, va bene così. Poi quando arriva la botta e si sentirà a terra, sa dove trovarmi."

Un po' pessimista? Miranda non voleva affatto diventare come la signora Perkins, invecchiando. Quella donna non era una vecchia arpia cattiva (come alcune delle professoresse che Miranda aveva avuto a scuola), ma di certo non era il perfetto esempio della felicità.

"Non ascoltarla," le sussurrò Jack nell'orecchio. Il suo fiato caldo la colpì sul collo, Miranda fece un passo verso destra. Non che si sentisse a disagio, ma era sul posto di lavoro e non voleva dare adito a pettegolezzi sul prof, che secondo alcune delle studentesse più grandi (e anche alcune impiegate della scuola) era un docente di storia molto sexy.

Miranda si voltò, portandosi un po' più lontana. "Non l'ascolterò," rispose a bassa voce.

Jack sorrise, come anche gli altri docenti lì vicino. Jack aveva un sorriso molto ampio, i suoi occhi azzurri brillavano particolarmente, se esposti alla luce giusta. Aveva uno sguardo un po' angelico, i capelli biondi un po' arruffati, la pelle abbronzata. Non era normale, un uomo così bello... che insegnava storia. Era anche la persona più vicina a lei per età, a scuola, almeno a occhio. Sarà stato sulla trentina, mentre lei aveva ventitré anni. Non che la differenza d'età fosse così importante. Comunque, doveva dimenticare un certo qualcuno, prima di poter guardare con interesse un altro uomo. Guardare un collega in quel modo non era il comportamento più saggio, specialmente per una nuova arrivata.

Bevve l'ultimo sorso di caffè e guardò il suo orologio. "Sarà meglio che mi dia una mossa. I ragazzi non impareranno certo l'algebra da soli."

"Sarebbe molto più semplice se lo facessero," intervenne

la signora Perkins. "Con tutti i test che dobbiamo fare per il governo, forse sarebbe meglio anche per loro." La professoressa più anziana si alzò, si sistemò il suo completo da signora per bene e uscì dalla sala insegnanti.

Miranda guardò quei pantaloni bianchi così carini, ben abbinati al top di seta. Forse non aveva il look tipico, che tutti si aspettavano da una docente, ma le piaceva quello stile. Le stava bene. Ebbe la sensazione che, andando avanti con gli anni, anche quel che indossava lei sarebbe andato fuori moda. Col tempo sarebbe cresciuta lei stessa, diventando l'immagine della sua prof delle superiori.

"Divertiti, oggi," le disse Jack, prima di precederla nel corridoio. Le fece una smorfia d'intesa, lei rispose con un sorriso. Non sentiva le stesse vibrazioni che le venivano ogni volta che Decker sorrideva verso di lei, ma Jack era comunque un uomo educato e piacente.

Si incamminò verso la sua classe e preparò la lavagna interattiva. La scuola aveva appena aggiornato il sistema di proiezione interattiva, non servivano più gessi e cancellini. Poteva mettere il libro di testo direttamente sotto la telecamera e mostrare a tutti ciò di cui stava parlando, oppure scrivere in tempo reale qualcosa in sovrimpressione. A volte usava le lavagne bianche a parete durante la lezione, perché in aula c'era abbastanza spazio su entrambi i lati della lavagna interattiva. Ma quelle erano dedicate soprattutto agli studenti che venivano interrogati sui loro compiti. Se poi notava troppi ragazzini distratti o assonnati, poteva sempre muoversi tra i banchi, per rimanere concentrata, camminando.

La signora Perkins aveva ragione sulle pressioni dei test governativi, c'era un sacco di burocrazia in una scuola pubblica, ma Miranda ci passava sopra. In fondo, lo stipendio basso e gli orari prolungati, la mancanza di fondi e l'eccesso di carico lavorativo non erano certo una novità, anzi. Lo sapeva fin dall'inizio. Bisognava solo imparare a conviverci. Insomma, avrebbe valutato a fine anno scolastico. In fondo gli esaurimenti dei docenti non erano solo eventi passati.

Suonò la prima campanella, gli studenti cominciarono ad

arrivare. La prima classe era algebra, con la prima superiore, ma c'era anche qualcuno di seconda. Molti studenti avevano già superato il primo corso di algebra in terza media e ora studiavano geometria (il corso successivo), ma il gruppo era comunque ben folto.

Suonò la seconda campanella, anche gli ultimi alunni entrarono di corsa e anche un po' scompigliati, almeno questa fu l'impressione di Miranda. Un ragazzo le lanciò un'occhiata da duro, la ragazza al suo fianco arrossì e andò di corsa al suo posto, mentre lui si accomodò con calma.

Evidentemente la tradizione di pomiciare un po' nel salone non era finita con le generazioni precedenti.

Ragazzi di oggi.

Miranda fece un sorriso di circostanza, memorizzando i loro nomi, non si sa mai. "Buongiorno. Dopo l'appello, cominciamo con la nostra amica, la variabile x, quindi aprite il libro al capitolo due."

Seguirono le solite lamentele e i soliti sussurri, che lei lasciò correre come sempre. Ora quella era la sua vita. L'avrebbe vissuta con piacere.

Senza problemi.

A FINE GIORNATA, la schiena cominciava a farle male; Miranda capì che doveva aumentare la frequenza delle sue sedute di yoga. I dolori e i fastidi dovuti a una giornata di lavoro stando in piedi non sarebbero certo terminati da soli, senza che lei facesse nulla per eliminarli. Arrivò alla sua macchina, con tutti i compiti del giorno prima da correggere infilati nella borsetta, quando Jack la raggiunse.

Lei sbatté le palpebre, sorpresa di vedere che aveva parcheggiato proprio vicino a lei. Non l'aveva notato, quando era arrivata. Ma certo, aveva pensato tutto il giorno ai suoi orari, non alle macchine parcheggiate.

"Andata bene la giornata?" le chiese Jack, aiutandola a sfilarsi la borsetta a tracolla. Lei afferrò la borsa, non voleva perdere di vista i compiti dei suoi alunni. Anche per un discorso di privacy, ma non solo; non voleva dare l'impressione della ragazzina che aveva bisogno di aiuto.

Era una Montgomery, poteva farcela anche da sola.

"Grazie, ce la faccio," rispose gentilmente. Lui lasciò andare la borsetta, che lei riavvicinò. "Grazie comunque. Comunque, sì, tutto bene. È vero che è lunedì, ma siamo comunque a fine agosto, l'anno è appena cominciato, siamo ancora pieni di energia, giusto?"

Lui annuì, poi si appoggiò alla macchina di Miranda. "Sono contento che hai cominciato a lavorare qui, Miranda. Hai portato una bella ventata d'aria fresca."

Ne era convinta anche lei, ma ora doveva andare a casa, correggere e valutare i compiti, prepararsi per il giorno dopo e telefonare al padre per sentire come andava la terapia. Santo cielo, si stancava al solo pensiero di tutti quegli impegni.

Fatti forza, Montgomery.

"Grazie per le tue parole, Jack."

"Allora, che ne dici di uscire a cena questo fine settimana per festeggiare il tuo nuovo incarico?"

Lei spalancò gli occhi, sbalordita. Le stava chiedendo di uscire insieme? Non immaginava che Jack la vedesse con un certo interesse. Era un tipo carino, non aveva sentito parlar male di lui, era già qualcosa. Sì, erano colleghi, nella scuola era capitato che dei colleghi uscissero insieme, non era certo la fine del mondo. Il loro contratto non prevedeva certo che non potessero conoscersi anche in privato.

Eppure...

Non si sentiva pronta.

Doveva dimenticare Decker... o almeno provarci.

"Eh, in realtà sono piuttosto impegnata." Non era una bugia, aveva molti lavoretti di cui occuparsi. Voleva anche andare a trovare suo padre per sentire le novità sui trattamenti, poi doveva incontrare Sierra per aiutarla ad organizzare il matrimonio. Le dava molto fastidio urtare la sensibilità degli altri, ma non poteva semplicemente dire di no? "Magari un'altra volta." Perché mai doveva dare una risposta come quella?

Jack rispose con un sorriso rapido. "Nessun problema. Vedrò di ricordartelo, vai piano, Miranda, ci vediamo domattina."

Lei annuì ed entrò in macchina. Jack salì sulla sua e si avviò fuori dal parcheggio della scuola. Miranda si rilassò e si avviò verso casa. Jack era un uomo carino e di bell'aspetto. Probabilmente avrebbe fatto meglio a dire di sì, così avrebbe avuto una vita privata che andasse oltre la sua famiglia, ma si era già resa conto di non essere pronta a uscire con qualcuno, fintanto che rimaneva innamorata di qualcun altro.

Parcheggiò nel suo posto auto, afferrò tutte le sue cose e si incamminò nel suo appartamento.

Miranda urlò dallo spavento, vedendo Maya sul suo divano, insieme all'amico Jake che stava rovistando nel frigorifero.

Anche Maya si spaventò e urlò, Jake imprecò.

"Cazzo. Ho battuto la testa contro il frigo," borbottò lui. Quel ragazzo era davvero un figo, Miranda non sapeva come faceva Maya a tenere le mani a posto (sempre che lo facesse), comunque *perché* erano nel suo appartamento?

"Ma che cavolo?" commentò Miranda, dopo aver ripreso fiato. Poi appoggiò le sue cose sul tavolino da caffè e guardò imbronciata la sorella più grande. "Ti ho dato la chiave di scorta in caso di emergenze, cosa è successo? Mi hai spaventata a morte."

Maya teneva ancora una mano sul cuore, poi inarcò il sopracciglio con il piercing. "Siamo sorelle, volevo solo sapere come ti è andata la giornata."

"Poi hai il frigo pieno," aggiunse Jake, con una zuppiera piena di insalata russa tra le mani.

"Anche voi due avete il frigo, andate a fare la spesa!"

Jake le sorrise, Miranda sospirò. Mamma, quanto era figo. Non tanto quanto Decker, ma insomma. "Mi piace quello che mangi. È vero quello che ha detto Maya, volevamo vedere come stavi." Poi si lasciò cadere di peso nel bel mezzo del divano, con Maya su un lato, lasciando il posto libero sull'altro lato.

Miranda alzò gli occhi al cielo e poi si sedette di fianco a lui. "Quella era la mia cena, avevo anche del pollo rimasto da ieri."

"Hai del pollo? Tieni questa." Jake passò l'insalata a Miranda e saltò di nuovo in piedi. Poi tornò con tovaglioli, tre cucchiai e una scatola di plastica piena dei resti del pollo. "Ci facciamo un bel picnic sul divano, così ci puoi raccontare la tua giornata."

Miranda prese un cucchiaio e fece spallucce. La loro presenza non doveva sorprenderla poi tanto, i suoi parenti si facevano visita in ogni momento senza preavviso, erano sempre i benvenuti. Era bello trovare qualcuno che le chiedeva com'era andata la sua giornata.

"Oggi qualcuno mi ha invitata fuori," disse. Maya spalancò gli occhi, poi morse un pezzo di coscia di pollo.

"Allora? Come si chiama? È figo? Quando uscite?"

Miranda rise e si prese un pezzo di pollo. Chissà come, il pollo freddo rimasto dal giorno prima la metteva sempre di buon umore. "Si chiama Jack; è proprio figo. Ma ho detto di no."

"Perché? Ti ha dato fastidio?" chiese Jake. "Vuoi che lo prenda a calci in culo?"

Miranda sorrise e diede una pacca sulla spalla a Jake. "Sei un ottimo amico, in realtà è stato molto gentile. Solo che non sono pronta a uscire con lui, almeno per ora."

"Solo perché ti piace Decker?" chiese Jake. A Miranda quasi andò di traverso il boccone di pollo.

Jake prese immediatamente tutto ciò che Miranda aveva in mano e con l'altra mano le diede qualche pacca sulla schiena. "Scusa, scusami."

"Ma che tipo, non puoi mica uscirtene così," sbottò Maya.

Miranda si asciugò le lacrime agli occhi, le tremavano le mani. "Non so di cosa stai parlando."

Maya reagì con un sorriso triste. "Dai che lo sai, tesoro. Non credo che i ragazzi l'abbiano capito, ma io e Meghan sì.

Siamo le M&Ms. Quando una di noi ha una cotta, lo sappiamo sempre."

Considerando che Miranda non aveva idea di cosa provasse Maya per Jake, non era sicura se essere del tutto d'accordo. Forse questa sorta di empatia valeva solo per Meghan e Maya.

"Eh, insomma… non so proprio cosa dire," borbottò.

Maya ripeté il suo sorriso triste, in quel momento Miranda voleva chiedere a entrambi di andarsene. "Tesoro, hai una cotta per lui praticamente da sempre, ma credo che lui non se ne sia mai accorto. È un ragazzo."

"Ehi," si inserì Jake. "Anch'io sono un ragazzo, però l'ho notato."

Maya strinse gli occhi. "No. Te l'ho detto io. È diverso." Poi tornò a guardare Miranda. "E gliel'ho detto solo perché è Jake. Non lo direi mai ai nostri fratelli, o a Decker. Vuoto il sacco solo se succede qualcosa, non se *potrebbe* succedere, se no qualcuno poi ci sta male. Sta a te, devi fare quello che vuoi con Decker, o con Jack. Però ricordati che se ti arrendi senza fare nulla perché hai troppa paura, rischi di perderti qualcosa."

Miranda annuì e deglutì a fatica. "Io… non so. Solo che non voglio parlarne, va bene?"

Maya si allungò sopra Jake e prese la mano di Miranda. "Se hai bisogno di me, sai che ci sono. Ci sono sempre, per te."

Miranda sospirò, poi morse un pezzo di pollo, dopo averlo ripreso da Jake. Sapeva che Maya aveva ragione, doveva decidersi a parlare con Decker, doveva dirglielo. Magari non gli avrebbe parlato di sentimenti profondi, ma almeno doveva provare… qualcosa.

Altrimenti se ne sarebbe pentita.

Ma il prezzo qual era? Cosa sarebbe successo, poteva rovinare tutto?

Il rischio era molto alto.

Molto, molto alto.

Capitolo 3

Austin Montgomery grugnì profondamente e si rotolò nel letto, avvicinandosi così a Sierra. Tenne gli occhi chiusi, sentendo la sua pelle (ogni centimetro di lei) tra le mani callose. Lei si mosse all'indietro, sfregando con il sedere il membro di lui in tutta lunghezza. Era duro come il legno ogni mattino, ma del resto, con la sua fidanzata vicina, nel letto... era tutto merito suo, non certo una pura reazione fisiologica.

Austin portò lentamente una mano sul fianco di Sierra, sfiorandole le lunghe cicatrici, triste ricordo del suo passato, fino a prenderle un seno. Sentì sul palmo della mano il capezzolo che si induriva, così cominciò a giocare con la punta del seno tra le dita, godendosi l'ansimare di Sierra, mezza assonnata.

Sierra si girò sul letto, mettendosi supina, così Austin aprì gli occhi per vederla sorridere. I lunghi capelli castano chiari le incorniciavano il viso, spargendosi poi sul cuscino. Austin le spostò i capelli dalle guance, accarezzandole la pelle. Cavolo, che pelle morbida che aveva.

"Non possiamo fare rumore," sussurrò Sierra. Quel sorriso complice sul volto chiamava baci, così Austin premette le labbra su quelle di lei, inalando il suo dolce profumo.

Poi si tirò indietro, così Sierra si leccò le labbra, inarcando la schiena per cercare di raggiungerlo.

Austin sorrise maliziosamente e abbassò di nuovo le labbra verso quelle di lei. "Sei tu che fai sempre rumore, spilungona." Poi si mise tra le cosce di lei e lentamente la penetrò. Le aveva accarezzato il corpo abbastanza a lungo da prepararla, era già bagnata e pronta per riceverlo. Austin amava sentirla intorno al suo membro, nuda, tutta sua.

"Allora sarà meglio che mi baci così non grido."

Austin fece proprio così, mentre entrava e usciva lentamente, con un ritmo perfetto. Amava svegliarsi facendo l'amore con la sua donna, con la sua fidanzata.

Gli piaceva da matti quella parola.

Non vedeva l'ora di poterla chiamare "sua moglie".

Presto, pensò. *Presto*.

Fecero l'amore con dolcezza, quando Sierra giunse all'orgasmo tra le braccia di Austin, lui le chiuse la bocca con le proprie labbra, catturando grida e gemiti. Poi venne anche lui, dopo poco, svuotandosi dentro di lei.

"Ti amo," disse Sierra, una volta ripreso fiato.

Austin la baciò di nuovo. "Ti amo anch'io."

"Sierra! Papà! Facciamo tardi!"

Austin appoggiò la fronte a quella di Sierra, trattenendo una risata. "Beh, almeno adesso sono sveglio," le disse sottovoce. "Arrivo, un minuto!" urlò a Leif.

Sierra rise a bassa voce, poi lo spinse via. "Vai a preparare la colazione a tuo figlio, controlla che abbia i compiti nello zaino di scuola. Ce li ho messi ieri sera, ma sai che tira fuori tutto per controllare, poi li lascia in giro da un'altra parte."

Austin alzò gli occhi al cielo e alzandosi la sculacciò. "Vai a farti una doccia, anche se mi piacerebbe rimanere dentro di te per tutto il giorno."

Lei arricciò il naso. "Eh, no. L'idea che ti infili tra le mie gambe mentre sono al lavoro non è proprio ciò che voglio avere in mente."

Lui la sculacciò di nuovo; amava il modo in cui lei reagiva, stringendo gli occhi. Eh sì, la sua piccolina aveva bisogno di passare un po' di tempo tra le sue mani, più tardi. Avrebbero trovato il tempo. Da quando Leif era entrato nelle loro vite, avevano dovuto trattenersi in un certo aspetto del loro rapporto, ma stavano lentamente trovando un loro equilibrio. Quella sera si sarebbero concessi un momento per qualche bizzarria.

"Non mi piace il modo in cui mi guardi, Austin Montgomery."

Lui si leccò le labbra mentre indossava i jeans, tirandoli su con decisione. "Ti piacerà. Ora vai sotto la doccia."

Lei spalancò gli occhi, poi si avviò con calma verso il bagno. Austin amava la sua vita. Si avviò verso la cucina, dove Leif stava ripassando gli esercizi di scrittura. Austin gli rubò il foglio e cominciò a fargli delle domande.

Suo figlio sbuffò, ma poi rispose compitando ogni parola correttamente. Era un bimbo intelligente. Austin preparò al volo dei cereali con la frutta per tutti e tre, poi fece il caffè per sé e per Sierra. Non era tanto tardi, poi a Sierra piaceva arrivare in anticipo, se necessario lavorava anche molto velocemente, quindi probabilmente avrebbero finito tutto in tempo.

Valeva davvero la pena fare sesso al mattino.

Mentre Austin si faceva una doccia veloce, Sierra finì di prepararsi e Leif stava andando alla fermata dello scuolabus. Avere un figlio di dieci anni era ancora una enorme sorpresa per Austin. Leif era entrato tardi nella sua vita, ma non avrebbe mai e poi mai cambiato il suo futuro.

Austin aveva Sierra e Leif, un matrimonio da organizzare, una famiglia che lo teneva impegnato tutti i giorni, il papà che si rimetteva in salute (o almeno così diceva lui) e un lavoro che amava.

Andava tutto bene.

Parcheggiò nel suo posto auto dietro la Montgomery Ink e si avvicinò a Sierra per darle un bacio di commiato. La sua boutique, l'Eden, era proprio di fronte al negozio di tatuaggi, dall'altra parte della strada. Altrimenti ovviamente non si sarebbero mai incontrati. Era uno dei soliti scherzi del destino.

"Passa una buona giornata, va bene?" gli disse Sierra, mentre camminavano insieme verso la strada.

Austin le mise le braccia intorno alla vita e la baciò di nuovo. "Lo farò. Ricordati di non indossare le mutandine, stasera."

Lei gli fece l'occhiolino e poi arrossì. "Austin," sussurrò, poi si guardò intorno.

Lui le prese il mento con una mano e la fissò negli occhi. "Niente mutandine."

"Va bene," rispose lei sottovoce, sorridendo. "Oh! Guarda che domani abbiamo un appuntamento alla sala per il ricevimento di matrimonio. So che non vogliamo una cerimonia faraonica, ma con tutti i parenti Montgomery bisogna per forza che prendiamo un posto di dimensioni discrete."

"Nessun problema, spilungona." La baciò di nuovo e la sculacciò, prima che Sierra attraversasse la strada. Lei si guardò di nuovo intorno, lui sorrise. Eh sì, avrebbe pagato quelle occhiate con altre sculacciate. Lei sembrò intuire quel pensiero dallo sguardo di Austin e arrossì di nuovo. Sì, l'idea le piaceva.

Austin si sgranchì le spalle e si avviò dentro la Montgomery Ink. Maya era in piedi alla finestra, lo accolse subito con una frecciata.

"Se ti avvicini ancora un po' va a finire che scopate contro il muro."

Lui le mostrò il dito medio e proseguì per il retro, passando vicino a Decker; poi si imbronciò e si ricordò che giorno era. "Merda, mi sono dimenticato che avevamo spostato l'appuntamento. Devo preparare le mie cose."

Decker fece spallucce. "Sono in anticipo di qualche minuto, volevo controllare il cartongesso che ho sistemato il mese scorso."

Austin annuì e andò in ufficio a prendere le sue cose. Quando ne uscì, vide nella propria stazione di lavoro Decker che beveva del caffè, doveva averlo preso nel bar vicino, quello di Hailey.

"Ne hai preso uno anche per me?" gli chiese, mentre si sedeva.

Decker annuì e indicò il bicchiere sulla scrivania di Austin. "Sì. Si sarà raffreddato, non sapevo che oggi arrivavi più tardi."

"Ma fammi il piacere," rispose Austin. "Sono arrivato cinque minuti dopo… al massimo."

Decker replicò sorridendo maliziosamente e si tolse la camicia. "Oggi facciamo la schiena, vero?" Volevo solo controllare che non avessi cambiato idea, non avrai mica deciso di tatuarmi qualcosa a caso."

Austin sbuffò. Non l'avrebbe mai fatto, con un parente, ma poteva sempre scherzarci sopra. Preparò rapidamente i suoi attrezzi per il tatuaggio, mise in ordine gli inchiostri e gli aghi che gli servivano per il progetto. "Sì, Maya ti ha fatto il drago sul braccio, io ti ho fatto le impronte di cane, ma tocca a me farti la schiena."

"Io gli faccio le gambe!" urlò Maya.

Decker ridacchiò. "Ma guardatevi, voi due, sempre a litigare per me. C'è spazio abbastanza per tutti e due, sul mio corpo."

"Come dicevo, fammi il piacere," replicò Austin.

"No no, pensavo che ti bastasse Sierra."

Austin sbuffò e fece girare Decker di schiena, per potergli lavorare sulla schiena. "Oggi facciamo l'albero morto. Poi aggiungeremo il resto, un pezzo alla volta."

"Per me va bene."

"Allora, a proposito di piacere…" proseguì Austin, mentre puliva la schiena di Decker.

Decker sorrise, Austin fece una smorfia ironica. "Sì?"

"Come vanno le cose tra te e Colleen?"

Decker si guardò attorno. "Ma che siamo delle fanciulle, adesso? Parliamo dei nostri sentimenti?"

"Andate a cagare tutti e due," sbottò Maya dalla sua postazione.

Entrambi gli uomini le mostrarono il dito medio, senza nemmeno voltarsi a guardarla.

"Chiedevo solo. Sierra lo voleva sapere. Me l'ha chiesto tempo fa, di sfuggita, ma fa niente."

Decker inarcò un sopracciglio, capendo al volo che Austin stava solo cazzeggiando. "Siamo tranquilli. Lo so che continuo a ripeterlo, ma è la verità. A volte mangiamo insieme, ma niente di più, in questo periodo."

Austin gli fece l'occhiolino. "Vuoi dire che voi due…"

Decker gemette. "Ma no. Che problema hai? Da quando in qua parliamo di sesso?"

"Da quando abbiamo partecipato allo spettacolo un paio di anni fa. Anche se adesso siamo entrambi fuori dal giro." Avevano entrambi le loro piccole perversioni, proprio come tanti altri della famiglia, come tanti amici, ma non erano dominanti assoluti, come tanti dei tipi che avevano incontrato all'epoca.

Decker fece spallucce. "Io sto bene così. Mi piace Colleen, va tutto bene, ma… non lo so."

Austin si imbronciò. "Va bene. Se hai bisogno di qualcuno con cui parlare…" Poi si schiarì la gola. "Telefona a Maya."

"Come dicevo, andate a cagare tutti e due. Però Austin ha ragione. Vuoi parlare di sesso? Parla con me. Anche se non ho intenzione di farlo con te. Spiacente."

"Ma dai, Maya," si lagnò Austin. "Smettila. Non ho proprio *voglia* di pensare a una delle mie sorelle che fa sesso."

Decker si schiarì la gola e si girò dall'altra parte, con uno strano sguardo. *Oh, chissà a cosa alludeva.*

Pazienza. Austin avrebbe cercato di capire cos'aveva che non andava, il suo amico. Era il suo compito. Austin era il più anziano dei fratelli Montgomery. Sistemava sempre tutto e tutti. Dato che la sua vita era finalmente sulla strada giusta per diventare una cazzo di meraviglia, poteva anche cercare di contagiare gli altri della stessa felicità.

Capitolo 4

Perché diamine indossava quei pantaloncini così corti? Le mettevano in risalto moltissimo le gambe, Decker avrebbe tanto voluto mettersi quelle gambe intorno al collo e leccargliela fino a farle urlare il suo nome.

Merda.

Quel posto speciale all'inferno adesso portava il suo nome scolpito sulla porta. Al solo pensiero di una certa brunetta tutta curve su cui non avrebbe nemmeno dovuto fantasticare, gli sembrava di avere un martello tra le gambe, proprio come quello che impugnava al lavoro. La sorellina del suo migliore amico non lo considerava nemmeno, eppure lui non riusciva nemmeno a toglierla dalla testa.

Era sempre stata così sexy?

No.

Oh no, non voleva pensarci più.

Mettere insieme pensieri di sesso e Miranda Montgomery portava solo a pessime conseguenze.

In particolare, portava le palle di Decker in una morsa stretta da Meghan e Maya, più il suo culo squarciato fin sotto le orecchie, per gentile concessione dei fratelli Montgomery.

Quel bastardo di Grif aveva chiesto a Decker di andare a casa di Miranda per aiutarla a montare delle mensole. Per farlo, prima doveva prendere bene le misure, perché voleva fare lui le mensole a mano. Già, era proprio un pignolo, ma voleva che Miranda si mettesse in casa qualcosa di carino, non delle schifezze di compensato che avrebbero tenuto su solo pochi libri. Considerando la quantità di libri che aveva Miranda, Decker era preoccupato per la tenuta dei muri.

Certo. Continua a raccontartela.

"Non dovevi disturbarti, lo sai?" ripeté Miranda.

"Ma sì," brontolò lui, facendo un passo indietro.

"No, dai, davvero. Lo so che Grif ti ha chiesto di aiutarmi con le mensole, penso sia un'ottima idea, ma potevo pensarci da sola. Mamma e papà mi hanno insegnato come si fa."

Decker le sorrise. "So che te lo hanno insegnato. Tutti voi Montgomery siete capaci di usare gli attrezzi per il fai da te. Insomma, magari qualcuno più di altri, se pensi a quella volta che Grif ha provato una sega elettrica."

Miranda lasciò cadere la testa all'indietro ridendo. "Almeno non si è tagliato via un dito, è già qualcosa."

"Vero. Però senti, i tuoi fratelli vogliono solo che tu viva in un bel posticino, quindi ti darò una mano." Capito? Amore fraterno. Non *voglio-farlo-con-te.*

"Non ti convincerò a lasciar perdere, vero?"

Decker scosse la testa e tornò a piantare chiodi. Dato che c'era, sistemò anche il grande specchio nell'ingresso. Quello specchio apriva molto l'ambiente, l'ingresso sembrava molto più grande di quanto non fosse. Era troppo pesante perché Miranda se ne occupasse da sola, lui voleva aiutarla. Aveva già preso quasi tutte le misure che gli servivano per preparare le mensole su misura. Se un giorno Miranda si fosse trasferita, avrebbe sempre potuto smontarle e portarsele al nuovo indirizzo. Qualunque casa sarebbe stata più grande dell'appartamento in cui viveva in quel momento, quindi sarebbero andate sempre bene.

"Va bene, allora grazie." Miranda gli passò una mano sulla schiena e lui si irrigidì.

Caro il mio uccello, stai buono.

Per amor del cielo, stai buono.

Si guardò attorno e vide la reazione stranita di Miranda,

prima che si ricomponesse. Cazzo, non stava andando affatto bene. Solo che quando c'era lei vicino, Decker non riusciva nemmeno a pensare; quando lo toccava, poi... porco cane.

Quello che Decker *voleva* fare era mettere giù i suoi attrezzi, prenderla e spingerla contro il muro, per poi assaggiare ogni centimetro del suo corpo.

Quello che invece *avrebbe* fatto era finire di prendere tutte le misure per poi tornarsene a casa a prepararle le mensole. In quell'appartamento non poteva nemmeno respirare, senza inalare il dolce profumo di Miranda. Si spruzzava sempre un prodotto diverso, quindi scopriva di volta in volta il suo profumo.

Quel giorno sapeva di caprifoglio, o qualcosa di simile; Decker si odiava, perché voleva tanto scoprire se anche lei aveva un sapore altrettanto dolce.

"Ho quasi finito," le disse goffamente. "Poi mi tolgo dalle scatole."

"Oh, va bene, vuoi pranzare, vuoi qualcosa da mangiare?"

"No no, va bene così. Ho da fare."

"Ok," rispose lei allegramente. Non sembrava risentita, ma insomma, di certo non lo vedeva, non lo desiderava, niente del genere. Sembrava più che fosse lui, Decker, a comportarsi da scemo nei confronti di una persona a cui teneva, forse perché ci teneva tantissimo. Perché la voleva troppo.

Se avesse fatto qualche avance, lei l'avrebbe preso a ginocchiate nei testicoli, o lo avrebbe schiaffeggiato con forza, per poi chiamare i suoi fratelli, che l'avrebbero preso volentieri a botte.

Oppure avrebbe chiamato Maya.

Si trattenne dal tremare.

Di certo *non* voleva avere Maya sul groppone.

O sulle palle.

"Poi fare quello che devi fare, io finisco alla svelta così poi ti lascio il tuo spazio."

"Va benissimo," sbottò Miranda. "Non devi rispondermi in quel modo. Se non ti va, non c'è problema."

Decker imprecò e si voltò. "Scusami. Solo che sono stanco, di cattivo umore." Un umore colpevole e arrapato, ma quello era un altro discorso. "Certo che mi va. Siamo una famiglia."

Lei alzò gli occhi esasperata e poi se ne andò, guardandosi intorno mentre camminava via. "Come vuoi. Grazie comunque, fammi sapere se ti serve altro."

"Penso di no," sussurrò lui. Almeno nulla che lei potesse dargli.

Decker terminò rapidamente il suo lavoro e la salutò con un semplice cenno della mano. Doveva uscire da quell'appartamento per tornare a pensare con chiarezza. Vivevano molto vicini, poteva andare tranquillamente a casa sua a piedi (una vera fortuna, o forse una condanna), quindi arrivò a casa in auto in pochissimo tempo. La schiena gli faceva ancora male per l'inizio del suo tatuaggio, su cui Austin aveva lavorato il giorno prima; fu sollevato, perché era sabato e non doveva andare a lavorare.

Amava molto i suoi tatuaggi. Tra Maya e Austin, aveva il meglio del meglio in materia di tatuaggi artistici. Ognuno aveva un significato… anche se non lo raccontava a chiunque. Il drago sul braccio destro era stato il suo primo tatuaggio, simboleggiava il fuoco e la rabbia che aveva cercato di superare, per diventare l'uomo che era diventato. Le impronte di cane sull'avambraccio sinistro… beh, quelle gli ricordavano Sparky.

Sporse la testa in avanti sul volante, nel parcheggiare davanti a casa.

Dannazione. Quel giorno proprio *non* voleva pensare a Sparky.

Aveva amato quel cane con tutto il cuore. L'amava così tanto che l'uomo che avrebbe dovuto prendersi cura di Decker aveva ucciso quel cane, solo perché poteva farlo.

Perché era un vile bastardo senz'anima.

Un porco.

Corse fuori dalla macchina ed entrò di getto a casa sua, irritato anche solo per aver ripensato all'uomo che odiava più di quanto credesse possibile.

Ecco un altro motivo per cui non poteva stare con Miranda. Il sangue che gli scorreva nelle vene era avvelenato, a causa di chi gli aveva fornito lo sperma; Decker non voleva assolutamente che Miranda potesse subirne l'effetto.

Non che lei lo desiderasse.

Cacchio.

Decker sospirò e mise giù le sue cose nell'ingresso. Un giorno avrebbe risparmiato abbastanza soldi da comprarsi una casa con tre camere da letto, stile fattoria, con uno scantinato enorme. Per tanti, una casa del genere sarebbe costata un pozzo di soldi, ma lui costruiva case di mestiere, sapeva che valeva la pena di risparmiare soprattutto per l'ossatura della casa, più che per gli aspetti estetici.

Chiuse gli occhi e imprecò. Quello era proprio il giorno dei pensieri ambivalenti. Era ora di scacciare quei pensieri, doveva concentrarsi su qualcos'altro.

Prese una bottiglietta di acqua gassata dal frigorifero e andò in garage. Quando aveva comprato quella casa, aveva trasformato il garage in una officina, per poter svolgere lavori di costruzione senza sporcare in casa. Amava lavorare il legno, lo intagliava, ci costruiva oggetti vari. Certo, lavorava anche col cartongesso, verniciava, svolgeva altri compiti nelle costruzioni della Montgomery Inc., ma la parte che preferiva erano le finiture in legno. Di solito si incaricava delle scale in legno, dei corrimani intagliati, delle modanature, mentre Wes e Storm si occupavano di altri aspetti della costruzione. Il fatto che si fidassero così tanto di lui lo rendeva molto orgoglioso.

Ecco un altro motivo per cui non poteva certo provarci con una delle loro sorelle.

Santo cielo, doveva darsi una regolata.

Doveva togliersi dalla testa quei pensieri, doveva smettere di immaginarsi quella brunetta sexy dalle gambe lunghe, o suo padre che lo prendeva a pugni, o che gli rompeva il cranio a martellate.

Decker smise un attimo di pensare, cercò di mandar giù la rabbia che gli faceva salire gli acidi in gola.

Santo cielo, non aveva pensieri come quelli da tanto tempo.

No, non era vero.

Ogni volta che vedeva un martello, si ricordava il suono del suo cane che moriva, per mano di suo padre. Ma ogni volta che vedeva le impronte di cane sul suo braccio si ricordava anche dei bei tempi, non solo dei brutti momenti.

Forse avrebbe fatto meglio a prendersi un altro cane. Dopo Sparky, non ne aveva più avuti. Aveva troppa paura dei suoi ricordi. Lo perseguitavano comunque, quindi tanto valeva andare al canile e sceglierne uno.

Un po' più tranquillo, Decker accese la radio, bevve un sorso d'acqua, poi si mise al lavoro. Miranda aveva dei mobili di pregio, uno stile sobrio, rilassante. Il colore scuro del legno si amalgamava perfettamente con il colore crema vivace di molti mobili. Decker voleva che le mensole fossero ben abbinate al resto dell'arredamento, quindi si sarebbe impegnato per ottenere il risultato migliore. Anche se Miranda non avrebbe mai potuto diventare la sua donna, Decker voleva comunque che avesse il meglio del meglio.

Anche se nel meglio *non* era incluso Decker Kendrick.

Decker aveva detto di sì a Griffin, che gli aveva chiesto aiuto, solo perché si trattava di Miranda. Ora però si sentiva in colpa. Grif non aveva idea dei pensieri che gli scorrevano in testa. Se l'avesse saputo, beh, Decker probabilmente si sarebbe beccato i suoi pugni in faccia. I Montgomery si erano fidati di lui, tanto da portarselo in casa, non poteva tradire la loro fiducia, oltraggiando la sorellina più piccola. Perfino i suoi pensieri, i suoi desideri andavano troppo oltre.

Avrebbe lasciato perdere. Si sarebbe assicurato che fosse felice, avrebbe continuato a uscire con Colleen, o con una come lei. Una che gli piacesse abbastanza, una che magari sarebbe riuscito a rendere felice. Non l'avrebbe usata, ma almeno non l'avrebbe macchiata, stando con lei.

Con un grande sospiro si rimise al lavoro, perdendosi nella lavorazione del legno. Doppie misure, taglio, intaglio, finché la schiena non gli faceva male per il troppo stare piegato. Eppure, continuò il lavoro. Preferiva sopportare un po' di dolore e sfinirsi di lavoro, piuttosto che starsene seduto, con troppi pensieri che non poteva nemmeno avere.

Il suo telefono sul tavolo vibrò, Decker posò gli utensili per rispondere. Quando guardò lo schermo, imprecò.

Sua madre.

In quel momento non aveva proprio le forze di affrontarla, ma come sempre non poteva ignorarla. Magari non era stata la madre migliore del mondo, ma ogni tanto ci aveva provato. Anche lei aveva avuto i suoi problemi da affrontare.

Decker si fece forza e rispose alla telefonata. "Mamma."

"Oh, Decker, bene, ti ho beccato." La sua voce aveva un tono abbacchiato e privo di energia, il tono che lui aveva sempre temuto da ragazzo. Sua madre parlava sempre a voce troppo bassa, circospetta, aveva sempre troppa paura di farsi sentire.

Decker si passò una mano tra i capelli e tornò in casa. Non voleva stare vicino alle mensole per la casa di Miranda, mentre aveva quella conversazione. Era irrazionale, ma non voleva che il suo passato sporcasse qualcosa che Miranda doveva poi toccare.

Ecco, del suo passato faceva parte anche lui.

Cercò di resistere alla tentazione di prendersi una birra dal frigo, dato che l'alcol non aveva mai aiutato la sua famiglia. Invece si appoggiò al bancone della cucina, cercando di convincersi a non chiederle se avesse bisogno di aiuto. Ogni volta che glielo chiedeva, alla fine non faceva altro che ferire entrambi. Ormai sua madre avrebbe dovuto sapere che lui l'avrebbe sempre aiutata a prescindere, anche se non serviva a nulla, se lei lo ignorava.

"Mi hai beccato. Che c'è, mamma?" Cercò di mantenere la voce tranquilla, un tono non minaccioso. Odiava il pensiero che, se avesse usato una voce profonda e roca come faceva normalmente, lei avrebbe riattaccato o si sarebbe irrigidita. Lui non aveva mai alzato un dito contro sua madre, ma aveva lo stesso DNA dell'uomo che l'aveva picchiata.

Lei si schiarì la gola e mormorò qualcosa che lui non riuscì a capire bene. Sentì un nodo che gli si stringeva allo stomaco, ma provò lo stesso a capire.

"Non ti ho sentita. Puoi ripetere?" *Oddio, ti prego, fa che non sia ciò che temo. Fa che sia qualcosa di buono, almeno per una volta.*

Non era mai qualcosa di buono.

"Tuo padre esce domani dal carcere. Domani sera ceniamo alle cinque e mezza, vorremmo invitarti."

Il ronzio nelle orecchie di Decker si fece più intenso; strinse i denti, costringendosi a non urlare al telefono, a non riattaccare, a non stritolare l'apparecchio con la mano. Sua madre non meritava quella rabbia, per quanto quella mancanza di carattere lo uccidesse. Era stata picchiata fino a diventare la donna che era, lui non poteva certo darle questa colpa. Poteva solo cercare di aiutarla... anche se lei non aveva fatto altrettanto, nel crescerlo.

Cacchio.

Doveva chiudere la conversazione, altrimenti sarebbe andato nel panico.

"Pensavo dovesse scontare un altro anno," rispose Decker a voce bassa, senza trasmettere emozioni. Porco cane, perché liberavano suo padre? Il corpo di Decker cominciò a sudare freddo. Inalò con forza.

No, doveva stare calmo. Ormai non era più quel ragazzino, era un cazzo di uomo, un uomo con delle grandi mani, delle braccia forti. Ormai non doveva più avere paura.

Almeno per se stesso.

"Oh, Decker, lo sai che trova sempre il modo di uscire." Le ultime parole erano quasi un sussurro, Decker provò di nuovo una fitta di dolore al cuore. Diamine.

"Stavolta qual è stata la scusa?"

"Sovraffollamento, credo. Non importa, tesoro." La

madre fece una pausa, Decker trattenne il fiato. "Torna a casa, devi venire a cena. Lui ti vuole a casa per cena."

Tutto ciò che Frank Kendrick desiderava, Frank Kendrick l'otteneva.

Ma vaffanculo.

"No. Non vengo, mamma."

"Decker, ma devi. Lui… ha detto che devi venire."

Decker chiuse gli occhi a quelle parole. Strinse un pugno, ma poi si trattenne. Reagire con violenza alla minaccia di violenza non poteva risolvere nulla.

"Non devi per forza farlo tornare, mamma. Te ne puoi andare."

"Ne abbiamo già parlato, tesoro." La conversazione lasciò il posto a un silenzio scomodo, Decker sospirò.

"Mamma."

"Ora sarà tutto diverso."

Lo diceva sempre.

Non era mai diverso.

"Non vengo a cena. Non voglio rivederlo mai più. Proprio mai. Devi lasciarlo, mamma. Qua sei la benvenuta, sarai sempre la benvenuta a casa mia." *Ti prego, mamma. Per favore, lascialo.*

"Mi dispiace di sentire che non ce la farai a venire a cena. Telefonami se cambi idea, tesoro."

Sua madre riattaccò prima ancora che Decker potesse convincerla, dirle che le voleva bene… fare qualcosa, invece che rimanersene in piedi nella sua stupida cucina, col telefono che sembrava incollato in mano.

Non si era mai sentito così inutile.

Appoggio il telefono sul bancone della cucina e si passò una mano sulla faccia. Cercava di aiutare sua madre fin dal giorno in cui era diventato abbastanza grande da poter reagire, ribellandosi a suo padre. Ma qualunque cosa faceva, non bastava mai. Alla fine, dopo essersi rotto per la seconda volta il naso, era scappato da quella casa. Aveva cercato di far scappare anche sua madre, si era assicurato che sapesse dove trovarlo, ma non era servito a nulla.

Sua madre non avrebbe mai lasciato il marito.

Si era impegnata per la vita, ecco come stavano le cose.

Però Decker non si sarebbe mai arreso. Era sua madre. Anche se non era stata in grado di crescerlo (anche quando il padre era in carcere), perché era una donna troppo debole.

Decker non poteva arrendersi.

Il pensiero di quella birra tornò a rimbalzargli in mente, quando il campanello della porta suonò. Per amor di Dio, sperava proprio che sua madre non fosse venuta a cercare di convincerlo ad andare a cena a casa sua. Magari l'aveva chiamato dal cellulare e poi era rimasta lì ad aspettare. Non era mai venuta a trovarlo a casa, ma c'è sempre una prima volta per tutto. Decker non era sicuro di avere il fegato per dirle di no in faccia, vedendo i suoi occhi stanchi.

Quando aprì la porta, trattenne un gemito di sorpresa. Quello non era il suo giorno fortunato, il suo controllo era continuamente sotto pressione.

"Miranda, che ci fai qui?" Decker non pronunciò quelle parole con voce piena di desiderio, ma ci mancò poco.

Si era cambiata, al posto dei pantaloncini troppo corti si era messa un vestitino viola ancora più corto, che la rendeva ancora più sensuale. Sembrava di un tessuto morbido, forse cotone, Decker avrebbe tanto voluto farle scorrere le mani su e giù per i fianchi, tirarle su quel vestito, toccarla su tutto il corpo, dannazione.

Cavolo, sarebbe andato senz'altro all'inferno.

Invece di reagire con irritazione a quell'accoglienza poco cordiale, Miranda girò la testa e sorrise. Decker sentì l'uccello scattare, prese un respiro profondo.

Errore.

Poté sentire quel dolce profumo tentatore, ora doveva gestire anche quello, oltre a tutto il resto che gli frullava nella testa.

Come facevano tanti uomini a bere e basta, tutti soli, per sopportare tutte le rotture della vita?

Lui preferiva sfogarsi prendendo a pugni un sacco da boxe o martellando qualche mensola.

"Devo parlarti un minutino, posso entrare?" Sembrava nervosa, eppure stranamente decisa. Decker non sapeva cosa aspettarsi.

Così fece un passo indietro, non sapendo cosa dire. Non gli piaceva sentirsi così disorientato, ma era così che si sentiva molto spesso, quando era vicino a Miranda Montgomery.

Miranda gli passò vicino, lasciandosi dietro una scia di profumo al caprifoglio. Decker chiuse la porta e si mise le mani in tasca. Sembrava il posto più sicuro in cui tenerle.

Non voleva avere a casa sua Miranda. Non la voleva nel suo spazio privato. Era già fin troppo difficile tenerla fuori dalla testa quando erano all'aperto, in pubblico, oppure quando erano con gli altri Montgomery, in quel momento invece avrebbe sparso il suo profumo in tutta la casa e lui non se ne sarebbe più liberato. Non voleva che Miranda entrasse in contatto con qualcosa del suo passato, non voleva farle sapere da dove veniva. Adesso gli era venuta in casa, mentre lui pensava a suo padre.

Cazzo, doveva andarsene dal suo spazio personale.

"Che cosa vuoi, Miranda?" grugnì. Doveva andarsene. Subito.

Lei si leccò le labbra (che stronza) e lui strinse i denti. "Io…"

Non sembrava più sicura come un momento prima. Cosa voleva? Decker era già arrabbiato per la questione di suo padre, per quel che sua madre faceva per quell'uomo; non aveva le forze per gestire anche Miranda. Non dipendeva dalle azioni di lei, era il modo in cui *lui* non la sapeva gestire. Un altro valido motivo per cui lui non era all'altezza di lei.

"Volevo vedere se ti andava una cena." Gli fece l'occhiolino e lo guardò, sembrava trattenesse il fiato.

"Cena?" chiese lui stupidamente.

"Sì." Miranda si schiarì la gola. "Cena. Sai, quando si mangia di sera, da qualche parte, perché mi andrebbe di uscire. Allora, che ne dici?"

"Con chi?" Dio santo. Era uno stupido idiota. Di solito riusciva a mettere in fila due o tre parole, invece in quel momento sembrava non essere in grado di parlare. La vena alla tempia cominciò a pulsargli, Decker capì che era sul punto di cedere. Immaginò il pugno di suo padre, confuso con il sorriso di Miranda, dovette fare un altro respiro profondo.

Miranda gli sorrise nel suo solito modo speciale, lui strinse i pugni nelle tasche. "Con me, scemo. Io e te. A cena."

"Perché?" Già, perché voleva uscire con lui? "C'è qualcosa che non va?" Merda. "Si tratta di Harry? Vuoi parlare di lui? È successo qualcosa e nessuno mi ha detto nulla?" Le passò vicino e controllò il suo cellulare. Niente chiamate perse, non c'era alcuna emergenza. Qualcuno poteva averlo chiamato mentre era al telefono con sua mamma, forse la chiamata non era stata inoltrata. "Forse dovremmo andare a controllare."

La guardò, Miranda aveva un'espressione imbarazzata, così Decker si preoccupò. "Cosa? Cosa c'è?"

"Il papà sta bene." Le tremava quasi la bocca, ma non si scompose. Decker aveva sempre pensato che Miranda fosse più forte di quanto credessero i suoi fratelli e le sue sorelle. Quando c'erano delle brutte notizie, piangeva più degli altri, ma questo non la rendeva più debole. Anzi, era un aspetto che a Decker piaceva.

Miranda sbuffò e alzò le braccia al cielo. "Dannazione, Decker. Di solito sono più brava. Non sono certo una pivellina in materia di appuntamenti."

"Appuntamenti?" ripeté lui, con voce roca. Con chi diavolo stava uscendo, e poi lui cosa c'entrava?

"Sì, appuntamenti. Voglio un appuntamento. Con te. Usciamo a cena. Non per parlare di mio papà, a meno che non ne vogliamo parlare perché è importante per entrambi. Allora, che ne dici?"

Gli stava chiedendo di uscire insieme? Proprio a lui? Santo cielo, ma cosa diamine aveva nella testa? Lui non era affatto all'altezza di Miranda. Che importava se la voleva. Che importava se sognava di averla sotto di sé tutta la notte, o al suo fianco tutto il giorno. Non sarebbe mai successo; quella bizzarra fantasia da ragazzina era un'idiozia.

Magari lei pensava di realizzare una delle sue fantasie, uscendo col ragazzino in affidamento cresciuto nel quartiere sbagliato, ma lui non l'avrebbe mai permesso. Miranda Montgomery era troppo, per quelli come lui.

Ancora arrabbiato per il funzionamento stupido del sistema giudiziario e per il rilascio del padre, non fece attenzione a quanto stava dicendo.

"Mi prendi per il culo?"

Lei perse il sorriso, la luce si spense nei suoi occhi. Decker si sentì un bastardo per aver provocato quelle reazioni, ma era meglio farglielo sapere subito, piuttosto che aspettare fosse troppo tardi, quando poi lei se ne sarebbe pentita.

"No, Decker. Non è una presa in giro. Sono venuta a chiederti di uscire a cena, non c'è bisogno che tu faccia lo stronzo."

Lui si mosse sornionamente verso di lei, Miranda fece un passo indietro. Ottimo, doveva avere paura. Arretrò fino ad avere la schiena contro il mobile della cucina; lui le mise le braccia intorno al corpo, come chiudendola in una gabbia, con i palmi delle mani appoggiati sul piano di lavoro.

"Io *sono* uno stronzo, ragazzina. Sarà meglio che te lo ricordi. Sono troppo avanti per te, se cerchi una prima volta, una bella botta per tutta la notte." Perché sarebbe stata davvero bella, peccato che non sarebbe successo.

Lei strinse gli occhi, il fuoco dei Montgomery le si accese in petto. "Vaffanculo. Ho già avuto qualche bella botta per conto mio, grazie mille. Non saresti certo il primo, quindi scendi dal tuo piedistallo. E smettila di cercare di spaventarmi, cazzo."

Era stata già con qualcuno? Decker strinse i pugni sul bancone della cucina. Chiunque fosse lo stronzetto che l'aveva toccata, era morto. Però in quel momento non era quello il punto. "Invece è meglio che ti spaventi. Miranda, facciamo parte della stessa famiglia. Non si va a cazzeggiare con la famiglia, solo perché ti prude." Diamine, si stava comportando da stronzo bastardo, ma se non riusciva a spingerla via nel modo giusto, c'era il rischio che lei ci riprovasse. Decker non poteva permetterlo. Meglio urtare i suoi sentimenti fin dall'inizio, così almeno poi Miranda poteva andare avanti con la sua vita, invece che rischiare qualcosa di peggio.

Gli occhi di Miranda si riempirono di lacrime; però sbatté le palpebre una, due volte, e le lacrime se ne andarono. "Porca vacca, Decker. Si può sapere cosa ti rode? Perché ti comporti così? Se pensi che io sia troppo giovane per te, che non sia alla tua altezza, allora dimmelo e basta. Non comportarti come se tu non fossi alla mia altezza. Sappiamo bene entrambi che non è così."

Decker strinse gli occhi a quella falsità. "Tesoro, sai che c'è? Non so cosa cerchi, ma qui non lo troverai di certo." Eppure, Miranda non sembrava arrendersi, così Decker fece l'unica cosa che gli era rimasta da fare.

La baciò.

Le prese la faccia tra le mani; sentì con le dita callose la pelle morbida del viso di Miranda, poi si schiantò con le labbra sulla bocca di lei. Miranda ansimò, prima di aprirsi a quel bacio. Diamine, Decker ne voleva di più, *desiderava* di più, ma non sarebbe successo. Le loro lingue si scontrarono, si mordicchiarono le labbra a vicenda. Decker si appoggiò di peso su di lei, spingendola contro il mobile della cucina. Il suo uccello le premeva contro la pancia, duro, pronto.

Miranda gemette, il suo corpo tremò.

Lui le prese i capelli e le tirò indietro la testa, per poterla baciare più profondamente, quasi scopandola in bocca con la lingua, anche se sapeva di doversi fermare.

Prima di andare troppo oltre, Decker si tirò indietro e appoggiò la fronte su quella di lei, ansimando proprio come faceva lei. Doveva spaventarla, farla scappare. "Cazzo, ragazzina. Lo senti? Guarda che ci sono andato piano. Se mi ci metto, non puoi reggere. È meglio che torni da mamma e papà, lascia perdere, non scherzare con un ragazzaccio dei quartieri bassi. Capito?"

"Cosa?" Miranda lo spinse all'altezza del petto, Decker fece un passo indietro. Per quanto lui insistesse a spaventarla, perché si allontanasse, non le avrebbe mai fatto nulla di male.

I confini della tentazione

Il modo contraddittorio in cui si era comportato non sfuggì a Decker.

"Vai a casa, ragazzina." Non la stava pregando, ma era sul punto di farlo.

Lei si leccò i segni sulle labbra rigonfie, aveva gli occhi confusi. Aveva graffi di barba sul collo e sulle guance, i capelli erano scompigliati, come se lui ci avesse passato le mani, tirandoli.

Beh, l'aveva fatto.

Se lei fosse andata in quel preciso momento da uno dei suoi fratelli o da una sorella, avrebbero preso Decker a calci in culo.

Se li era meritati.

"Si può sapere cosa c'è, Decker?"

"Te ne devi andare, Miranda. Ecco cosa c'è, qui non ti voglio."

Miranda scosse la testa. "No, non vado da nessuna parte. Volevi spaventarmi? Va bene, ci sei riuscito. Non te lo chiederò di nuovo. Non voglio rendermi ridicola una seconda volta. Però l'hai detto anche tu molto bene, siamo una famiglia. Eri già agitato prima ancora che io entrassi da quella porta, ma io ero troppo concentrata sulle mie preoccupazioni e ho ignorato le tue. Mi dici che ti succede?"

Lui si passò una mano sul viso, tirandosi un po' la barba. "Vattene, Miranda." Sospirò.

Lei si mise le mani sulle labbra. Quando aveva quell'espressione negli occhi, Decker sapeva che era praticamente impossibile farle fare qualcosa, se non voleva.

Cazzo.

"Va bene. Vuoi una birra? Ho bisogno di una cazzo di birra." Le passò vicino e se ne prese una.

"Sì, una birra mi andrebbe. È stata una giornata stramba, poco ma sicuro."

Decker prese una birra anche per lei e le aprì entrambe. Miranda prese la sua birra, bevvero entrambi un lungo sorso direttamente dalla bottiglia, prima di tornare a prender fiato.

"Dimmi," sussurrò Miranda, che poi si alzò in punta di

piedi e lo accarezzò in mezzo alle sopracciglia. Decker chiuse gli occhi, inalando il profumo di lei, calmandosi al suo tocco. Quando era Colleen a farlo, a toccarlo in quel modo, si sentiva a disagio, come se Colleen ci stesse provando un po' troppo.

Ma Miranda?

Cavolo.

Decker fece un passo indietro, ignorando lo sguardo addolorato di Miranda.

Tanto valeva parlare, così almeno se ne sarebbe andata, lasciandolo da solo, con le sue rotture da risolvere.

"Oggi mi ha chiamato mia mamma. A quanto pare mio padre esce domani di galera, vogliono che vada da loro a cena."

Miranda non conosceva tutti gli avvenimenti di casa sua, quando Decker ancora non era entrato a far parte della famiglia, ma dato che era una Montgomery ne sapeva abbastanza. Nemmeno Griffin sapeva tutto, eppure a quei tempi Decker e Grif erano molto vicini, quasi come gemelli.

Il viso di Miranda si ammorbidì, anche se le si accese una scintilla di rabbia negli occhi. "Oh, Decker, mi dispiace tanto. Odio tuo padre. So che non significa nulla, ma vorrei che ci fosse un posto speciale dove mandarlo, perché non ti facesse più del male."

Lui non pensava che lei potesse farci qualcosa, ma il fatto che ci tenesse? Doveva pur significare qualcosa... qualcosa che lui avrebbe ignorato, perché non poteva andare avanti così.

Lei gli guardò il tatuaggio sull'avambraccio e si intristì. Non poteva conoscerne il significato... o forse sì?

"Lo odio," gli sussurrò, mentre con le dita seguiva le impronte di cane sul braccio di Decker.

Lui strinse il pugno. "Perché mi guardi il tatuaggio?"

Lei aveva gli occhi lucidi, quando i loro sguardi si incontrarono. "Nessuno me l'ha detto... ma ho sentito che la mamma e il papà ne parlavano, quando te lo sei fatto. Non te la prendere con loro, hanno saputo cos'è successo al tuo cane e perché ti sei fatto tatuare queste impronte sul braccio. Mi dispiace tantissimo che non ci fosse nessuno di noi a fermarlo."

Decker deglutì a fatica per mandar giù la rabbia di quel ricordo, poi scosse la testa. Mai e poi mai voleva coinvolgere Miranda in quei ricordi, non voleva assolutamente mischiarla con i ricordi del padre violento.

"È stato tanto tempo fa," le disse, con la voce roca. Guardandola negli occhi, capì che non gli credeva, del resto non ci credeva nemmeno lui.

"C'è niente che possiamo fare? Possiamo fare qualcosa per tenerti al sicuro?" Miranda mise una mano sul braccio di Decker, proprio sul tatuaggio, lui la lasciò fare. Lo aveva già toccato in passato, non si era mica scottato. Avrebbe cercato di non infiammarsi troppo neanche in quel momento.

"Niente che possiamo fare," brontolò Decker. "Puoi solo lasciar perdere e cercare di ignorare quanto è sfigata la mia famiglia."

"Ma tu hai una famiglia, Decker, e non sono loro. Se quanto ho fatto oggi ti crea dei problemi, allora mi dispiace. Farò del mio meglio perché non succeda più."

Decker sospirò e scosse la testa. "Dimentichiamo tutto." Come se si potesse mai dimenticare il sapore della sua lingua, ma quello era un altro discorso.

Lei trasalì, ma poi reagì con un piccolo sorriso. "Va bene. E scusami, Decker. Mi dispiace tantissimo che lo facciano uscire di prigione, che non possiamo farci niente. Vorrei tanto poter andare a prenderlo a calci in culo, ma così non risolverei nulla."

Miranda capì.

Lei lo capiva sempre.

Per questo non poteva stare con lei.

Lei sapeva troppo, e si accorgeva di tutto.

O almeno, quasi tutto.

Lui non era alla sua altezza, un giorno si sarebbe accorta anche di questo.

Capitolo cinque

Gli si era gettata tra le braccia.

Oh, buon Dio.

Era andata a casa sua e aveva corso il rischio più grande della sua vita... solo per scoprire che aveva fatto tutto per nulla.

Quanto ancora poteva rendersi ridicola? Sbatté la testa contro la parete della sua camera da letto, maledicendosi da sola. Sperava solo di non aver rovinato il rapporto che avevano. Erano amici, si conoscevano, o almeno lui l'aveva conosciuta come parte della famiglia. Se non anche di più, a essere onesta. Adesso ogni ritrovo di famiglia sarebbe sicuramente stato molto imbarazzante, ma le sarebbe passata. *Doveva* lasciarsi tutto alle spalle.

Miranda sapeva fin dall'inizio che Decker faceva parte della famiglia Montgomery, anche se non aveva lo stesso sangue; non avrebbe consentito che si defilasse. Aveva visto in prima persona cosa gli succedeva, quando la sua vecchia vita cercava di afferrarlo di nuovo, quando si sentita tirato indietro e combatteva con tutte le sue forze. Miranda non avrebbe permesso che si allontanasse dall'unica famiglia che conosceva.

Dannazione.

Si spogliò rapidamente e andò a farsi una doccia, voleva lavar via quella giornata. Una parte di lei (sì, più di quanto non fosse disposta ad ammettere) avrebbe preferito tenersi addosso il suo profumo, l'odore di Decker sulla pelle, ma Miranda non voleva esagerare, superando il confine dell'ossessione. L'acqua le scorreva sulla pelle, chiuse gli occhi. La sensazione di... inadeguatezza? Perdita? Qualunque essa fosse, sarebbe passata. Lei era di una pasta più forte, non era certo una ragazzina piagnucolosa, ma di certo era stato un passo molto difficile.

Per lei era stato importante fare quel passo, andare a parlare a Decker. Se fosse rimasta lontana, desiderandolo da lontano, poi se ne sarebbe pentita. Avrebbe rimpianto di *non* sapere, anche se sapere le faceva male. Si passò una mano sul cuore, tra i seni. Già, il fatto che lui non la volesse la feriva tremendamente, ma ora almeno lo sapeva.

Oh, sì, l'aveva baciata.

L'aveva *baciata* per davvero, ma era stata solo una dimostrazione di forza.

Quel ricordo la fece gemere sonoramente. Decker era stato molto deciso, aveva preso il controllo, in modo così *potente*, tanto che lei si era quasi arrampicata sul suo corpo, come su un albero. Era un uomo pieno di muscoli, Miranda aveva sentito la sua erezione che le premeva contro la pancia. Era bello grosso. Lungo, carnoso, davvero pronto a penetrarla. Magari nella passera, magari in bocca, forse anche tra i seni. Sussultò leggermente, poi lasciò andare la mano tra le gambe.

Solo un'altra volta.

L'ultima volta, poi non si sarebbe mai più eccitata pensando a lui.

Era tutto davvero, *davvero* sbagliato, ma a lei non importava. Non in quel momento.

Si prese un seno con la mano, mentre l'altra scendeva tra le cosce. Decker l'aveva accesa così alla svelta, era un figo, anche dopo aver parlato con lui per venti minuti di cose che non avevano nulla a che vedere con le sue voglie, sentiva ancora la sua presenza. Sentiva ancora il suo profumo su di sé, il graffio della barba ruvida sul collo.

Oddio, chissà come sarebbe stato, avere quella barba che le strofinava la pelle setola dell'interno coscia, mentre la leccava avidamente, mentre le succhiava la passera, o le mordicchiava il clitoride? Come sarebbe stato, raggiungere quella passione, quel piacere estremo?

Giocherellò con il capezzolo tra le dita, tirandolo e strofinandolo, per raggiungere quel leggero dolore che amava sempre, quando si masturbava. Nessun uomo aveva mai trovato il modo di farle raggiungere quel piacere, eppure Miranda sospettava che Decker l'avrebbe trovato, anche alla svelta.

Sollevò i fianchi per far scorrere l'acqua calda tra le dita, in mezzo alle gambe. I gemiti divennero più forti, si immaginava il cazzo grosso di Decker che le scivolava tra le gambe, spingendosi dentro con forza in un colpo solo. Si spinse dentro con le dita, dentro e fuori, riproducendo ciò che voleva da Decker. Lui avrebbe trovato il ritmo, lei l'avrebbe subito. Oddio, voleva tanto lasciarsi andare, perdere il controllo, per poter solo *sentirlo*.

Si immaginò che Decker le leccasse il collo e le mordesse un capezzolo. Rigido. Con un colpo di polso, fece pressione sul clitoride e venne. Le gambe le tremarono, si lasciò scivolare giù per la parete della doccia, fino a sedersi per terra, con l'acqua che le pioveva tutto intorno. Santo cielo, quanto lo voleva. Lo voleva più di prima.

Ma non l'avrebbe mai avuto, avrebbe dovuto trovare il modo di accettarlo. Non sempre si può avere ciò che si vuole, Miranda sapeva di dover comunque rimanere ottimista.

Anche se le dispiaceva, anche se l'avrebbe amato per sempre, desiderare un uomo che non l'avrebbe mai amata avrebbe solo peggiorato la situazione.

Si alzò e si lavò rapidamente il corpo e i capelli, cercando di togliersi Decker dalla testa. Aveva fatto ciò che si era ripromessa di fare, gli aveva chiesto di uscire; non aveva funzionato, ora sperava solo di non aver rovinato tutto. Non era certo una persona volubile, anche se cercava di mantenere il loro rapporto, pur avendone scalfito la superficie. Significava solo che voleva proteggere il proprio cuore e i suoi legami.

Ora avrebbe compiuto il passo successivo del suo piano, assicurandosi di essere felice, prima di trovare qualcun altro. Non intendeva certo stare da sola per tutta la vita, e non voleva nemmeno ridurre tutto a un uomo solo. Anche se sarebbe stato bello trovare una buona via di mezzo.

Solo che non poteva essere Decker Kendrick.

E lei si sarebbe dovuta rassegnare.

Prima o poi.

"Sembra che tu abbia tutto sotto controllo."

Miranda si guardò dietro le spalle, vide Jack e sorrise. Erano passate due settimane da quando aveva aperto le porte del proprio cuore al dolore, ma il mondo non era certo finito. Quattordici giorni in cui era cresciuta, diventando adulta.

Sarebbe andato tutto bene.

Andava tutto bene.

"Mi piace pensare che sia così," rispose lei, chiudendo i fascicoli che doveva portarsi a casa. La campanella di fine giornata era suonata una trentina di minuti prima, ormai era pronta per il fine settimana. Forse anche più dei suoi studenti.

Il semestre era in pieno svolgimento, la prima serie di esami era in programma per la settimana successiva. Miranda sperava che i suoi studenti fossero pronti, ma poteva arrivare solo fino a un certo punto, poi i ragazzi dovevano imparare a studiare per conto loro, con i loro genitori, per dimostrarle il loro valore.

Oddio, era sempre stato tutto così stressante, quando era *lei* a studiare?

"Sembri proprio pronta per un drink. Che ne dici di uscire a cena, stasera?"

Lei sbatté di nuovo le palpebre verso Jack, sorpresa che glielo chiedesse di nuovo. Da quel pomeriggio nel parcheggio non le aveva più chiesto di uscire, quindi lei si era immaginata che avesse lasciato perdere, che avesse deciso di considerarla solo una collega. Per un momento, pensò di dire di no educatamente e di andarsene, ma per qualche motivo non era pronta a farlo.

Sapeva di dover dimenticare Decker, uscire con qualcun altro sarebbe stato utile. In più, Jack non era affatto brutto, anzi, aveva proprio un bell'aspetto. Le poteva anche andar peggio. La scuola non avrebbe fatto storie, a meno che non fosse stata lei a farne. Aveva consultato il codice di condotta, per scoprire se anche solo un invito a uscire fosse oltre il limite consentito, ma non lo era minimamente.

Per questo sapeva di doverci provare.

"Sai che c'è? Ottima idea. Dove pensavi di andare?"

Il volto di Jack si illuminò come di soddisfazione, mostrando un sorriso smagliante. Aveva davvero un bel sorriso, non carino o pericoloso come quello di Decker, ma...

No. Doveva finirla con quei pensieri. Non avrebbe mai più confrontato l'uomo che aveva davanti, che voleva uscire con lei, con l'uomo che voleva rimanere suo amico ed era solo suo amico.

"Andiamo a quel piano bar che c'è vicino a casa mia. Si mangia molto bene, si beve anche meglio e poi ci si diverte tanto."

Miranda non era mai andata a un piano bar, ma c'era sempre una prima volta per tutto. "Ottima idea, a che ora pensavi di trovarci?"

Jack le prese la borsa dalla scrivania e se la mise a tracolla. Lei inspirò rapidamente, ma sempre sorridendo, poi riprese indietro la borsa. Era capace benissimo di portarsi le sue cose. Jack inarcò un sopracciglio, ma poi le lasciò portare la borsa.

"Alle sette mi andrebbe bene. Ti va se ti vengo a prendere a quell'ora?"

Lei scosse la testa. "Ci possiamo anche incontrare direttamente là alle sette, basta che mi dai il nome o l'indirizzo." Non avrebbe mai comunicato il proprio indirizzo a un uomo, al primo appuntamento. Non era così stupida.

Per un momento dal viso di Jack sparì l'espressione radiosa, ma poi tornò a sorridere, spifferando il nome del locale. "Ci vediamo alle sette, Miranda. Sono proprio ansioso di vederti in un bel vestito."

A quanto pare la voleva vedere in un vestito, quella sera. Beh, le andava bene, dato che intendeva già indossarne uno, ma chissà perché le diede fastidio quel suo presumere che lei facesse a modo suo. Un po' come con la borsa, nel parcheggio. Piccoli gesti, segnali che la mettevano in allarme, senza alcun motivo apparente. Forse doveva mettere quei sospetti da parte, dato che probabilmente erano ancora legati a Decker. Stava solo cercando dei difetti da puntualizzare, non doveva rovinare qualcosa prima ancora di vedere come andava.

"Ci vediamo là."

Jack l'accompagnò alla macchina, ogni tanto i due corpi si sfioravano, lei si spostava un po', cercando di rimanere più a distanza senza sembrare un'idiota. Anche se non c'era niente di male nell'uscire insieme, non sarebbe certo stato furbo sbandierare tutto sul posto di lavoro.

"SETTE FRATELLI? MA È PAZZESCO!"

Miranda alzò gli occhi al cielo e bevve un sorso del suo unico bicchiere di vino di quella serata. Non era certo la prima volta che qualcuno reagiva come Jack, sapendo quanti erano in famiglia. Ormai, avere così tanti fratelli era diventata una stranezza. A lei piaceva il modo in cui erano cresciuti, tutti e otto, le piacevano i rumori, i continui contatti ravvicinati, le preoccupazioni legate alla presenza di così tante persone nella sua vita.

Era cresciuta con due genitori e con sette fratelli più grandi, che sembravano conoscere tutti i fatti suoi. A volte poteva essere molto irritante, dato che Miranda non era mai riuscita a svignarsela da casa per andare a qualche festa, come facevano le altre amiche in classe sua, ma si era rifatta abbastanza al college. Tra i parenti più stretti, i tanti cugini, Decker, aveva sempre qualcuno da frequentare, non si era mai sentita sola. Non erano tante le persone che potevano dire lo stesso, fuori dalla sua famiglia.

E quella era l'ultima volta che pensava a Decker, dannazione.

"Era sempre tutto chiassoso, molto affollato, l'ambiente in cui sono cresciuta, l'adoravo," concluse lei. Poi si mise a giocare con lo stelo del suo bicchiere di vino. "Non so proprio cosa significhi *non* avere una grande famiglia. Io poi sono la più giovane, quindi ho sempre avuto tante persone al mio fianco. Gli altri invece hanno vissuto un po' di tempo con meno persone intorno, intanto che nascevano i più giovani."

Jack scosse la testa. Il sorriso che aveva in volto non la faceva tremare, ma almeno era molto bello.

Bello?

Santo cielo, doveva crederci un po' di più.

"Non riesco a credere che il tuo fratello più grande sia più vecchio di te di quanto, quindici anni? Hai detto che si chiama Austin, giusto?"

Lei sorrise, ripensando al suo fratellone, che non si era mai comportato da padre nei suoi confronti, come facevano altri fratelli maggiori nelle grandi famiglie. I suoi genitori avevano trovato il modo di far andare d'accordo tutti, nonostante la differenza di età, quindi i figli più grandi non avevano mai dovuto tirar su quelli più piccoli.

"Sì, si chiama Austin. Adesso la differenza di età non sembra più importare molto." Insomma, i più grandi la trattavano ancora come una ragazzina, ma sempre meno. A volte.

"Non ho mai saputo com'è, avere così tanti fratelli e sorelle. Hai anche dei nipoti?"

Jack sembrava davvero interessato, non dava l'impressione di parlare solo per passare il tempo, così Miranda sorrise. "Sì, ho tre nipoti, due maschietti e una femminuccia."

Gli occhi di Jack si spalancarono. "Così pochi, con una famiglia così grande?"

Miranda fece spallucce. Non aveva intenzione di raccontare tutta la storia del figlio segreto appena scoperto da Austin, o di parlare di Alex, che non poteva avere figli con sua moglie anche se li aveva sempre voluti. Alcune informazioni non andavano condivise, se non con qualcuno che facesse davvero parte della sua vita. Era ancora troppo presto, per Jack.

"Solo un paio sono sposati o fidanzati. Però penso che siamo al punto di vedere arrivare più matrimoni e più bambini, o almeno così mi piace pensare."

Jack le fece l'occhiolino, Miranda arrossì, imbarazzata.

"Intendevo dire per gli altri. Oddio, scusami. Mi sono espressa male. Non volevo affatto dire che sono in cerca di matrimonio o di altro. Ti prego, sparami sul posto."

Jack lasciò cadere la testa all'indietro e rise. "Nessun

problema. Ho immaginato cosa intendevi." Poi inarcò un sopracciglio. "O almeno spero di aver capito."

Miranda bevve un sorso d'acqua, le piaceva il fatto che Jack non fosse andato nel pallone. Anche se non era quello che intendeva in quel momento, lei *voleva* un giorno sposarsi e avere figli. Prima o poi.

"Allora, so che fai la professoressa e che alcuni dei tuoi fratelli lavorano nel settore edilizio. E degli altri che mi dici? Che lavoro fa Austin?" chiese Jack, mentre la cameriera stava appoggiando gli antipasti sul tavolo. Cominciarono ad assaggiare i calamari, mentre il pianista cominciò a suonare un poco di... Billy Joel, naturalmente.

"Austin e Maya sono proprietari di un negozio di tatuaggi, la Montgomery Ink. È appena fuori dal centro commerciale della sedicesima strada. La fidanzata di Austin, Sierra, è proprietaria dell'Eden, la boutique dall'altra parte della strada. Infatti, si sono conosciuti proprio così."

Jack piegò la testa, con un'espressione un po' strana in viso. "Un negozio di tatuaggi? Che... interessante."

Miranda fece del suo meglio per rimanere sorridente. Santo cielo, quanto odiava le persone che giudicavano senza nemmeno sapere cosa fosse un tatuaggio. Tantissimi pensano solo che avere un tatuaggio o lavorare in un negozio di tatuaggi significa essere dei criminali degenerati e stupidi. Certo, nel panorama artistico delle nuove generazioni, della sua generazione, i tatuaggi erano più presenti ed erano sempre più accettati, ma chi *faceva* i tatuaggi era ancora stigmatizzato.

Forse Jack sarebbe stato diverso.

Forse.

"Sì, è *davvero* interessante. Austin e Maya sono due degli artisti più ricercati della costa ovest, fuori da Los Angeles. Sono venuti anche da Los Angeles, per farsi tatuare da loro. Hanno avviato il loro negozietto dal nulla, adesso hanno sei tatuatori a tempo pieno, più altri che vengono a turno, quando sono da queste parti."

Jack annuì, lo sguardo stranito svanì dal suo volto. Non

stava sorridendo, ma non sembrava neanche avere pregiudizi. Era già qualcosa, immaginò Miranda.

Si aspettava anche la domanda successiva.

"Allora, tu hai dei tatuaggi?"

Ecco... una domanda prevedibile, ma non imbarazzante. Lei nascondeva il suo tatuaggio, un po' per il lavoro che faceva, un po' per il modo in cui gli altri avrebbero reagito, ma non si sarebbe mai fatta tatuare, non fosse stata orgogliosa del suo tatuaggio.

Però doveva anche ricordarsi che quello era solo un appuntamento, non un interrogatorio. Jack era solo curioso, mentre lei era molto suscettibile, nei confronti di chi giudicava la sua famiglia. Era una Montgomery. Mica un'indagata.

Invece di farsi irritare da tutte quelle domande, se le scrollò tutte di dosso, o almeno ci provò. Piegò di lato la testa e sorrise, togliendosi i capelli dalla spalla. Gli occhi di Jack cambiarono espressione, il suo sguardo scese sulla linea del collo di Miranda, fino alla pelle nuda della sua spalla.

Ecco qua, ci sapeva ancora fare.

"Possibile. Ma non è qualcosa che racconto al primo appuntamento," rispose, civettando un po'.

Jack reagì con una smorfia maliziosa e si avvicinò sul tavolo per prenderle la mano. Lei girò la mano tranquillamente, perché lui potesse giocherellare con il palmo.

"Mi piace. Non ho mai creduto che i tatuaggi fossero sensuali... ma, insomma... allora questo *è* un primo appuntamento." Fece un gesto alla cameriera e, come per un'intesa invisibile, lei rispose annuendo. "Balla con me," disse Jack a Miranda, tornando a guardarla.

"Ma, e la cena?" rispose lei, sorpresa da come stavano andavano le cose.

"Quando siamo arrivati, le ho detto di aspettare a inoltrare il nostro ordine, qualora volessimo ballare. Adesso è andata a dare conferma in cucina, così possiamo ballare una o due canzoni, per poi tornare a mangiare quando sarà pronto."

Wow. L'aveva pensata davvero molto bene. Eppure,

sembrava un po'... artificiale. No, non era quella la parola giusta; insomma, sembrava proprio che quella non fosse la sua prima volta.

Dacci un taglio, Miranda. Di certo anche lei era già uscita con altri, accidentaccio, perché cavolo si comportava così? Vero, però almeno non stava per pensare a *quel* nome.

Jack si alzò in piedi, sempre tenendola per mano, così anche lei si alzò. Si fecero strada verso la pedana, poi una volta al centro Jack mise la mano libera dietro la schiena di Miranda.

"Stasera sei proprio affascinante."

Jack ballava bene, non come qualcuno che va a lezione di danza, sembrava venirgli naturale. Sembrava il tipo di uomo a cui molte cose venivano spontaneamente, ecco, ancora un giudizio, Miranda era proprio giù di corda.

"Grazie," gli rispose. "Anche tu non sei per niente male." La tirò più vicina, i loro corpi erano a contatto in tutta lunghezza. Miranda poteva sentire la sua erezione contro la pancia, eppure non la eccitava. Anzi, si mosse un po' più indietro per non sentirsi troppo ingabbiata. Il fatto è che aveva provato una scintilla speciale con l'uomo-da-non-nominare, ora non provava le stesse emozioni con l'uomo che la teneva tra le braccia, ma non era colpa di Jack. Era solo il momento sbagliato.

Però non voleva arrendersi. Non era certo una rottura, ballare con Jack, mangiare insieme, godere della sua presenza. Solo perché non le dava quell'emozione forte che le sbaragliasse tutte, non significava che non provasse assolutamente nulla. Magari il sentimento sarebbe cresciuto lentamente.

Jack la fece girare con disinvoltura sulla pedana, poi la fece ridere, improvvisando un passo, sembrava quasi sapere che Miranda aveva bisogno di ridere di più. Dopo un paio di balli arrivarono le ordinazioni, così tornarono al loro tavolo. Parlarono di lavoro, perché era qualcosa che avevano in comune, francamente era anche una passione, più della sua famiglia. Non si addentrarono molto nella vita di Jack, se non per dire che era figlio unico e che aveva perso entrambi i genitori qualche anno prima. Sentendo della sua perdita, il cuore di Miranda si addolorò per lui, così lo prese per mano, anche se lui sembrava solo volersi scrollare di dosso quel dolore. Lei non sapeva come avrebbe fatto, se avesse perso la sua famiglia.

Miranda deglutì a fatica, al triste pensiero della malattia del padre. Non ne aveva parlato a Jack, non voleva farlo. Almeno, non al primo appuntamento. Era troppo personale, poi lui non conosceva bene la sua famiglia e suo papà, quindi forse non avrebbe capito il profondo dolore, la ferita brutale che le spezzava il cuore per quanto stava succedendo.

Miranda odiava non sapere, non avere tutto sotto controllo. Per questo preferiva fare degli elenchi e dei programmi, per le cose che poteva controllare. O almeno per le cose che pensava di poter controllare.

La sua vita privata era proprio una di quelle cose nell'elenco. Sperava solo di non prendersi una scottatura.

Dopo la cena e il dolce, Jack l'accompagnò alla macchina. Diversamente dalla prima volta, a scuola, quella volta c'era qualche aspettativa in più. A Miranda piaceva baciare. Le piaceva fare sesso.

Quando arrivarono alla macchina, Miranda si girò verso Jack. Coi suoi tacchi alti, la testa le arrivava all'altezza della fronte di lui, proprio all'altezza giusta, in caso volessero darsi il bacio della buona notte. Anche se non aveva sentito le scintille che sperava, si era divertita, quindi era sempre qualcosa.

Jack era in piedi davanti a lei, con le mani appoggiate alle braccia di lei. Miranda sorrise, Jack abbassò la testa. Lei alzò leggermente il mento, lasciandosi sfiorare le labbra da quelle di lui, prima di lasciargli approfondire leggermente quel bacio.

Non baciava certo male, anzi. Solo che non era... Decker.

I confini della tentazione

O forse stava solo pensando troppo, doveva solo godersi quel momento.

Miranda si tirò indietro e sorrise leggermente. Lui non sembrò deluso, ma lei non riuscì a trattenere le sue emozioni. Era stato un bel bacio. Bello, non eccezionale. Ma bello.

"Beh, allora immagino che ci vedremo lunedì," gli disse con gentilezza, cercando di non entrare in macchina troppo alla svelta. Jack era un tipo a posto, solo che non le faceva scattare gli ormoni. Il fatto che Miranda desiderasse scappar via, mettersi una felpa e farsi una vaschetta di gelato non lo rendeva certo una cattiva persona.

"Vorrei uscire ancora con te, Miranda."

Lei si sforzò di sorridere. Non c'era un vero motivo per dire di no, se non il fatto che lei non voleva saltargli addosso e fargli la festa come una affamata.

Del resto, non era colpa di Jack.

Dopo tutto, Miranda voleva dimenticare Decker.

"Mi sembra una buona idea," gli rispose.

"Devo dare i voti ai compiti, questo fine settimana, poi ho altro da fare, magari facciamo la settimana prossima?" domandò Jack, sempre con un sorriso smagliante.

"Possiamo decidere una volta capito come va col lavoro. Che ne dici?" *Noiosa, Miranda, davvero noiosa.*

Jack le fece passare un dito lungo la mandibola. Nulla, niente pizzicore, niente scintille. Magari col tempo…

"Si può fare. Ci vediamo lunedì, Miranda." La baciò ancora, quando si tirò indietro lei sospirò. A quel sospiro, gli occhi di Jack si accesero, ma lei non ebbe il coraggio di dirgli che quello non era un sospiro di passione.

Solo perché Jack non era Decker, non significava che fosse l'uomo sbagliato per lei.

Doveva solo ricordarselo.

E dimenticare un certo uomo tatuato, introverso, con la barba.

Capitolo 5

"Si chiama Gunner, ha tre anni."

Decker guardò giù verso la gabbia, con le mani in tasca. "Di che razza è?" Onestamente non riusciva a capirlo, aveva orecchie grandi, chiazze marroni e nere, zampe grosse, sproporzionate rispetto al corpo. Dato che era un cane di tre anni, Decker immaginò avesse finito di crescere. Peccato che non era cresciuto quanto le sue zampe.

"È un incrocio, un pastore, crediamo. A volte con gli incroci è difficile distinguere, comunque è addomesticato. Certo, gli piace masticare, quindi è meglio avere sempre a portata di mano delle ossa, magari tenere le scarpe chiuse da qualche parte, almeno finché non si abitua."

Perfetto. Un cane che poteva farla anche fuori, ma che avrebbe mangiato tutto ciò che incontrava. Eh, chissà chi gli ricordava.

A dire la verità, quel bestione avevo una faccia che solo un Montgomery poteva amare.

Decker lo voleva.

Non c'era niente di peggio che essere emarginati, o implorare affetto. Lui non sarebbe mai più tornato quel ragazzo, e si sarebbe assicurato che anche quel cane non si trovasse più in una situazione simile.

"Lo prendo," borbottò Decker, prima di inginocchiarsi

davanti a quella gabbia. Gunner mise le zampe sul metallo che li separava e poi abbaiò. La sua lingua scivolò fuori dal muso e ansimò. Sembrava che quello stupido cane stesse sorridendo.

Una fitta di dolore attraversò il petto di Decker, al ricordo di Sparky che si comportava nello stesso modo, ma Decker scacciò quell'immagine. Ormai non c'era più niente da fare per il cucciolo che aveva perso, ma si sarebbe preso la massima cura di quello che aveva davanti. Non avrebbe mai permesso che il suo vecchio lo toccasse. Decker aveva pugni più grandi, era più alto, avrebbe protetto ciò che era suo proprio come aveva fatto, da quando ne aveva avuto le forze.

Rinvigorito da quel pensiero piacevole, si alzò in piedi e mise una mano sul cancelletto della gabbia. "Andiamo a completare i documenti, così Gunner può uscire da questa gabbia."

La volontaria del canile sorrise prima a Decker, poi a Gunner. "Penso che sarete un ottimo abbinamento." Poi sbatté le ciglia più volte per farsi notare, Decker trattenne un lamento. *Niente da fare, dolcezza, sei persino più giovane di Miranda. No, grazie.*

Cazzo. Doveva smetterla di pensare a Miranda.

"Documenti?" sbottò di nuovo.

Lei smise di sorridere, poi cominciò a saltellare di qua e di là per la stanza. Sembrava proprio uno di quei cagnolini che stava cercando di accasare. Piena di energia, senza preoccupazioni. Beh, poteva anche continuare così, bastava che lui riuscisse ad andarsene da quel posto alla svelta. Il rumore dei cani che abbaiavano e delle cause perse cominciava a rodergli dentro. Poteva portare a casa solo un animale, sapeva che, rimanendo più a lungo, non ce l'avrebbe fatta.

Diamine, se avesse portato anche Miranda, lei probabilmente avrebbe voluto adottare tutti quanti quei cani. Si sarebbe spinta persino a regalarne un paio a ciascuno dei suoi fratelli. Faceva sempre così, man mano che cresceva, cercava sempre di salvare tutto e tutti. Aveva cercato di salvare persino lui, anche solo essendo se stessa. La conosceva molto bene.

Dannazione, allora, basta pensare a Miranda.

Decker compilò i documenti, fece una donazione per tenere aperto il canile, poi nel giro di trenta minuti prese Gunner al guinzaglio. Non era stata una decisione improvvisata, portarsi a casa un cane, aveva già preparato casa, ci pensava già da qualche giorno. Fin da quando aveva cacciato Miranda di casa, dopo essersi sfogato e averla baciata con forza, era stato di umore nero pece. Un cane poteva aiutarlo.

Magari superare quel che aveva fatto suo padre (almeno ci avrebbe provato) alla lunga l'avrebbe aiutato a star meglio. Chi lo sa, cazzo, almeno a quel casino si aggiungeva anche un cane.

Fece sistemare Gunner nel sedile del passeggero della sua macchina e chiuse la porta, prima di fare il giro per andare al posto di guida. Gunner era fermo, come di sasso, non capiva cosa stesse succedendo, magari non sapeva fidarsi, forse credeva che stesse succedendo qualcosa di buono. Ci era passato anche Decker.

Doveva davvero smetterla di riflettersi in quel cane, non faceva bene al suo umore, già mesto e rognoso.

Prima di avviare il motore, si girò a guardare Gunner, che ricambiò quello sguardo; aveva gli occhi grandi pieni di... speranza? Era difficile dirlo, ma almeno non sembrava impaurito. In quel momento Decker non sapeva se avrebbe sopportato un cane che aveva paura di lui, non dopo aver fatto del suo meglio per spaventare Miranda e farla scappare via.

"Allora... vieni a casa con me." Il cane non si mosse. "Non ho un cane da tanto tempo. Anzi, da tempo non ho nulla se non quel che serve a me, quindi dovremo imparare un po' alla volta, insieme."

Gunner inclinò la testa, studiando Decker.

Strano.

"Farò in modo che tu abbia sempre da mangiare e da bere, abbastanza spazio per andare a correre. Non ti farò rimanere appollaiato in casa tutto il giorno. Anzi, se fai il bravo, scommetto che potresti anche venire in cantiere con me. Wes e Storm si divertirebbero un mondo." Sorrise al pensiero di Wes che cercava di capire come organizzare la vita di un cane, mentre organizzava anche la propria. Eh sì, ne valeva la pena. "Ora, io ti garantisco tutto questo, ma non pisciare in casa e non mangiare la cacca. Lo so che ti verrà voglia di farlo, quindi vedremo cosa fare, ma almeno provaci. Va bene?"

Gunner abbassò la testa per poi rialzarla.

Ma va. Non poteva annuire, ma l'avrebbe comunque interpretato come un cenno di assenso. Quello scemo di un cane sorrise di nuovo, Decker quasi gli sorrise di rimando.

Poi però sentì l'odore.

"Porca vacca, stai cercando di asfissiarmi in macchina?" Decker tossì e poi aprì il finestrino. "Dannazione, che odore di marcio, Gunner. Ma che cazzo hai nella pancia?" Gunner mise fuori la testa dal finestrino e sbuffò un poco.

Ecco fatto. Una famiglia perfetta. Decker avviò il motore e si avviò verso casa, con le lacrime agli occhi. "Non ho la più pallida idea di cosa hai mangiato, per fare quel tanfo, ma dovremmo trovare qualcosa di meglio a casa, perché cazzo, cane…"

Gunner si girò verso di lui, abbaiò, poi tornò a prendere aria, o a mangiare insetti o altra robaccia fuori dal finestrino. Insomma, sembrava un cane felice, almeno era già qualcosa. Quando Decker accostò per parcheggiare nel suo vialetto d'ingresso, si accorse di non essere da solo.

Decker fermò la macchina e aprì la portiera. "Hai la chiave, tonto, cosa ci fai lì seduto in macchina?"

Griffin guardò fuori dal finestrino del passeggero e abbassò il vetro. "Eh? Merda. Non mi ero accorto che fosse passato così tanto tempo. Finalmente ho capito come sistemare questo capitolo, dovevo prendere appunti. Mi sono messo a lavorare in macchina, mi sembrava un posto come un altro."

Decker alzò gli occhi, esasperato dal suo amico. Certe

cose non cambiavano mai. "Almeno non ti sei messo a scrivere mentre guidavi."

"Ehi, non sono mica un idiota." Decker non commentò, Grif sospirò. "Va bene, è successo una volta sola, tu eri seduto di fianco a me e mi hai preso a calci in culo. È passato tanto tempo, non ho più messo altri in pericolo con i miei sogni a occhi aperti, grazie mille. Se anche ne avessi avuto bisogno, stavolta almeno avrei accostato e mi sarei fermato." Grif si imbronciò. "Amico, lo sai che c'è una specie di cagnaccio in macchina con te, vero?"

Decker sorrise, poi guardò dall'altra parte, verso Gunner. Il suo nuovo cane non era uscito dalla macchina, anche se gli aveva aperto la porta. Ottimo. Era una fortuna che Gunner non fosse scappato via, anche se Decker gliene aveva lasciato l'opportunità. In futuro non sarebbe stato così idiota.

"Ehi, Gunner, adesso puoi uscire. Vieni qui da me." Gli porse una mano, Gunner saltò subito. Decker prese in mano il guinzaglio che gli aveva lasciato al collo e vide Grif sorpreso. "Bravo bambino. Grif, ti presento Gunner. L'ho appena preso al canile. Gunner, questo è Grif. È un idiota, ma è un bravo ragazzo."

Grif tirò fuori il dito medio e poi uscì dalla macchina. "Dannazione, Decker, non sapevo che volessi un cane. Bravo." Girò intorno al muso della sua auto e porse la mano in avanti. Gunner guardò Decker, il quale annuì. Poi il cane si avvicinò a Grif e lo annusò, prima di lasciarsi coccolare.

"Ehi, si comporta piuttosto bene. Ben fatto."

Decker fece spallucce. "Solo fortuna, credo. L'ho visto in quella gabbia e ho capito che era bravo."

"Beh, è così brutto che probabilmente nessuno lo voleva portare a casa per i figli." Griffin sorrise ampiamente. "Immagino che questo bel bestione starà bene con la tua brutta faccia."

"Ma succhiamelo," rispose Decker, mostrando il dito medio.

"Più tardi, bello. Prima fatti una doccia."

Decker sbuffò. "Santo cielo, non mettermi in testa strane

idee. Minchia, adesso mi dovrò fare la doccia per togliermi 'sto fetore, sei proprio un cretino." Non era l'idea di stare con un uomo che lo infastidiva, era il fatto che erano fratelli.

"Faccio quello che posso. Hai un po' di birra?"

"Ma certo che ho della birra, ne ho dovuta comprare dopo che mi hai ripulito, l'ultima volta che sei venuto a trovarmi." Passò una mano sul muso di Gunner. "Andiamo, bello. Ti faccio vedere la tua nuova casa."

"Ma io ho già una casa."

Decker tirò un pugnetto nel braccio di Grif e aprì la porta. "Puoi entrare, Gunner. Merda." Guardò indietro verso la macchina. "Mi prendi quella borsa dal sedile posteriore? È piena di cibo e altre cose per il cane."

"Quanto è grande questa borsa?" domandò Griffin, passandosi una mano sul braccio. Non era muscoloso come gli altri fratelli, anche se riusciva a sollevare altrettanti pesi. Starsene seduto diverse ore al giorno per scrivere non sembrava averlo fatto deperire. "Fai due giri, devo far vedere la casa al cane, ti prendo una birra."

Grif brontolò e poi si avviò verso la macchina. Avrebbe bevuto la sua birra, ma almeno in quel modo Decker poteva vedere come si comportava Gunner in casa. Il cane girò per tutta la casa, annusando e strofinandosi contro tutto ciò che poteva. Decker gli correva dietro, afferrò al volo una lampada prima che cadesse per terra, Gunner scodinzolava come un indemoniato.

Decker sentì Griffin che sbuffava dietro la schiena, per poi avviarsi in cucina, con una borsa di una decina di chili piena di cibo per cani su una spalla, e con un'altra borsa piena di ciotole, giocattoli e altre cose nella mano libera. Decker prese due birre dal frigo, poi si appoggiò al mobile della cucina. Aveva già sistemato una cuccia morbida in cucina, dato che non era abituato a decidere in modo impulsivo. Sapeva che sarebbe andato a prendere un cane, quel giorno, anche se non sapeva quale.

Gunner annusò tutto intorno alla cuccia e poi ci si sdraiò sopra.

Sembrava calzare a pennello.

"Dammi qua." Griffin prese una bottiglia dalle mani di Decker, la aprì e bevve un sorso. "Mamma, che buona."

Decker inarcò un sopracciglio, aprì la sua birra e ne bevve un sorso. "Sono solo le quattro del pomeriggio, come mai sei già sulla birra?"

Griffin spalancò gli occhi. "È solo birra, e allora? E poi quella scena quasi mi uccideva: mi sono serviti quattro giorni per superare quel capitolo, di solito ci metto al massimo un giorno. Mi dà fastidio quando mi devo tirare fuori le parole di bocca con la tenaglia, manco fossi dal dentista."

Decker si passò la lingua sui denti e trasalì. "Già, preferisco non pensarci. Meno male che ce l'hai fatta. Adesso, non che mi dispiaccia che tu sia qui, ma c'è un motivo particolare per cui ti sei accampato sul mio vialetto?" Decker posò la birra poi cominciò a tirar fuori tutto dalle borse. Riempì una ciotola d'acqua e la mise vicino a Gunner, che se la bevve tutto contento, bagnandosi il muso e sporcando il pavimento. Ecco, meno male che aveva messo il parquet con una bella dose di lacca. Piccole soddisfazioni.

"Cosa? Oh, sì, casa mia è incasinata."

Decker alzò un sopracciglio. "Sì? Sai che novità!"

"Sì, insomma, è sempre incasinata. Se non faccio qualcosa, rimarrà *sempre* incasinata. Non so cosa farci, ogni volta che c'è una scadenza metto da parte tutto, sistemare casa, fare la spesa… Se non ci fosse Meghan che viene a darmi una mano ogni tanto, a farmi mangiare, probabilmente morirei di fame."

Decker sbuffò e si bevve un altro sorso di birra. "Sei proprio viziato. Megan ha due bambini e un marito, che peraltro è un fottuto stronzo, eppure si prende il tempo di occuparsi di te. Viziato."

Griffin arricciò le labbra in una smorfia. "Lo so, sono fortunato. Anche Maya e Miranda fanno a turno per darmi una mano. In realtà penso che anche gli altri vengano a controllare, ogni tanto, solo che poi finiscono per mangiare tutto quello che ho nel frigo. Austin invece ha smesso di occuparsi di me già da tanto tempo. Comunque, non gli avevo mai chiesto di farlo, tanto per cominciare."

Decker ignorò volutamente l'accenno a Miranda. "Ma dai, insomma, hai ventinove anni, Grif, cresci!"

Griffin alzò le mani. "Lo so, ma il mio lavoro si prende tutti i miei pensieri. Lo ammetto, per questo mi serve aiuto."

Decker prese una pallina dalla borsa appoggiata sul mobile della cucina e si incamminò verso la porta posteriore, per far capire a Gunner dove poteva andare a fare la pipì e a correre. Il cane lo seguì, scontrandosi continuamente contro la sua gamba. Per fortuna Decker non inciampò, crollandogli addosso.

"Non ho intenzione di farti le faccende di casa, Grif, quindi toglitelo subito dalla testa."

"Eppure staresti proprio bene, vestito in uniforme da cameriera."

"Vaffanculo." Decker gettò la pallina dall'altra parte del cortile, senza superare il recinto. "Vai, prendile, Gunner, portamela indietro." Il cane lo guardò con il suo solito sorriso e con la lingua fuori, poi corse a tutta velocità fino alla fine del cortile, incespicando più volte.

Che tonto di un cane.

"Non mi serve una cameriera, ho bisogno di... organizzarmi."

"Organizzarti," ripeté Decker. Gunner corse indietro con la pallina ricoperta di bava, appoggiandola ai piedi di Decker. "Bravo cagnone." Decker raccolse la pallina e la gettò di nuovo, con tanto di saliva. Gunner la rincorse.

"Sì, organizzarmi. Ho un sacco di libri."

Era un eufemismo, ma Decker intuì che anche Griffin lo sapeva. "Vero."

"Mi servono delle mensole."

Gunner lasciò la pallina in mezzo al cortile e cominciò a rincorrersi la coda. Evidentemente per divertirsi andava bene tutto.

"Mensole per i libri."

"Sì. Mensole per i libri. E smettila di ripetere quello che dico, cazzo."

"Scusami, ma come faranno le mensole a tenere pulito e a posto in tutto il resto della casa?"

"Aiuteranno."

Decker annuì, almeno su quello erano d'accordo. Non avrebbero risolto molto, ma almeno era un inizio. "Vuoi che ti costruisca delle mensole per tenere la casa più in ordine?"

"Sì, mi serve aiuto."

"Beh, ma certo, naturalmente," rispose Decker sorridendo.

"Ciucciamelo."

"Non sei il mio tipo," rispose Decker gentilmente, facendo del suo meglio per tenersi fuori dalla testa ogni pensiero di come fosse esattamente il suo tipo. "Va bene, ti costruirò delle mensole. Dimmi come ti piacciono, che te le faccio. Perché non hai chiesto a Wes o Storm?"

Griffin alzò le spalle. "L'avrei fatto, ma ho pensato prima a te. Dato che non posso più usare delle seghe, non posso farmele da solo."

"Se non puoi più usare delle seghe c'è un buon motivo," proseguì Decker.

"Non mi sono segato un dito," sbottò Griffin...

"Non è proprio un buon motivo per insistere a voler usare di nuovo una sega, Grif. Vieni nel mio laboratorio, ti butto giù qualche idea. Gunner! Vieni qui, ragazzone." Gunner si rotolò per terra un altro minuto e poi corse dentro. Scivolò sul pavimento lasciando una scia di foglie e sporco.

"Ecco," disse Griffin sorridendo. "Sembra che la mia non sarà l'unica casa incasinata." Poi si abbassò e diede a Gunner una bella grattata su tutto il corpo. "Sai, mi sorprende che sia così bravo, sembra addestrato."

Griffin si accovacciò e coccolò la testa di Gunner. "Sì, anch'io sono sorpreso. Ma chissà cosa succederà quando c'è un temporale, o magari quando si sentirà più a suo agio. La signora del canile non sapeva da dove veniva, sapeva solo che ce l'hanno lasciato una mattina. Quindi non so come si comporterà con i bambini, per esempio. Darò un colpo di telefono a Meghan e Austin per avvertirli, così non spaventiamo i bambini, o Gunner. Sai com'è..."

"Furbo. Troverai il modo. Lo trovi sempre."

"Lo spero. Andiamo, forza, intanto che ci siamo penso anche a un'apertura nella porta per il cane, o qualcosa del genere. Non voglio che sia sempre costretto a stare in casa, non so come potrebbe reagire ai suoni del cantiere, non voglio che si spaventi già dal primo giorno. Stai qui, Gunner." Sperava tanto che i mobili non venissero distrutti, lasciando Gunner da solo in casa, ma prima o poi avrebbe dovuto lasciarlo da solo.

"Oh, ma guarda che bravo padroncino che sei diventato," disse Griffin, provocando Decker, poi si abbassò per evitare un finto pugno in tutta risposta. "Troppo lento, vecchio mio. Ahi!" Sussultò e si massaggiò la spalla, dove finalmente Decker l'aveva colpito.

"Non pigliarmi per i fondelli," disse Decker tranquillamente, mentre andavano in garage.

"Toh, guarda queste mensole," disse Griffin appena entrato. "Mi piacciono, sono per Miranda?"

Decker deglutì a fatica. Diamine, se Griffin avesse mai scoperto cos'era successo nella sua cucina, giusto un paio di giorni prima... ecco... Decker sarebbe morto, poco ma sicuro.

"Già. Le ho quasi finite." Poi però avrebbe dovuto installarle nell'appartamento di Miranda. Sperava di poterlo fare quando lei non c'era, perché non era sicuro di poter sopportare di nuovo la vicinanza fisica con i suoi pantaloncini troppo corti.

"Sono belle. Magari ci andiamo insieme, quando vai a installarle, così posso prenderla in giro sul suo nuovo tipo, Jack."

Decker si bloccò, il ronzio nelle orecchie diventava sempre più forte. Doveva aver sentito male, ma era piuttosto sicuro che Griffin avesse appena parlato di un tipo-quasi-morto di nome Jack che usciva con Miranda.

"Eh?"

Griffin lo guardò stranito. "Voglio prendere in giro Miranda per il suo nuovo tipo, Jack. Credo che sia un suo collega, è un professore o qualcosa del genere. Non conosco bene tutti i dettagli, e quindi devo chiederle tutto appena posso. Nel frattempo tu la puoi distrarre con le mensole, così le spremiamo tutte le informazioni."

"Esce con qualcuno? Con un professore di nome Jack?"

Griffino alzò le sopracciglia. "Sì, amico, aggiornati. Comunque non lo conosce nessuno, a quanto ne so sono usciti solo una volta, finora. Almeno questo è quello che ha detto a Maya, che però non ci ha voluto dire altro, perché sai, hanno i loro segreti da sorelle, cazzate varie."

Ma che diavolo, sembrava proprio che Miranda non avesse perso tempo, dopo aver fatto la sua mossa nella cucina di Decker. Non poteva certo fargliene una colpa, dopo il modo in cui si era comportato. Però diamine, sperava che il suo piano non funzionasse così bene, così alla svelta.

Del resto lui non poteva certo lamentarsi, tecnicamente usciva ancora con Colleen. Certo, non le parlava da una settimana e non andava a letto con lei da sei mesi, eppure... Miranda non gli apparteneva, non avevano nulla a che spartire.

Doveva ricordarselo.

"Tutto bene, Deck?"

Decker si schiarì la gola e annuì. "Già. Stavo solo pensando a come prenderla in giro," disse, mentendo. Oddio, magari non era del tutto falso, ma insomma.

Griffin sorrise. "Sapevo di poter contare su di te."

No, amico, in realtà proprio no.

Il telefono di Decker vibrò, lui rispose senza nemmeno guardare il display. Errore.

"Decker, tesoro, grazie al cielo hai risposto."

Decker imprecò e posò la birra. Griffin alzò un sopracciglio e fece lo stesso, incrociando le braccia al petto.

"Cosa c'è, mamma? Stai bene?" Non poté fare a meno di farle quella domanda. Non era certo un pazzo, voleva che sua madre uscisse da una situazione, dalla quale si rifiutava di scappare, rifiutandosi di proteggerlo.

"Sì, ma certo." Lui capì che era una bugia, ma non glielo fece notare. Non quella volta.

Griffin imprecò a mezza voce e prese Decker per un gomito. Lui si lasciò accompagnare in casa, fino al soggiorno, mentre sua madre parlava di cose qualunque che accadevano nel suo quartiere. Poi si sedette sul divano, con Griffin di fianco. Anche Gunner saltò sul divano e si mise tra loro due; Decker non glielo impedì. Era una cattiva abitudine, ma che cavolo, lui comunque non aveva di certo dei mobili al top. Aveva bisogno del suo cane, il cane aveva bisogno di un posto su cui sdraiarsi.

"Mamma." La interruppe, mentre parlava di marmellata o di altre cazzate che a lui non interessavano. Comunque, non gli aveva telefonato per quello, lo sapevano entrambi. Diamine, lo sapeva persino Griffin.

"Oh, tesoro, devi assolutamente venire a cena," gli disse a bassa voce. "Tuo papà di vuole qui, lo sai poi come fa."

Già, Decker sapeva bene come reagiva il padre. Proprio per quello, non ci voleva andare. Cazzo, non poteva lasciare che sua madre stesse in quella casa da sola, ma si era ripromesso già da molto tempo che non l'avrebbe mai data vinta a quell'uomo.

"Mamma, non vengo. Lo sai che non posso. Finché ci sarà lui, non metterò mai piede in quella casa. Quando se ne sarà tornato in galera, perché lo sai che ci tornerà, allora ci sarò sempre, per te. Vuoi venire qua da me, a mangiare? Ti preparo qualcosa, oppure possiamo uscire. Solo noi due."

"Lo sai che non posso," gli sussurrò.

"Mamma." Decker chiuse gli occhi, cercando di cancellare i brutti ricordi. Non sparivano mai. "Per favore."

"Non posso. Se non vieni per cena… allora glielo dico." Riattaccò, Decker gridò.

Cazzo. Un'altra volta, quando aveva detto di no, suo padre se l'era presa con lei. Se tutto andava bene, Frank si sarebbe limitato a urlare. Era appena uscito di prigione, magari si sarebbe risparmiato i pugni.

Chissà.

"Non è colpa tua, Decker."

"Col cazzo che non è colpa mia. Mio padre la picchierà a morte, prima o poi, solo perché non voglio andare a cena da loro. Dovrei solo ingoiare il rospo e andarci."

Griffin imprecò. "No, invece non devi. Non è colpa tua. Lo capisci? Non è colpa tua se tuo padre è uno stronzo ubriacone, che peraltro la tradisce. La colpa è solo di tuo padre. Se poi tua madre non lo lascia, per quanto cerchi di tirarla fuori da quella casa, insomma, non so se posso dire che è colpa di tua madre, ma di certo il responsabile è tuo padre. Non è colpa tua."

Decker si passò una mano sulla testa, mentre Gunner gli appoggiava il muso sulle gambe. Persino il cane sembrava scosso, Decker sospirò. Ottimo, adesso anche il cane era spaventato. "Scusami, amico mio." Coccolò Gunner, stringendo i denti.

"Lo so che non mi darai retta, ma adesso prendi, sali in macchina, andiamo insieme da mamma e papà. Io ci stavo andando a cena per vedere come vanno le cure del papà, quindi adesso tu vieni via con me." Poi Griffin guardò Gunner. "Ti porti anche il cane. Saranno contenti che ci siete anche voi."

"Non sono dell'umore giusto per stare in compagnia, Grif." Decker voleva solo starsene per conto suo, dimenticare tutta la merda che lo circondava. Magari poteva prendere a pugni la sua sacca. Non l'aveva aiutato a dimenticare Miranda, anche se ora le nocche erano tutte graffiate e gli facevano un male cane, ma preferiva quel dolore, ai rimorsi.

"E allora? Siamo la tua famiglia. Allora dai, alza il culo, scolati il resto della birra, poi andiamo. Adesso telefono per avvertire la mamma. Così non la prendiamo alla sprovvista. Ma dai, Decker, vieni a cena da noi."

Decker si grattò sul naso. "Non volevo andare a cena con mia madre, adesso perché dovrei venire con te?"

"Perché noi siamo la tua famiglia," rispose Griffin semplicemente.

Decker sospirò; sapeva che quella sera sarebbe andato con Griffin e che l'avrebbero accolto come un figlio, come un fratello, come un amico. Diamine, persino Gunner sarebbe stato accolto come uno della famiglia, senza alcun dubbio. Ecco un altro motivo per cui i Montgomery erano le persone migliori che conoscesse. Non avrebbe mai fatto a cambio. Senza quel tipo di rapporto, il rapporto che aveva con Marie e con Harry, beh, non sarebbe mai diventato l'uomo che era. L'avevano accolto a braccia aperte e non l'avevano mai abbandonato.

Lui ne aveva bisogno più di quanto loro potessero mai capire.

Cavolo, ne aveva *ancora* bisogno.

Ecco un altro motivo per cui non poteva stare con Miranda Montgomery.

I motivi diventavano sempre di più, eppure non riusciva ancora a togliersela dalla testa. Però avrebbe trovato il modo. Non c'erano alternative.

Capitolo 6

INVECCHIARE ERA GIÀ DIFFICILE.

Sentirsi vecchia a ventinove anni era anche peggio.

Sierra Montgomery si grattò il fianco e sussultò. L'incidente era successo una decina di anni prima, eppure le faceva sempre male, ogni mattina e ogni sera, specialmente dopo una giornata particolarmente lunga. A volte le faceva male anche al pomeriggio. Non c'era modo di sfuggire ai danni di un incidente in moto... esterni o interni.

Con un sospiro, Sierra si girò per guardare le sue cicatrici in tutto il loro splendore. Era appena uscita dalla doccia, rivoli d'acqua le scivolavano sulla pelle martoriata e sulle margherite fiorite che Austin le aveva tatuato sulla pelle con grande precisione. Le sue dita danzarono intorno ai petali delle margherite, Sierra sapeva che il suo fidanzato aveva toccato ogni centimetro della sua pelle con affetto, con forza, con precisione.

Sierra si stiracchiò le braccia sulla testa, ignorando il dolore. Con quel movimento, i suoi seni si sollevarono, i capezzoli si irrigidirono all'aria fredda che entrava in bagno. Austin pensava che quel corpo fosse perfetto, fosse *suo*, e dopo essersi abituata, anche lei era d'accordo. Era il corpo perfetto per lei, perfetto per lui. Portava ancora sulla pelle i segni che provavano il grande trasporto con cui avevano fatto l'amore, la sera prima. Graffi di barba tra le cosce, sul collo. Segni dei morsi sui seni, sulla pancia. Sierra poteva quasi vedere il contorno delle mani di Austin sui fianchi, dove l'aveva presa, stringendola forte, mentre la sbatteva. Lei l'aveva agganciato con le gambe, chiedendogli di più, ancora di più. Aveva i polsi legati alla testiera del letto, quindi non poteva allungare una mano per toccarlo.

A quel ricordo, tutto il suo corpo tremò.

Austin sapeva esattamente come amarla, come *fare* l'amore con lei, lasciando che fosse se stessa.

Ecco perché lo amava così tremendamente tanto. La spaventava il pensiero di aver quasi perso tutto, perché aveva avuto paura di rischiare, paura di concedersi di nuovo l'amore. Quando aveva perso il suo primo fidanzato nell'incidente, credeva di aver avuto la sua unica occasione. Aveva perso sia lui che il bambino che portava in grembo, in quel momento non sapeva di essere incinta. No, era stata una sorpresa orribile, una volta arrivata in ospedale.

Ora, dopo quel giorno, a causa di quel tremendo incidente, le sue articolazioni le facevano male come se avesse ottant'anni; doveva parlare con Austin del loro futuro. Stava per sposarlo. Non aveva intenzione di cambiare idea. Ma era preoccupatissima di non poter concepire. Tanto per cominciare, non stavano certamente cercando una gravidanza, ma era qualcosa che le ronzava nella testa da fin troppo tempo.

Sierra aveva solo ventinove anni, quindi, se non fosse stato per quell'incidente, avrebbe avuto altri cinque o dieci anni per poter dare la vita a un figlio. Ora invece non ne era così sicura. L'incidente l'aveva ferita al cuore, oltre che a molti altri organi; non sarebbe stato facile. I medici avevano affrontato quell'argomento anni prima, quindi ora doveva chiedere ad Austin cosa sarebbe successo se (o quando) avrebbero cercato di avere un figlio.

Avevano molto tempo prima del loro piccolo matrimonio (per quanto piccolo potesse essere, un evento dei Montgomery). Però Austin avrebbe compiuto quarant'anni l'anno successivo e voleva riuscire a correre con i figli, prima di sentirsi troppo vecchio, Sierra lo sapeva. Per lei non sarebbe mai stato troppo vecchio, perché era fin troppo affascinante per i suoi trentanove anni, quel suo fascino non sarebbe affatto cambiato così presto, Sierra ne era certa. Volevano entrambi che il figlio di Austin, Leif, avesse un fratello o una sorella di età non troppo diversa.

Leif era entrato nelle loro vite solo di recente, dopo essere stato tenuto nascosto dalla madre per i primi dieci anni di vita. Dopo qualche piccolo incidente, si era inserito bene nella sua nuova famiglia. Chiamava Austin "papà" e lei Sierra. Non la urtava minimamente il fatto che non la chiamasse "mamma". Aveva avuto una madre che si era occupata di lui, pur avendo tenuta segreta la sua nascita, non dicendo nulla ad Austin per tutti quegli anni. Ma Maggie era morta e Sierra cresceva Leif al fianco di Austin.

Sierra era sì stata figlia unica, ma Austin proveniva da una famiglia molto numerosa. Volevano un po' una via di mezzo.

Se solo il suo corpo avesse fatto la sua parte.

Certo, Sierra sapeva di essere impaurita, si stava preoccupando prima ancora che succedesse qualcosa (o che non succedesse, in questo caso), ma non poteva farne a meno. Si rifiutava di tenere qualcosa nascosto ad Austin, quindi avrebbe dovuto raccontargli quelle sue preoccupazioni. Naturalmente avrebbero anche potuto adottare, se lei non fosse riuscita a concepire; non era minimamente contraria all'adozione. Anzi, se volevano una famiglia più numerosa della media, Sierra credeva che adottare sarebbe stata una soluzione fantastica. Solo che non riusciva a ignorare quella vocina che le diceva che, se non avesse potuto avere un figlio suo, avrebbe voluto dire che c'era qualcosa di sbagliato in lei.

Ma quanto era stupida?

Un'idiota.

Falso.

Terribilmente fuori luogo.

Ecco perché doveva parlare con Austin. Se avesse potuto avere un figlio suo, allora bene, altrimenti avrebbe trovato un altro modo. Per questo c'erano delle alternative, star male per qualcosa che non poteva cambiare non serviva proprio a nulla.

"Toc toc," disse Austin dall'altra parte della porta. Lei si passò una mano sul viso e sospirò.

"Sono ancora nuda."

La porta si aprì e Austin fece capolino. "Nuda?" Aveva gli occhi pieni di desiderio. "Wow, il completino che preferisco."

Sierra alzò gli occhi esasperata, ma lusingata da quelle parole. Austin la abbracciò all'altezza della pancia, lei si appoggiò al suo corpo. "Sei un porcellino. Pensavo ti piacesse quel tubino nero che indossavo l'altra sera."

Austin fece un gemito e le afferrò il sedere, Sierra ansimò: le piacevano quei gesti bruschi. "Anche questo è uno dei miei preferiti. A quanto pare ho un sacco di preferiti, per quanto ti riguarda." Le dita di Austin continuarono a muoversi tra le natiche di Sierra, scendendo sempre più, finché lei non vibrò per quella provocazione.

"Austin," ansimò. "Devo andare a incontrare le ragazze al Taboo e poi al lavoro." Lui continuava a entrare e uscire con le dita, lentamente, quasi provocandola per gioco.

Poi le morse le labbra, il collo, mentre Sierra piegava di lato la testa per offrirgli più spazio. Sapendo che ne avevano bisogno entrambi, gli aprì il bottone dei jeans e glielo prese in mano. Lui espirò sibilando, poi tornò a morderle il collo.

"Cazzo, fammi venire, Sierra. Fammi venire sulla tua pancia, sulle tue tette. Fallo."

Lei tremò e continuò a masturbarlo, impugnando il suo uccello con la mano, mettendosi in punta di piedi perché la potesse masturbare con lo stesso ritmo. Ansimarono entrambi, lei cominciò a vedere sfocato, poi lui fece più pressione sul clitoride.

"Austin."

"Dai, tesoro, vienimi in mano. Fammi bagnare."

Lei fece come richiesto, inarcando la schiena mentre veniva. Lui le prese in bocca un capezzolo, succhiandolo. Lei non si fermò con la mano, usando il pollice per strofinare la punta dell'uccello. Lui spinse con i fianchi, aiutandola nel movimento, poi urlò il suo nome mentre veniva. Austin spruzzò il suo seme sulla pancia di Sierra, qualche schizzo le finì anche sui seni.

Poi la baciò con dolcezza, prendendole in mano la faccia. "Immagino dobbiamo entrambi farci un'altra doccia," le disse goffamente, facendosi da parte.

Sierra sorrise e alzò gli occhi al cielo. "Immagino che dobbiamo. Ma uno alla volta." Austin brontolò, lei sbuffò. "Vai nel bagno degli ospiti e usa quello. Non usciremo mai di casa, se ci facciamo la doccia insieme, nudi e bagnati."

Austin sbuffò e la baciò di nuovo. "Mannaggia, Sierra. Smettila di provocarmi così. Devo andare in negozio per un lavoro di sette ore, non posso farlo con un'erezione galattica."

Lei rise poi deglutì a fatica. Oddio, le faceva male la testa, il dolore alle articolazioni era più intenso del solito. Forse si stava stressando un po' troppo, fino al punto di ammalarsi. Non andava per niente bene.

Austin le prese il viso tra le mani. "Tutto bene, spilungona?"

Lei annuì, appoggiandosi al suo tocco. "Sì, solo un po' irritata."

Il viso di Austin mostrò tutta la sua preoccupazione, le passò una mano sulla schiena. "Scusami, ho fatto troppo forte?"

Lei fece cenno di no con la testa. "Non mi faresti mai del male, conosci i tuoi limiti. Sono solo stanca, adesso devo farmi una doccia. Di nuovo."

Lui la guardò bene in faccia, poi annuì, prima di darle un altro bacio. "Basta che sei sicura. Vado a farmi una doccia nel bagno degli ospiti, da solo. Poi vado a lavorare. Se sei libera, passa pure in negozio a salutare, più tardi."

Lei annuì e lo baciò, poi lo vide andarsene. Cavolo, quanto le piaceva guardarlo da dietro.

Insomma, le piaceva guardarlo da ogni angolazione, ma quello era ovvio.

Il suo tatuatore nudo era un uomo davvero sexy.

Con quel pensiero piacevole della testa, si fece un'altra

doccia veloce e si preparò più alla svelta che poté. Non era in ritardo, ma non era nemmeno in anticipo: insomma, valeva sempre la pena di concedersi un bell'orgasmo mattutino.

Quando finalmente arrivò al Taboo, Callie, Miranda ed Hailey erano già arrivate. Hailey lavorava dietro al bancone, preparava da bere per gli altri clienti, mentre Callie e Miranda erano sedute dall'altra parte della sala, parlavano e ridevano. Hailey era la proprietaria del bar, collegato alla Montgomery Ink tramite una porta laterale, ecco perché Sierra era diventata molto amica con la proprietaria. Era una donna intelligente, bella, con un caschetto deciso biondo platino, che sapeva dire le cose come stanno.

Callie era una nuova tatuatrice, era stata apprendista di Austin per oltre un anno, da prima che Sierra arrivasse in città. Era una ragazza giovane, più giovane di Sierra, aveva circa l'età di Miranda, con tutta l'energia di una ventenne. Si trovava molto bene con il proprio fidanzato quarantenne, Morgan.

Anche se tecnicamente Sierra aveva un'età più simile a Maya e a Megan che a Miranda, per qualche motivo era diventata molto più vicina a Miranda. Certo, andava a mangiare con Meghan, quando poteva, usciva spesso con Maya, ma Miranda era la sorella che sentiva più vicina. Forse perché avevano entrambe iniziato una nuova fase della vita allo stesso tempo.

"Ehilà," disse Callie, con un ampio sorriso e gli occhi stretti. "Ti sei fatta un bel colpetto mattutino? Bello!"

Sierra arrossì, mentre Miranda scoppiò a ridere. "Oddio, preferisco *non* pensare ad Austin tutto nudo. Grazie tante."

"Ci mancherebbe," rispose Callie, con un sorriso malizioso. "Almeno a Sierra è piaciuto?"

"Smettila," replicò Sierra ridendo, mentre si sedeva di fronte a Miranda. Hailey le mise subito davanti un latte macchiato al caramello. "Grazie, tesoro. Come vanno gli affari, bene?"

Hailey si asciugò le mani sul grembiule e annuì. "Stamattina tanta gente, adesso arriva un momento più tranquillo, sarà più facile per me parlare con voi. Allora, colpetto del mattino? È stato bello?"

Sierra spalancò gli occhi e bevve un sorso del suo latte. Perfetto. "Ovvio che mi è piaciuto. Con Austin... Adesso basta, per favore, prima che venga un attacco di cuore a Miranda."

La sorellina di Austin fece un sorrisetto. "Immagino di dover accettare che i miei fratelli facciano sesso. Cioè, lo faccio anch'io. Non ultimamente, ma in passato mi è capitato, solo che devo riuscire a togliermi quell'immagine dalla testa."

Callie guardò Miranda e Sierra. "Non di recente? Quindi con Jack ci stai andando piano?"

Sierra si accese. Jack? "Chi?"

"Oh! Ma non lo sai? Sembra che Miranda stia uscendo con un suo collega, si chiama Jack. Una divinità aurea, almeno secondo Maya."

Miranda chiuse gli occhi e gemette. "Ora ti ammazzo, Maya."

"Se non ce lo diceva Maya, ce lo diceva qualcun altro," intervenne Hailey. "Non ci sono segreti nella famiglia Montgomery."

"Questo è vero," commentò Sierra. "Allora, com'è questo Jack?"

Miranda annuì e sorrise, ma non sembrava un sorriso molto convinto. Strano. "Siamo usciti solo una volta, ci siamo dati appuntamento per il fine settimana; niente di speciale."

Callie diede qualche pacca sulla spalla a Miranda. "Ah no? Niente scintille? Che seccatura."

Miranda sospirò. "Magari ci saranno le scintille, però non sono dell'umore. Jack è un tipo a posto, quindi proviamo a uscire ancora."

Sierra annuì, mentre le altre continuarono a parlare di Jack, poi di Morgan e di altre cose che le riguardavano. Miranda non sembrava felicissima, con questo nuovo uomo nella sua vita, ma forse era ancora presto. Che strano, Sierra avrebbe potuto giurare di aver visto scintille tra Miranda e Decker. Non pensava che Decker avrebbe preso l'iniziativa, per quelle scintille. Forse il punto era proprio quello. Erano quasi fratelli, il legame familiare rendeva tutto molto più difficile. Era triste pensare che i germogli che Sierra aveva visto non arrivassero mai a fiorire, ma almeno Miranda stava provando ad andare oltre. Stava provando qualcosa di nuovo.

Sierra bevve il suo latte macchiato e si lasciò scorrere addosso le voci delle persone che erano entrate nella sua vita, persone che aveva imparato ad amare. Ogni giorno c'era una novità, con i Montgomery, nulla sembrava rimanere sempre lo stesso. Bastava tenersi stretta e seguire la corrente.

Capitolo 7

Il secondo appuntamento sarebbe andato meglio, giusto?
Miranda si ritoccò il rossetto, mentre cercava di ravvivare l'emozione che doveva accompagnare un secondo appuntamento con un uomo affascinante. A dire il vero non sapeva nemmeno perché si stava sforzando così. Avrebbe semplicemente dovuto dire di no a Jack, quando le aveva telefonato a inizio settimana per chiederle di uscire a cena O meglio ancora, avrebbe dovuto dirgli di no quando erano ancora in piedi nel parcheggio, fuori dal piano bar.

Ora si sentiva costretta a uscire con lui, anche se non voleva andare a quell'appuntamento. Jack era sì un bell'uomo, ma non era l'uomo che lei voleva. Oddio, a volte era davvero una stronzetta difficile da accontentare. Il motivo per cui aveva detto di sì fin dall'inizio, a parte la sua difficoltà a urtare la sensibilità degli altri, era proprio per dimenticare Decker, per provare qualcosa di nuovo. Agitarsi ancora prima che succedesse qualcosa non serviva proprio a nulla, né tantomeno la faceva star meglio.

Mentre si metteva un lucidalabbra sul rossetto, cercò di pensare ai motivi per non disdire l'appuntamento all'ultimo minuto. In primo luogo, sarebbe stato terribilmente maleducato da parte sua. Lavorava con Jack tutti i giorni, declinare un invito in quel modo sarebbe stato molto imbarazzante.

Quella considerazione la portò al motivo numero due, il fatto che *lavorava* con Jack. Non uscire con lui, dopo aver promesso che l'avrebbe fatto, avrebbe reso più difficile il loro rapporto di lavoro. In fondo si erano solo baciati un paio di volte e avevano ballato, non gli avrebbe certo infranto il cuore, ma comunque non era una situazione facile. Miranda ne sentiva tutto il peso, perché aveva accettato, in primo luogo. Terzo motivo: doveva dimenticare Decker. Ripensandoci, le sembrava un po' stupido, ma non poteva farne a meno. Uscire con Jack, almeno un'altra volta, l'avrebbe aiutata a spianarsi la strada del dopo-Decker. L'uomo che faceva parte della sua vita da sempre non la voleva nello stesso modo in cui lei voleva lui (bacio o non bacio), quindi Miranda doveva accettare la situazione e voltare pagina.

Quello era il modo in cui stava voltando pagina.

Peccato che l'avrebbe fatto con un uomo affascinante, ma che non faceva per lei.

In modo istintivo e un po' incauto, Miranda aveva accettato che Jack venisse a prenderla per portarla fuori a cena. Era il loro secondo appuntamento, in fondo lavoravano insieme, poi avevano scoperto di vivere a un paio di isolati di distanza, quindi era sembrata la scelta più logica andare con una macchina sola. Però non voleva invitarlo a casa sua, quando l'avrebbe riaccompagnata. Anche se non avesse nutrito dubbi su quell'appuntamento, non era comunque pronta per andare a letto con lui: non le aveva fatto scattare la scintilla. A Miranda piaceva fare sesso, ma non al punto da saltare addosso a un uomo solo perché non lo faceva da un po' di tempo.

Sì, fosse stato un certo uomo con la barba...

No.

Smettila, Miranda.

Le cose le andavano bene, moltissimi dei suoi studenti avevano superato le verifiche del trimestre, quelli che non erano passati la vedevano spesso per ripassare, su sua insistenza. Stava pensando di organizzare un incontro con un paio di famiglie, per vedere di migliorare la situazione, ma a parte alcuni casi isolati, era pronta ad avviare il resto del programma e a preparare la classe ai capitoli successivi e alle verifiche più difficili.

Il matrimonio di Austin e Sierra sembrava già mezzo organizzato, o almeno così sperava Miranda. La sua amica Callie si era impegnata con un uomo meraviglioso e affascinante di nome Morgan; Meghan quel giorno aveva riso e scherzato con lei, era di passaggio e si era fermata per pranzo con i figli.

Andava tutto molto bene.

Sentì il telefono squillare, rispose e sentì il cuore che cominciò a battere più velocemente. Succedeva sempre, ogni volta che vedeva sullo schermo il numero dei suoi genitori. "Pronto?"

"Ciao, tesoro, volevo solo sentirti." La voce della madre non sembrava agitata, come se fosse successo qualcosa di brutto, quindi Miranda si calmò un pochino. Santo cielo, doveva davvero smetterla, doveva smettere di pensare sempre al peggio. Ma non riusciva a evitarlo, non da quando suo papà era malato e tutto il resto andava avanti lo stesso.

"Mamma, va tutto bene?" Non riusciva a smettere di fare quella domanda.

Sua madre sospirò, Miranda si morse un labbro. "È stanco, piccola, ma sta meglio. Adesso sta facendo un pisolino, altrimenti te lo passerei. Tuo padre è malato, ma non è certo al tappeto. Non devi preoccuparti ogni volta che ti telefono, a volte voglio solo parlare con la mia piccolina."

Miranda si sedette sulla tazza del water chiusa e respirò profondamente. "Ti voglio bene, mamma."

Poté quasi capire dal suono della voce di sua madre che stava sorridendo. "Anch'io ti voglio bene, piccolina. Allora, so che stasera hai un appuntamento, quindi fai la brava e divertiti."

Miranda arrossì fino al midollo. "Giuro che la uccido, Maya." Non c'erano segreti, nella loro famiglia?

Beh, nessuno sapeva che Miranda era innamorata di

Decker (a parte quella scema di Maya), quindi almeno quello era un piccolo segreto.

"Non minacciare tua sorella. Lo sai che non mi piace quando dite che vi farete del male a vicenda. Comunque, stasera divertiti, se poi questo ragazzo ti piace davvero, allora speriamo di vederlo presto da noi."

Miranda alzò gli occhi al cielo. Eh sì, ci voleva proprio un bell'interrogatorio in stile Montgomery. Proprio ciò di cui Miranda aveva bisogno.

"Ciao, mamma. Di' al papà che gli voglio bene."

"Lo farò, tesoro. Divertiti."

Miranda chiuse la conversazione e si grattò una tempia con la mano libera. La malattia di suo padre a volte le faceva venir voglia di urlare e di chiudersi a riccio, per poi sbraitare e combattere con tutte le forze contro tutto e tutti. Invece non poteva fare altro che pregare e aiutare suo padre, quando poteva.

Ma quella serata era dedicata a lei e a Jack, non ai dolori e alle preoccupazioni, anche se era impossibile toglierseli dalla mente.

Miranda completò rapidamente il suo make-up e stava per finire di mettere tutte le sue cose nella sua pochette, quando sentì bussare alla porta. Un'occhiata veloce all'orologio... perfettamente in orario... chiuse la cerniera della sua pochette e si incamminò verso la porta.

Jack le aveva detto che l'avrebbe portata in uno dei ristoranti più chic del centro di Denver. Aveva ricevuto una discreta eredità dai suoi genitori, per questo poteva permettersi i ristoranti migliori, nonostante il suo stipendio da docente. Miranda di sicuro non poteva permettersi nulla del genere, col suo stipendio. Di certo i suoi genitori potevano, dopo anni di duro lavoro, facendosi il mazzo alla Montgomery Inc., ma lei non era i suoi genitori.

Si spazzolò via un batuffolo di lanugine dal vestito nero col pizzo, tirò indietro le spalle. Si sarebbe divertita, dannazione. Non importava il fatto che Jack non fosse l'uomo che voleva lei, sarebbe riuscita a dimenticare *quell'uomo*.

Quando Miranda apri la porta, trovò Jack davanti a lei, indossava una giacca e una camicia col collo sbottonato. Aveva tirato indietro i capelli biondi, i suoi zigomi spiccavano più del solito, i suoi occhi azzurri erano più profondi. Anche senza la scintilla magica, era comunque un gran figo. Doveva pur farci qualcosa.

Quel pensiero era *davvero* superficiale.

Va bene, almeno avrebbe provato a divertirsi. Poteva sempre instaurare una bella amicizia con Jack.

"Sei meravigliosa," le disse Jack, che con lo sguardo la squadrò dalla testa ai piedi.

Indossava un vestitino corto stile impero col pizzo, con spalline larghe. A prima vista, sembrava quasi un abitino da bambola, anche se un po' più signorile. Lo aveva abbinato con uno scialle carino e con dei tacchi alti molto provocanti... perché, insomma, i tacchi alti danno sempre un tocco diverso a ogni serata. Si era sciolta i capelli castani, che le cadevano sulle spalle con riccioli morbidi; capì di aver fatto un buon lavoro, a giudicare dalla reazione di Jack. Si era vestita elegante per se stessa, ma se anche lui apprezzava, tanto meglio.

"Grazie, anche tu non sei affatto male."

Lui le porse una mano, lei la prese, oltrepassò la soglia per uscire di casa. Poi gli lasciò la mano per chiudere la porta, infine si diressero entrambi verso la macchina di Jack. Si comportò da perfetto gentiluomo, le aprì la portiera e l'aiutò a entrare in macchina, Miranda fece un po' fatica perché l'auto era bassa e lei indossava un abito corto.

Quando Jack camminò intorno alla macchina per andare a sedersi al posto di guida, Miranda respirò profondamente. Il secondo appuntamento sarebbe andato bene, sempre meglio che starsene a casa da sola a mangiare cioccolata. Anche se a lei piaceva molto, la cioccolata.

Arrivarono al ristorante chiacchierando di lavoro e ancora della famiglia di lei. Erano entrambi argomenti che le interessavano, ma Miranda immaginò che Jack le sarebbe piaciuto di più se avesse parlato di sé, della *propria* vita, non sempre di lei.

"Allora, hai sempre desiderato diventare un professore?" gli chiese mentre accostavano nel parcheggio. Lui la squadrò e uscì dalla macchina senza rispondere. Che strano.

Lei aspettò che Jack l'aiutasse a uscire dall'auto, perché con quel vestito faceva comunque fatica. Forse avrebbe fatto meglio a indossare un paio di pantaloni, ma non c'era niente di meglio di un bel vestitino nero per scacciare ogni pensiero.

"Allora? È così?"

Jack si imbronciò, Miranda gli diede una gomitata scherzosa nel fianco. "Hai sempre desiderato diventare un professore?"

"Sì, mi piace dare valore alla vita degli altri. Sono sicuro che anche tu la pensi così. È diverso dalle scelte dei tuoi fratelli… che lavori strani!"

Wow. Un altro campanello d'allarme. Miranda smise di camminare verso il tavolo, ma Jack la spinse con una mano dietro la schiena. Piuttosto che fare una scenata, anche se voleva davvero esplodere, lei si lasciò accompagnare al tavolo.

"Scusa, cos'hai detto?" gli sussurrò, dopo che la cameriera mostrò loro dove sedersi.

"Dico solo che il lavoro di tuo fratello e di tua sorella è strano, fare i tatuaggi. Sì, è bello che offrano un servizio a chi frequenta il loro negozio, ma non so se sia il caso per una professoressa come te avere legami con persone così. La gente chiacchiera."

Miranda spalancò gli occhi. La gente chiacchiera? Ma che cavolo di idiozia? Aveva reagito in modo un po' strano al loro primo appuntamento, quando Miranda gli aveva accennato al lavoro di Austin e Maya, ma in quel momento aveva esagerato talmente tanto che non era nemmeno divertente.

"Lo sai che c'è? Adesso chiamo un taxi. Non sono proprio dell'umore giusto per sentirti parlar male di mio fratello e di mia sorella, solo perché tu non ci arrivi. Sei prevenuto, giudichi gli altri perché probabilmente non sei capace di pensare in grande, di capire che sì, la tua opinione è la tua

I confini della tentazione

opinione ma non è poi così importante. Non sta a te stabilire come devono vivere gli altri." Miranda si alzò, ma lui le afferrò il polso. Con forza.

Miranda sentì il cuore che cominciava a palpitarle forte, così tirò il braccio. Per fortuna, lui la lasciò andare. "Non te ne andare, Miranda. Mi sono espresso male, scusami."

Miranda non capì se lo sguardo di Jack era sincero, ma sapeva di non voler più uscire con lui. "Non sono sicura della tua sincerità, Jack."

Lui le fece scorrere un dito sul braccio, ma lei lo ritirò. "Mi dispiace, Miranda. Mi *sono* espresso con pregiudizio. Mi scuso di cuore. Per favore, siediti, ricominciamo daccapo."

Lei voleva andare a casa e togliersi quei tacchi alti, che iniziavano a farle un male cane. Evidentemente le aspettative di una serata speciale convincevano molte donne a insistere, indossando quelle trappole mortali dai tacchi alti.

"Ti prego," ripeté lui.

Miranda sospirò e si sedette. Avrebbe mangiato qualcosa di buono, avrebbe cercato di salvare il loro rapporto professionale, dato che in quel momento non voleva avere altro a che fare con quell'uomo, così pieno di pregiudizi nei confronti dei suoi parenti, che non aveva nemmeno mai conosciuto; poi se ne sarebbe andata a casa.

"Grazie," disse Jack, mettendo una mano su quelle di lei. Ma lei ritrasse la mano con uno scatto. Ormai era diventata una cena tra colleghi, non un appuntamento.

Arrivò un cameriere, Jack ordinò anche per lei, senza nemmeno chiederle cosa volesse. Lei sollevò un sopracciglio. Aveva già fatto la sua tirata, quella sera, non ne voleva fare un'altra se non in caso di estrema necessità. Non le piaceva la selvaggina, ma non era dell'umore giusto per togliergli di dosso quel sorriso davanti a tutti.

"Vedrai, ti piacerà," le disse Jack, dopo che il cameriere se n'era andato.

"Mi piacerà?" gli chiese distrattamente. "Immagino che potrebbe piacermi, anche se avrei preferito ordinare per conto mio quello che volevo mangiare."

Jack le sorrise altezzosamente, facendo esasperare Miranda. Ma chi cavolo si credeva di essere, quel tipo? "Cercavo solo di fare il gentiluomo. Ti piacerà la selvaggina," ripeté.

"Solo un consiglio, alle donne moderne non piace sentirsi private delle proprie scelte. Che si tratti di una cena o della propria famiglia."

Jack bevve un sorso del suo vino. "Ad alcune donne piace. Capirai."

Oh no, Miranda non era affatto d'accordo. Bevve un sorso d'acqua; quella sera non voleva bere vino. Doveva rimanere lucida, perché non si fidava neanche un po' di quello sfigato.

Ma perché cavolo si era messa in quella situazione?

"Sai che c'è, Jack? Sarà meglio che me ne vada. Penso che sia meglio rimanere solo colleghi, è evidente che non abbiamo molto in comune." Miranda si alzò, mise qualche banconota sul tavolo (non voleva passare da scroccona) poi si avviò verso l'uscita, sperando di farsi chiamare un taxi. Altrimenti avrebbe camminato per un paio di isolati fino a raggiungere la Montgomery Ink. Non era troppo tardi, di sicuro avrebbe trovato Sloane o un altro degli artisti ancora in negozio.

Jack la stava seguendo, una volta arrivati all'ingresso lei si girò. "Miranda, non andartene. Possiamo recuperare la nostra serata."

Lei scosse la testa. "No, non penso proprio che sia possibile, Jack."

"Non fare la difficile, l'altra volta ci siamo divertiti."

"Difficile? Sul serio? No, scusami, io non sono proprio come mi descrivi, se pensi questo di me sei proprio uno stupido."

Jack si guardò attorno e la tirò da parte, verso il muro. Lei si ritrasse da quella presa. "Non trattarmi così."

Lui alzò le mani. "Scusami, ti spostavo solo per non stare tra i piedi, altrimenti sembra che facciamo una scenata."

Miranda non voleva fare una scenata, non voleva rovinare

la serata degli altri, ma fanculo quell'uomo e il suo atteggiamento.

"Voglio andare a casa, Jack. Ovviamente non andiamo d'accordo. A te non piacciono i miei parenti, anche se non li hai mai incontrati, poi ti piace un po' troppo avere il controllo di tutto."

"Miranda, non capisci."

"No, temo proprio di no."

Jack sospirò, Miranda si girò di nuovo, ma poi si irrigidì improvvisamente. Decker era là, vestito elegante, con Colleen sottobraccio.

Per forza, doveva incontrarlo.

Perché il destino è uno stronzo crudele.

Pur indossando una giacca simile a quella di Jack, forse meno appariscente, non aveva nulla in comune con l'uomo che le stava dietro. Jack era tutto lisciato e coi capelli ordinati e tirati all'indietro, mentre Decker era… pericoloso. Aveva la barba non fatta, ma ben curata, in modo da avere un aspetto elegante e non dare l'impressione di essersi appena alzato dal letto. A Miranda piaceva quel look, coi capelli ricci che gli coprivano un po' le orecchie, troppo lunghi, pronti per un bel gridò dal barbiere, ma perfetti per intrecciarli con le dita. Aveva i due bottoni più alti della camicia sbottonati, si vedeva la pelle tonica e abbronzata. Le sue spalle modellavano la giacca in un modo unico, come nessun altro uomo poteva fare. Era grande, sexy, muscoloso.

Miranda deglutì a fatica e sbatté le palpebre, quando i loro occhi si incontrarono. Decker cambiò espressione, quando vide chi c'era dietro le spalle di Miranda.

Jack le mise un braccio intorno alla vita, lei non si mosse abbastanza alla svelta per sottrarsi a quell'abbraccio: era troppo presa dalla vista di Decker con al fianco Colleen.

Mannaggia.

Colleen era molto bella, indossava un abito rosso che le metteva in evidenza le curve, ma Miranda la notò appena. Tutta la sua attenzione era rivolta verso Decker. Lui la salutò appena con un cenno del mento, poi seguì la cameriera che li accompagnava al tavolo. Colleen si guardò intorno, si imbronciò, ma proseguì.

Va bene.

Jack spostò la mano dal polso di Miranda al suo braccio, tirandola fuori dal quel locale. Con un po' troppa forza. Miranda sussultò e si scostò. "Ma che diavolo succede?" le sbraitò.

Lei si massaggiò il braccio, era certa che le sarebbe venuto un livido, il giorno dopo. "Eh, cosa? Prima di tutto non mi toccare. Mai più."

L'usciere si avvicinò ad occhi spalancati, la smorfia sul volto di Jack si allentò in un sorriso. "Sei qui con me, tesoro. Non guardare gli altri uomini così, mi irrita."

Lei alzò un labbro, ora toccava a lei sbraitare. "Lo sai cosa irrita me? Quanto sei possessivo. Non telefonarmi mai più. Non parlarmi nemmeno. Ora chiamo un taxi e me ne torno a casa."

Si incamminò rapidamente, mentre Jack sbraitava il suo nome. Per fortuna, un taxi aspettava proprio davanti al ristorante; Miranda entrò, ringraziando il cielo di aver portato abbastanza denaro contante per pagarsi la corsa.

Da dove cavolo veniva, il caratteraccio di Jack? Miranda si massaggiò un braccio e inspirò rapidamente, cercando di non piangere. Le aveva fatto del male, di sicuro, ma l'aveva soprattutto ferita nell'orgoglio. Non le aveva dato l'impressione di essere un uomo che tirava e spingeva una donna, per farla andare dove voleva lui, ma di sicuro quella sera aveva superato ogni limite. Miranda sarebbe andata a casa, avrebbe chiuso la porta e si sarebbe fatta un bel bagno, o qualcosa del genere. L'atmosfera sul posto di lavoro sarebbe stata davvero imbarazzante, ma del resto non sarebbe mai riuscita a guardare Jack di nuovo senza ricordarsi la sensazione della sua mano che le prendeva il braccio.

Quando il taxi accostò davanti a casa sua, Miranda pagò il tassista e si guardò attorno, per vedere se c'era la macchina di Jack. Non sapeva più cosa aspettarsi.

Il tassista sembrava ansioso di andarsene da quel quartiere

per rispondere a un'altra chiamata, quindi uscì per andarle ad aprire la portiera. Miranda non era preoccupata, ma non era nemmeno un'idiota: aveva le chiavi pronte in mano per aprire la porta ed entrare in casa, quando qualcuno la raggiunse, spingendola contro il muro.

Miranda sentì il corpo vibrare dal colpo, i polmoni smisero per un attimo di funzionare. Sentì la parte destra della faccia schiacciata contro i mattoni della parete esterna di casa sua, gli occhi le si chiusero nell'impatto.

"Non te ne vai così da me, Miranda."

Bloccata dallo spavento, Miranda si girò per cercare di ribellarsi. I suoi fratelli le avevano insegnato come proteggersi, ma trovarsi in una situazione di pericolo reale era diverso. Forse qualcuno poteva sentirla e uscire ad aiutarla. Però non poteva contare solo su quello, doveva risolverla da sola.

"Lasciami andare, Jack. Sarà meglio che mi lasci perdere."

Si agitò, ma Jack la tirò per le braccia, facendola girare, per poi sbatterla di nuovo contro il muro.

"Sarà meglio che lasci perdere cosa? Farti vedere che sei mia e che non mi lasci, cazzo? Mi hai messo in imbarazzo, Miranda. Non lo fare mai più."

Miranda non voleva mettersi a piangere, per non dargli quella soddisfazione. Cercò di combattere con le braccia, ma lui la schiaffeggiò sulla guancia destra. Con forza.

Le lacrime cominciarono a scivolarle sulle guance, Miranda cercò di nuovo di liberarsi da quella presa.

"Non urlare, altrimenti è peggio per te."

Miranda non urlò, temendo che Jack le facesse del male dove non poteva scansarsi, però continuò a combattere. Lui la colpì di nuovo. Lei sentì il sapore del sangue in bocca, la vista cominciò ad annebbiarsi.

"La devi smettere di ribellarti, devi capire che siamo fatti per stare insieme, Miranda."

No, non era possibile che stesse succedendo proprio a lei. Non *sarebbe* successo. Jack le si avvicinò, tanto da farle sentire il fiato sul collo.

Lei fece un movimento rapido di ginocchio, colpendolo

dritto nei testicoli con tutta la forza che aveva. Lui imprecò, staccandosi da lei per mettersi le mani all'inguine. Miranda aveva ancora le chiavi in mano, così aprì la porta e la chiuse sbattendola. Il cuore le esplodeva in petto, tirò fuori il cellulare dalla borsa. Avrebbe dovuto prenderlo prima, dannazione.

Chiamò la polizia e raccontò quanto stava succedendo, tutta tremante.

Sì, lei era in casa.

No, non sapeva dove fosse lui, in quel momento.

No, non si sentiva al sicuro.

Sì, c'era qualcuno che poteva chiamare.

Sì, poteva aspettare l'arrivo della polizia.

Andò gattoni verso il telefono fisso di casa e cliccò il primo numero delle chiamate rapide: quello di Maya. Le faceva male la guancia, anche la schiena le dolorava. Sentiva ancora sulle braccia la presa delle mani di Jack, il corpo le tremava. Voleva piangere, sfogarsi, urlare, ma non fece nulla di tutto ciò. Invece, disse tranquillamente all'operatore che stava per telefonare a sua sorella, pregandolo di aspettare un attimo in line.

"Che c'è, pasticcino?" le chiese Maya, rispondendo al telefono.

Miranda aprì la bocca per parlare, ma non riuscì a dire nulla. Non sapeva se Jack era ancora là fuori. E se Maya fosse venuta, e se le fosse successo qualcosa?

"Miranda? Cosa c'è che non va?" Il tono di voce della sorella si fece più secco. Miranda fece un gran sospiro nel telefono.

"Ho bisogno di te," sussurrò.

"Io e Jake arriviamo subito da te. Cos'è successo?"

"Jack mi... ha colpita..." non riuscì a terminare la frase, odiava se stessa.

"Cazzo. Hai chiamato la polizia? Parlami, piccolina."

Miranda annuì e poi si ricordò che Maya non poteva vederla. "Sono in linea con la polizia, stanno arrivando."

"Va bene, tesoro. Vuoi che stia al telefono con te?"

Miranda respirò profondamente. Non poteva cedere. Non ancora. "No, la polizia sta arrivando."
"Sto arrivando. Rimani in casa al sicuro. Ti voglio bene."
"Ti voglio bene anch'io."
Miranda riattaccò e ascoltò l'operatore della polizia, che le diceva che la volante sarebbe arrivata in un paio di minuti. Quando sentì bussare alla porta, Miranda urlò e poi scosse la testa.
"Polizia! Signora Montgomery? Sta bene? Possiamo entrare?"
Con le gambe che le tremavano, Miranda si alzò e guardò dallo spioncino. Vide solo la polizia, con i distintivi, non vide Jack. Così sospirò sollevata e aprì la porta.

Quando Meghan, Maya e Jake arrivarono alla porta, Miranda aveva già dovuto rispondere a una serie di domande, osservazioni, e aveva una borsa di ghiaccio sull'occhio. Miranda aveva cercato di non trasalire, per lo sguardo rabbioso non solo sul volto di Maya, ma anche su quello di Jake. Chiaramente, Maya aveva telefonato a Meghan appena salita in macchina. Le tre M&Ms dovevano essere unite. Quando un poliziotto ebbe il coraggio di tenere lontano Jake, pensando potesse essere Jack (uno aveva i capelli scuri, l'altro era biondo), Miranda non poté biasimare Jake, che si era irrigidito.

Meghan si mise al fianco di Miranda, mettendole un braccio intorno alle spalle. Miranda non cedeva. Almeno finché i poliziotti non se ne andarono, quando riuscì a respirare di nuovo.

"Allora, è sicura che non sia stato solo un po' sgarbato? È sicura che non facesse tutto parte del vostro appuntamento?" Il poliziotto più anziano guardò com'era vestita Miranda, con quel vestitino nero e i tacchi alti, un'occhiata che a Miranda di sicuro non piacque.

"Mi scusi?" sbottò Maya. "Ha appena chiesto a mia

sorella, che è appena stata picchiata da un uomo, se per caso non si è messa *lei* di sua volontà in questa situazione?"

"Non stavo chiedendo a lei, signorina, parlavo con la donna vicino a lei. Da quando è uscito quel libro, dobbiamo assicurarci che non si tratti di uno di quei… giochetti."

Miranda si irrigidì e abbassò la borsa del ghiaccio. Non sapeva che aspetto aveva, ma a giudicare dall'imprecazione sfuggita dalle labbra sia di Jake che di Maya doveva essere un brutto livido. "No. Non gli ho chiesto io di spingermi contro il muro e schiaffeggiarmi."

"Il suo numero di matricola?" domandò Jake, che prese il suo cellulare e fece una foto del poliziotto.

"Sarà meglio che metta via quel telefono, adesso," disse l'agente lentamente.

"No, non credo proprio," disse Jake, scattando un'altra foto, mentre Meghan si scriveva il numero del distintivo. Oddio, Miranda voleva solo che se ne andassero tutti, e che la lasciassero dormire. "Adesso dovete andarmene, ci pensiamo noi a lei."

"È la sua ragazza, o sta con quell'altro? O con entrambi? O con tutti e tre?"

"Signore," sussurrò il poliziotto più giovane.

Che stupidi idioti.

"Grazie per essere venuti a prendere la mia deposizione," disse Miranda con voce secca. Poi si alzò, Meghan e Maya subito al suo fianco. "Ora vorrei chiedervi di andarvene, vi prego di farmi sapere se devo venire in centrale per fare un'altra deposizione, oppure chiamatemi quando arrestate Jack."

Il poliziotto anziano sollevò un sopracciglio. "Stiamo ancora raccogliendo prove." Poi si alzò. "Le faremo sapere gli sviluppi del caso."

Quel cretino di uno sbirro e il suo compagnuccio se ne andarono, Miranda sbatte le palpebre una volta. Due volte.

"Piccolina," sussurrò Maya.

Miranda ne aveva avuto abbastanza. Le sfuggì un gemito,

poi si lasciò andare. Crollò, i sospiri affannati che le nascevano dallo stomaco erano così forti che la facevano tremare.

"Oh, tesoro." Meghan l'abbracciò stretta, mentre Maya abbracciò entrambe da dietro. Miranda sentì le mani di Jake, che le guidava verso il divano, per poi uscire dalla stanza, per lasciare le tre sorelle da sole.

Miranda pianse nelle braccia delle sorelle, le faceva male la testa, si sentiva violata nella sua privacy, nella sua sicurezza. Santo cielo, com'era potuto succedere, tutto così alla svelta?

"Ci siamo qui noi," sussurrò Maya, mentre Miranda cercava di controllare il singhiozzo.

Le sue sorelle c'erano, Miranda lo sapeva. A prescindere da quanto era successo con i poliziotti, da quanto sarebbe successo con Jack, Miranda sapeva sempre di poter contare sulle sue sorelle. Quando l'avrebbero scoperto i suoi fratelli e i suoi genitori, Miranda sapeva che avrebbe avuto l'appoggio di tutti i Montgomery.

Era una donna fortunata.

Un giorno si sarebbe sentita di nuovo una donna fortunata.

Capitolo 8

I ritrovi in famiglia Montgomery erano sempre molto chiassosi, turbolenti e pieni di storie intricate. Di solito non erano storie troppo drammatiche, erano più bisticci di famiglia o lavori effettuati, ma a volte c'era di più.

Per qualche motivo, Decker sentiva che quella volta sarebbe stato diverso.

Era la prima cena dai Montgomery da quando aveva baciato Miranda.

La prima cena da quando l'aveva vista fuori a cena con quel tipo smilzo, che doveva essere il suo ragazzo, Jack.

La prima cena da quando aveva scaricato Colleen, da quando non c'era più nulla e nessuno che lo tenessero lontano da Miranda.

Nessuno, tranne se stesso.

E tutti i Montgomery.

Harry aveva terminato un altro ciclo di terapie, le sue energie stavano tornando lentamente. Marie sapeva il fatto suo, quando organizzava quei ritrovi. Non avrebbe invitato a cena tutta la famiglia, se Harry fosse stato male; invece così, il padre dei Montgomery avrebbe avuto intorno tutti i parenti quando cominciava a stare un po' meglio. I ragazzi avrebbero visto almeno in parte il loro papà, e non quell'uomo fragile in cui si stava trasformando sempre più rapidamente.

Austin e Sierra stavano chiacchierando in un angolo con Wes e Storm, parlavano di qualche aggiunta da fare alla loro casa, mentre Leif giocava fuori con Gunner e con i figli di Meghan. Il cane si era innamorato dei tre ragazzini fin dal primo incontro, così gli adulti si limitavano a guardare, mentre loro quattro forgiavano rapidamente un'amicizia di ferro. Meghan e Maya erano in un altro angolo e parlavano di qualcosa di serio. Parlavano di qualcosa che probabilmente non erano pronte a condividere col resto della famiglia. Ne avrebbero parlato tutti ben presto, dato che in quella famiglia non c'erano segreti, o almeno non duravano a lungo.

Griffin era nel bel mezzo di una conversazione con Harry, entrambi ridevano e scherzavano. Grif era sempre molto bravo a raccontare delle storie adatte a chi lo ascoltava, o molto spesso sceglieva di raccontare le sue storie alle persone più adatte. Ecco perché era un grande scrittore.

Meghan era al telefono, faceva strane facce, cercava di sussurrare, Decker ebbe la sensazione che dall'altra parte del telefono ci fosse quell'imbecille del marito. Quello sfigato non era nemmeno venuto, anche se di sicuro era stato invitato. Anzi, ripensandoci, nemmeno la moglie di Alex era presente. Infatti, Alex era in piedi alla finestra, con il viso imbronciato e il solito immancabile drink in mano. Merda, aveva un aspetto ancor più pallido del solito, le borse scure sotto gli occhi sembravano peggiorare, combinate con un'espressione di perdita e di rabbia sul volto.

Decker sapeva che non erano fatti suoi, ma si avviò verso Alex, sapendo che nessuno poteva bere da solo, in un salone pieno di gente. C'erano tutti tranne Miranda, era ora di cena. Gli altri due terzi delle M&M avevano detto che Miranda era in ritardo e che sarebbe arrivata presto. L'espressione circospetta sui loro volti fece pensare a Decker che era successo qualcosa, qualcosa che avrebbe scoperto molto presto. Lo scopriva sempre. O almeno di provava.

"Ehi, amico." disse Decker tranquillamente, avvicinandosi ad Alex. Aveva un'acqua gassata in mano, non una birra, perché doveva guidare presto e non voleva rischiare. Alex invece aveva un boccale pieno di liquido ambrato. Di nuovo.

"Ciao," brontolò Alex senza nemmeno guardare Decker.

"Cosa ci fai qui, tutto solo?"

Alex lo guardò lentamente, poi gli fece l'occhiolino. "Non sono da solo. Ci sei tu. Oltre a una cinquantina di Montgomery, è difficile stare da soli in questa casa.

Decker si fece serio. "Ma stai bene?"

Alex sospirò e bevve un poco della sua birra. "Sto bene. Vorrei solo che smetteste tutti di pensare che c'è qualcosa che non va e di chiedermi se sto bene."

Decker sollevò le sopracciglia. "Magari se tu smettessi di fare il broncio e di comportarti come uno scemo, noi tutti smetteremmo di chiederci se stai bene."

Quel giorno non ci era andato con molto tatto.

Per un attimo, Decker quasi si aspettò che Alex gli facesse partire un pugno. Invece Alex reagì lasciando andare la testa all'indietro e ridendo. Gli altri rimasero un po' in silenzio, vedendo l'uomo che amavano ridere, anche se non era una risata allegra e felice, ma piuttosto una risata frenetica, quasi isterica.

"Ma io sono uno scemo, Decker. Non cambierò certo così facilmente."

Decker sospirò e mise una mano sulla spalla di Alex. Per fortuna lui non se la scrollò di dosso e non lo prese a pugni.

"Cosa c'è che non va, Alex?"

Gli occhi di Decker incontrarono quelli brilli di Alex. "Hai notato che manca qualcuno?"

Miranda.

Ma Decker non voleva pensare che Alex stesse parlando di lei.

"Dov'è tua moglie?"

"Mi ha lasciato."

"Porca troia," disse a bassa voce, poi imprecò, vedendo che Alex rimaneva rigido e impassibile.

"Cos'ha fatto?" Marie Montgomery arrivò alla svelta al fianco del figlio. "Alex, tesoro, perché non ci hai detto niente?" Mise le mani intorno al viso del figlio e quando lui si scostò, tirando via la testa, Marie si controllò per non sussultare.

Alex fece spallucce, Decker sospirò. "Ve ne siete accorti tutti, quindi non diciamo fesserie." Alzò il bicchiere per fare un brindisi. "È finita, non ho più voglia di parlarne. Capito?"

Marie scosse la testa, ma Harry se la tirò vicina. Gli altri fratelli diedero ad Alex qualche pacca sulla schiena, mormorando frasi di circostanza, niente di particolarmente importante. Cosa potevano dire? Un matrimonio chiaramente infelice era finito. Decker si convinse ancor più di ciò che sapeva già.

Il matrimonio non aveva più il significato di una volta, era più facile divorziare che sforzarsi di far funzionare un rapporto. In ogni caso, indipendentemente da come finisse, per scelta o per circostanze varie, qualcuno poi ne soffriva. Decker cercò di evitare di guardare Harry e Marie, sapendo che se l'avessero visto avrebbero capito fin troppo.

Invece concentrò la sua attenzione su Meghan, che sembrava scossa. Aveva il viso pallido, i suoi occhi sembravano più grandi, spaventati. Decker non capiva cosa stesse succedendo, ma sapeva che si trattava di qualcosa di negativo. Lei e Alex erano gli unici due Montgomery sposati della sua generazione, nessuno dei due aveva avuto un matrimonio felice. Sì, Meghan era ancora sposata con quell'imbecille, ma sapevano tutti che il loro era un rapporto spigoloso.

Quasi come sapendo che la stava guardando, Meghan sbatté le palpebre, ma poi il suo volto cambiò espressione. "Devo dare un'occhiata ai ragazzi... mi dispiace, Alex." Poi uscì, lasciando il resto della famiglia in piedi, in imbarazzo, vicino a un uomo che chiaramente non voleva essere lì, con tutta la famiglia da affrontare.

Il fatto che Alex fosse presente, però, dimostrava la forza che teneva legata la famiglia Montgomery. Decker sperava solo che la vicinanza di tutti bastasse a tirar fuori Alex da quell'umore tetro che aveva.

Ma Miranda non era ancora arrivata, cavolo.

Oddio, era meglio non vedere lo sguardo che avrebbe fatto, sentendo la storia di Alex e Jessica. Miranda ci teneva alla famiglia, ma aveva la tendenza a voler risolvere tutto. Voleva sempre che tutto fosse perfetto per tutti. Non le importava che fosse impossibile, insisteva sempre a provarci.

Il suo telefono vibrò, Decker guardò giù lo schermo. Imprecando, cliccò il tasto rosso per ignorare la chiamata, poi sbuffò. Non poteva resistere troppo a lungo in quella casa, con tutte quelle persone. Lo consideravano parte della famiglia, ma lui non era un parente. No, la sua vera famiglia continuava a chiamarlo, cercando di risucchiarlo nell'abisso da cui credeva di essersi tirato fuori con le unghie già anni prima.

Grif lo guardò stranito, Decker sollevò il mento verso la porta anteriore. L'amico fece una faccia più seria, ma Decker mimò con le labbra "due minuti" e poi si diresse verso la porta, portando con sé la sua giacca di pelle. Aveva solo bisogno di respirare un po', non riusciva a farlo in quella casa, c'erano troppe persone intorno, con troppi problemi già per conto loro. Austin e Sierra stavano per sposarsi. Molto probabilmente i due gemelli avevano le loro beghe sul lavoro. Maya sembrava nascondere qualcosa. Meghan aveva un imbecille per marito, Alex si ubriacava in un angolo. Harry e Marie dovevano gestire la malattia di Harry, Griffin stava cominciando a notare un po' troppo.

Notavano tutti un po' troppo.

Decker uscì verso l'albero enorme sul giardino di fronte alla casa, poi si infilò le mani in tasca. Non intendeva andarsene prima di cena, per non urtare la sensibilità di Marie, che aveva già fin troppo da sopportare. Andarsene senza dire una parola le avrebbe solo procurato maggiori pene.

Decker non sapeva perché Miranda era in ritardo, ma avrebbe dovuto arrivare presto. Sarebbe arrivata, avrebbe scoperto che una parte del suo mondo era crollata, lui sarebbe rimasto nei paraggi, per aiutarla a superare il colpo. Lo faceva sempre. Quando avevano scoperto che il papà era malato, era stato lui a sostenerla. Si era appoggiata a lui, forse per la sua cotta o che cavolo aveva, ma non poteva essere solo una cotta della passeggera. Miranda era sempre stata parte della vita di Decker, gli era sempre stata vicina, in tutti gli anni in cui erano cresciuti.

Solo che lui non sapeva più come gestire quel rapporto. Non dopo quel bacio. Non dopo averla spaventata per farla scappare dalla sua cucina. L'aveva fatta scappare dritta tra le braccia di Jack. Diamine, quei due sembravano una coppia perfetta, al ristorante, entrambi belli eleganti e tirati a lucido. Quel coglione aveva messo le mani addosso a Miranda, sembrava averlo fatto apposta. Miranda non si era scostata, non gli aveva dato l'impressione di preferire la compagnia di qualcun altro. Tra l'altro, Colleen l'aveva preso a braccetto e non aveva apprezzato lo sguardo di Decker, quando erano entrati. Decker pensava fossero entrambi d'accordo su come andavano le cose tra loro due; considerando che non andavano a letto insieme da mesi, Colleen non avrebbe dovuto sorprendersi troppo, quando lui avrebbe messo la parola fine al loro rapporto. A dire il vero, Decker non era nemmeno sicuro che ci *fosse* qualcosa a cui mettere fine, se non qualche cena ogni tanto. Invece lei si era incazzata. Ma almeno era finita, e lui era libero.

Almeno si era liberato di lei.

I vincoli virtuali e i pensieri confusi erano tutti per un'altra brunetta dalle gambe lunghe.

Quella che stava parcheggiando nel viale dei Montgomery. Decker rimase dov'era, sempre con le mani in tasca. Lui non era un galantuomo, lei doveva vederlo. Non le avrebbe aperto la portiera, non l'avrebbe aiutata a uscire dalla macchina, accompagnandola in casa con una mano dietro la schiena. Se la sarebbe cavata da sola, come faceva lui.

Miranda indossava grandi occhiali da sole, ma non abbastanza grandi da nascondere tutto.

Ma… che cazzo…

Ignorando tutti i pensieri precedenti, Decker tirò fuori le mani di tasca e si affrettò verso di lei. Lei uscì dall'auto sul marciapiede e trasalì con un gridolino quando lo vide.

Miranda si mise una mano alla gola, Decker imprecò. Non voleva spaventarla, non quella volta, ma merda...

Per quel motivo era in ritardo?

"Cosa diamine ti è successo?"

"Decker..."

Miranda gli porse una mano, ma lui non la toccò. Non poteva, in quel momento, era troppo incazzato, temeva di poter farle altro male. In fondo era figlio di suo padre, non si fidava nemmeno di se stesso.

"Chi devo ammazzare? Chi *cazzo* ti ha messo le mani addosso? È stato quello stronzo, Jack?" Decker fece per prendere la chiavi della macchina dalla tasca, ma Miranda gli mise una mano sul polso.

A quel tocco, Decker si bloccò; era così morbida, così piccola.

"Mir, parlami."

Con la mano tremante, Miranda si tolse gli occhiali da sole. Non si era nemmeno preoccupata di coprire tutto con del make-up, anche perché non sarebbe comunque riuscita a coprire tutti i lividi e i gonfiori. Decker poteva vedere ogni centimetro della pelle di Miranda, dove qualcuno l'aveva ferita. Osservò ogni livido, ogni abrasione, ogni segno sul suo viso perfetto. Avrebbe picchiato a sangue quello sporco bastardo, assicurandosi di duplicare tutti i lividi, aggiungendone qualcuno in più.

In fondo, lui non era un gentiluomo.

"Ci ho già pensato io," gli disse a bassa voce; chiaramente non era abbattuta... porco cane, che donna forte!

Decker le mise lentamente le mani sulle spalle e se la avvicinò al petto. Fanculo ogni pensiero, doveva toccarla, aveva bisogno di sentire che era ancora lì, che stava bene. Lei si irrigidì per un attimo, ma poi si lasciò andare, prendendogli il colletto della camicia.

"Ma certo che ci hai pensato tu," mormorò lui. Era il minimo che potesse aspettarsi da Miranda... anche da Maya e Meghan, a giudicare dalle occhiate che aveva intravisto prima. Le passò una mano tra i capelli e dietro la schiena per farla rilassare. "Dimmi cosa è successo, così potrò occuparmene anch'io."

"Se ti intrometti per andare a picchiare qualcuno, sarà solo peggio. Voglio solo che passi tutto."

Decker grugnì leggermente, stringendola un po' più a sé finché lei non cercò di allontanarsi; così allentò la presa e le appoggiò una guancia sulla testa. Rimasero così, in piedi nel bel mezzo del marciapiede, dove tutti li potevano vedere; ma in quel momento a lui non importava un fico secco. Che pensassero tutti ciò che volevano. Lui doveva solo assicurarsi che Miranda stesse bene, poi avrebbe pensato agli altri.

"È stato Jack a farti questo, non è vero?"

Lei annuì contro il suo corpo, così Decker trattenne a fatica un'imprecazione e un lamento.

"Cos'è successo?"

Miranda tremava, così Decker si tolse la sua giacca di pelle e gliela appoggiò sulle spalle. Lei sospirò e avvicinò la testa al corpo di lui.

Gli raccontò dell'appuntamento, dicendogli che non aveva proprio voglia fin dall'inizio di stare con Jack. Decker avrebbe pensato più avanti al fatto che Miranda si era costretta a uscire con un uomo con cui non voleva stare. Quando il racconto arrivò al punto in cui lei chiamava un taxi, Decker la interruppe.

Poi si fece indietro e le sollevò il mento con le nocche della mano. "Io ero proprio nello stesso ristorante, Mir. Potevi venire da me, ti avrei dato io un passaggio."

Miranda scosse la testa. "Potevo? Dopo quello che è successo nella tua cucina, potevo davvero?"

Decker chiuse gli occhi e imprecò mentalmente. Aveva fatto proprio una cazzata galattica. "Sì, Mir. Non importa quello che è successo in quella dannata cucina, ti avrei riportata a casa. Ma adesso prosegui, cosa è successo dopo?"

Miranda lo guardò in faccia e vide qualcosa nei suoi occhi, qualcosa che avrebbe dovuto capire. Poi annuì. "Sono arrivata fino alla mia porta d'ingresso, avevo pronte le mie chiavi, perché avevo paura, sai?"

Lui la strinse un po' di più, annuendo. "Vai avanti," disse a denti stretti.

Miranda sospirò. "Mi ha sbattuta contro il muro," disse, indicando la propria faccia. "Così mi sono fatta questi lividi, almeno penso. Poi mi ha spaventata proprio tanto, mi ha fatta girare, mi ha perfino colpita una volta."

Decker quasi ringhiò, poi disse a denti stretti. "Lo ammazzo."

Lei scosse la testa. "Poi non mi ha più colpita, perché gli ho dato una ginocchiata nelle palle e sono riuscita in qualche modo a entrare in casa, così ho chiuso la porta a chiave."

Qui Decker cambiò espressione, rasserenandosi; il suo non era un sorriso di piacere, solo che Miranda sapeva sempre come sorprenderlo. "Brava, così si fa. Spero che il colpo sia stato bello forte."

Miranda sorrise allo stesso modo, quasi sadico. "Penso proprio di sì, per un po' ha urlato, l'ho colpito con tutte le mie forze." Poi fece spallucce, così Decker capì di averla fatta sentire meglio, anche se solo un po'; prima di sentirsi di nuovo se stessa, ci avrebbe messo un bel po'. Cavolo, se solo avesse potuto aiutarla. "Ho chiamato la polizia, poi ho telefonato a Maya. Anzi, in realtà ho chiamato entrambi allo stesso tempo; grazie al cielo il papà mi ha fatto tenere il telefono fisso a casa."

"Infatti." Chissà perché, Decker avrebbe tanto voluto che Miranda chiamasse lui, anche perché tra parenti e amici, lui era quello che abitava più vicino. Però lui non era a casa, e tra l'altro loro non si sentivano.

Insomma, che bastardo quel tizio!

"Allora sono arrivati Maya, Jake e Megan, mi hanno aiutata soprattutto quando la polizia è andata via, perché sono un po' crollata."

Lui inarcò un sopracciglio. "Hai tutto il diritto di crollare, tanto o poco che sia. Quello stronzo ti ha di sicuro spaventata a morte, quindi se vuoi piangere ancora, o sfogarti tirando dei pugni, fammelo sapere."

"Lascerai che ti prenda a pugni?"

Decker sbuffò. "Furbetta. Se è quello che vuoi, puoi provarci. Intendevo dire la sacca da boxe che ho a casa." Poi Decker si fece più serio. "Anzi, forse è meglio se la usi comunque, ti servirà per poterti difendere meglio. So che i tuoi fratelli ti hanno insegnato qualche mossa, ma mi piacerebbe vederle di persona."

Miranda sospirò. "Anch'io pensavo di saper reagire, ma è troppo diverso quando ti trovi in una situazione reale, capisci?"

Purtroppo, Decker capiva esattamente cosa intendesse Miranda, ma non glielo disse.

"Che cazzo ha detto la polizia?"

Miranda strinse gli occhi e scosse la testa.

"Ma che cazzo? Cosa ti hanno detto, Mir?"

"Beh, a parte che quello più anziano più o meno dava la colpa a me perché sono una donna, non molto."

"Ma porco cane, ma stiamo scherzando? Avete preso il suo numero di matricola? Che cazzo di idiota."

"Hai detto cazzo circa dieci volte negli ultimi due minuti. Calmati, Decker."

"Che stronzo." Nonostante tutti i suoi sforzi, Decker non riusciva a controllarsi. "Mir."

"Deck," disse Miranda a voce bassa e profonda. "Jake ha preso il numero di matricola e ha scattato una foto di quel tipo. Ma quell'imbecille si è arrabbiato ancora di più, quindi che importa. Per quanto riguarda Jack, insomma, hanno detto che non c'erano testimoni e non c'erano molte prove, quindi era la mia parola contro la sua. Non so bene cosa succederà, ma Jack ha molti più soldi di me, quindi se andiamo per avvocati… ti saluto."

Decker pensò che per tutta la vita, a parte le prove o i testimoni, suo padre aveva sempre fatto a modo suo, avendola vinta, perché sua madre era troppo spaventata per dire qualcosa, quindi non fu troppo sorpreso. In giro c'erano senz'altro dei bravi poliziotti, magari anche molto bravi, ma chissà perché Decker non li aveva mai incontrati.

Poi gli venne in mente un'idea. "Io posso testimoniare.

Beh, non ho visto cos'è successo, ma vi ho visti insieme al ristorante. Posso testimoniare che era con te."

Lei fece cenno di no con la testa. "Se vuoi provare, accomodati pure, ma non hanno nemmeno interrogato l'usciere, che ci ha visti litigare."

Decker strinse i denti. "Se posso fare qualcosa, qualunque cosa, Mir, dimmelo pure. Se devo picchiare a sangue quel bastardo per fargli capire esattamente chi si è messo contro, allora lo farò." Con grande piacere, anche, ma questo non lo disse.

"Decker, non puoi farci nulla. E poi ci ho già pensato io," ripeté Miranda.

"Sono davvero fiero di te per quello che hai fatto, ma anche se ci hai pensato tu, non importa, voglio pensarci anch'io; poi conosci i tuoi fratelli, di sicuro vorranno intervenire anche loro."

Miranda trasalì. "Lo so. Dannazione, oggi non volevo nemmeno venire, perché... insomma," indicò la propria faccia, Decker annuì. Già, non c'era davvero modo di nascondersi. "Non voglio dover ripetere continuamente la stessa storia, però sarò costretta a farlo se *non* entro in casa. Così almeno mi ascolteranno tutti, poi potrò andare oltre. Potrò tornarmene a casa."

Decker sapeva che non era una buona idea, ma voleva fare qualcosa. Così non si trattenne e disse: "Che ne dici se... entro con te, tu racconti tutta la storia, poi ti tiro fuori io di casa e vieni da me. Così posso controllare le tue ferite alla faccia e almeno conoscerai Gunner."

"Gunner?"

"Oh, mannaggia, mi ero dimenticato che tu non lo sai ancora: ho preso un cane, si chiama Gunner. Adesso è nel cortile che gioca con i bambini. Allora, ti va?"

Miranda lo scrutò in viso. "Un cane? Questa non me la voglio perdere. Ci sto."

Ecco, era proprio uno che non mollava mai.

Decker fece un passo indietro, Miranda gli prese la mano. Lui deglutì a fatica, ma poi allontanò quella strana sensazione. L'avrebbe aiutata, perché non poteva farne a meno, poi avrebbe trovato un modo per dimenticarla. Altrimenti non sapeva come avrebbe fatto ad andare avanti.

Si avvicinarono passo dopo passo alla porta. Quando lui prese il pomello della porta, Miranda gli strinse la mano.

"Sei pronta?" le chiese.

"No, ma devo esserlo."

"Entro prima io," le disse, sapendo che così avrebbe solo ritardato l'inevitabile.

Tutti i parenti lo videro entrare, con gli sguardi incuriositi. Poi, uno alla volta, cominciarono a spostare l'attenzione di Miranda.

Infine, tutti esplosero.

"Oh santo cielo, piccolina!" Marie corse al fianco di Miranda e le prese tra le mani il viso, evitando i lividi. "Cos'è successo?"

Miranda espirò sonoramente; Decker la teneva ancora per mano e la tirò da parte.

"Cerchiamo di stare calmi tutti," disse Decker, sovrastando il trambusto con voce tonante. "Adesso Miranda ci spiega tutto, ma dobbiamo farci da parte per lasciarla respirare."

"Davvero?" sbottò Austin. "Come cazzo faccio a farmi da parte?" I suoi occhi squadrarono le mani intrecciate di Miranda e di Decker. "Vi dispiacerebbe dirmi che cosa cazzo sta succedendo?"

Per un momento, Decker pensò che Austin, l'uomo che considerava un amico, un fratello, lo ritenesse colpevole di quei lividi sul volto di Miranda, candido come la neve. Però si scrollò di dosso quel timore, perché non poteva davvero esistere. Non potevano pensarlo... anche se avevano tutto il diritto di pensarlo: dopo tutto, lui era figlio di un uomo di quel genere, aveva lo stesso sangue. Non sarebbe stato così incredibile pensare che fosse lui il responsabile, per quanto Decker non aveva mai colpito una donna in tutta la vita.

"Vi dispiace spiegare a tutti quanti?" chiese Storm, fissandoli, mentre il suo gemello taceva al suo fianco. L'espressione omicida sul suo volto bastava e avanzava.

Alex era in piedi contro il muro, non diceva nulla. All'inizio Decker pensò che fosse troppo ubriaco per capire, ma la rabbia nei suoi occhi fu la prima emozione sincera che gli vide in volto, dopo tanto tempo.

E questo la diceva lunga.

Anche Griffin non disse nulla. Rimase in piedi vicino al padre, con uno sguardo che Decker non riusciva a decifrare.

"Basta, smettetela tutti!" urlò Miranda, così tutti nel salone si zittirono.

"Se avete finito di urlare come una tribù di Neanderthal, prendo Cliff e Sasha e li porto a casa," intervenne Meghan. "La giornata è stata già lunga, penso che sia ora di mettersi seduti per parlare." Si avvicinò al fianco di Miranda e le baciò la tempia. "Rimettiti, chiamami appena lo beccano."

Cliff e Sasha abbracciarono Miranda in silenzio, sentendo che l'umore nella casa era cambiato.

Sierra e Austin si guardarono negli occhi, Austin annuì, così Sierra portò Leif fuori in giardino con Gunner. Decker pensò che di sicuro Sierra avrebbe sentito tutta la storia dal suo fidanzato, più tardi; quello non era il momento di avere ragazzini presenti.

"A me sembra che le ragazze sapessero già prima di noi cosa è successo," disse tranquillamente Griffin. "Ora lo sa anche Decker. Non mi piace essere l'ultima ruota del carro, specialmente non mi piace quando qualcuno usa la mia sorellina come un sacco da prendere a pugni."

"Calma," disse Harry sottovoce, per poi incamminarsi lentamente verso la figlia. Decker non lasciò la mano di Miranda. Non era nemmeno sicuro di poterlo fare.

"La persona che ti ha fatto questo è morta?" chiese Harry.

Miranda fece cenno di no con la testa, aveva gli occhi pieni di lacrime. Dannazione. "No, ma ci ho già pensato io." Così raccontò a tutti la storia, proprio come aveva fatto con Decker qualche minuto prima. Aveva ragione a pensare che era meglio non dover ripetere più volte la stessa storia.

Almeno così avrebbe tirato fuori tutto in un colpo solo, per poter voltare pagina. O almeno ci avrebbe provato.

Harry passò un dito vicino ai lividi sul volto di Miranda, appena sfiorandola, in modo da non farla sussultare.

"Non voglio che qualcuno della famiglia vada in galera, né i miei figli, né le mie figlie o mia moglie, perché ci siamo fatti giustizia da soli," disse Harry con calma. "Hai detto che hai tutto sotto controllo, ti credo, ma sappi questo, piccolina: se hai bisogno di noi, ci siamo." La baciò sulla fronte, poi guardò Decker, che sollevò il mento. Harry annuì.

Eh sì, il padre aveva intuito qualcosa. Decker voleva aiutare, senza tirarsi indietro. A volte serviva qualcuno fuori dall'ambiente familiare, senza legami di sangue, per farsi strada tra gli scudi difensivi di una persona e aiutarla.

Se solo avessero capito tutti *esattamente* cosa c'era tra lui e Miranda.

Cioè precisamente nulla, cercò di ricordarsi anche lui.

Miranda non era la sua donna.

L'avrebbe aiutata, si sarebbe assicurato che si riprendesse, poi l'avrebbe lasciata stare.

Miranda lo guardò negli occhi, sciogliendolo; Decker capì che gli stava chiedendo qualcosa in silenzio, così annuì. "Adesso vado a casa," disse lei, sottovoce. "Lo so che sono appena arrivata, ma sono venuta solo per… insomma…" Indicò la propria faccia. "L'avete visto tutti, conoscete tutta la storia, ora ho bisogno di riposare."

"L'accompagno io a casa." Decker incontrò gli occhi di Griffin, sembrava perplesso. Sembrava pronto a chiedergli qualcosa, ma Decker non era pronto a rispondere… sempre che conoscesse lui stesso la risposta.

"Stai pure qui a salutare tutti, vado a prendere Gunner," le sussurrò in un orecchio. Quel giorno profumava di rose.

Miranda annuì e cominciò coi lunghi commiati, d'obbligo in ogni evento della famiglia Montgomery. C'erano sempre fin troppe persone, andarsene non era certo facile. Decker andò nel giardino sul retro e trovò Gunner che giocava vivacemente con Leif. Sierra mise una mano sul braccio di Decker, lui scosse la testa. Non stava a lui raccontare quella storia; a giudicare del suo sguardo, Austin doveva sfogarsi e raccontare tutto.

"Sei un brav'uomo, Decker," gli disse sottovoce, poi lo baciò sulla barba.

Lui non era troppo d'accordo, ma lasciò che Sierra lo pensasse. In quello era molto bravo.

Mise il guinzaglio a Gunner, poi si incamminò di nuovo in casa. Marie si era innamorata di quel cane a prima vista, era contenta di lasciarlo scorrazzare per casa, anche quando era tutto pulito. Gunner era un altro Montgomery onorario, proprio come Decker. Decker avrebbe fatto meglio a ricordarselo.

Miranda lo vide arrivare e abbassò lo sguardo, poi un sorriso si fece strada sul suo volto.

"Oh, ma è adorabile." Si abbassò in ginocchio e lasciò che Gunner le saltasse addosso. Il cane la annusò dappertutto e poi le avvicinò il muso al collo. Gunner sembrava quasi sapere che Miranda era una creatura fragile, che faceva stringere il cuore, così fece in modo di non farla cadere... a differenza di quando aveva incontrato Maya.

"Adorabile?" commentò Storm. "Miranda, tesoro, hai battuto forte la testa? Ahi!" Storm si massaggiò la testa proprio dove Wes l'aveva appena colpito.

Miranda reagì ridendo e scosse la testa, prima di rialzarsi. "Allora ci rivediamo presto. Grazie per essermi stati vicini."

Sì salutarono tutti, poi Decker accompagnò Miranda alla macchina. "Ti seguo," le disse.

"Visto che andiamo a casa tua, facciamo che ti seguo io?" gli chiese, tirandolo per la giacca.

"Voglio essere sicuro di tenerti sempre sott'occhio," le rispose. "Fidati di me, almeno per oggi."

Le prese il viso tra le mani, sentendo l'aria mossa dal suo respiro. Le sfiorò il labbro con il pollice, lei aprì la bocca, tirando fuori la punta della lingua per leccargli la punta del pollice. Lui deglutì a fatica, i loro sguardi si incontrarono. Era una stupidaggine, una stupidaggine bella grossa. Ma l'avrebbe fatto comunque, bisognava pur vivere.

Anche se solo per un momento.

"Ci vediamo a casa mia," le disse sottovoce.

"Decker," sussurrò Miranda.

"Dopo, Mir. Dopo."

Oddio, che egoista. Decker sapeva che, a prescindere da cosa poteva succedere poi, anche se non l'avrebbe mai più sfiorata, almeno per un attimo doveva vederla a casa sua, vederla al sicuro.

Non era destinato a essere il futuro di Miranda. No, non poteva esserlo. Ma forse, chissà, poteva vivere nel presente; magari avrebbe catturato un momento della sua felicità, prima che lei si accorgesse di come stavano le cose per davvero.

Prima che Miranda scoprisse chi fosse lui veramente.

Capitolo 9

Miranda finalmente si tolse la giacca di Decker, una volta entrata a casa sua. Non voleva separarsene, ma sarebbe stato troppo ovvio, se l'avesse tenuta anche all'interno, se se la fosse addirittura portata via. Non era più andata a casa di Decker da quando si era resa ridicola, nella sua cucina, ma anche se non era passato tanto tempo, le cose erano cambiate.

Lei non sapeva bene come, ma aveva percepito un cambiamento davanti alla casa dei suoi genitori.

Non sapeva interpretarlo, non sapeva nemmeno cosa ci facesse a casa di Decker. Lui le aveva detto che l'avrebbe aiutata a proteggersi meglio, ma lei non pensava che l'avrebbe fatto subito. No, piuttosto Decker si voleva assicurare che lei fosse al sicuro, ma anche che potesse tornare a respirare. Anche se Miranda amava la sua famiglia con tutta se stessa, era difficile non preoccuparsi su come proteggere i parenti dal ciò che era successo, se non poteva nemmeno proteggere se stessa.

"Vuoi qualcosa da bere?" le chiese Decker, sempre con le mani in tasca. A Miranda piaceva pensare che tenesse le mani in tasca per riuscire a tenerle lontane da lei, ma non ci avrebbe scommesso troppo.

Per quanto bene lo conoscesse, tutti i suoi comportamenti, il suo passato, non lo *conosceva* tanto bene quanto pensava.

Sì, gli voleva bene comunque, era *innamorata* di lui, ma forse, conoscendolo meglio, avrebbe trovato un modo per convivere con quel sentimento.

Santo cielo, si sentiva una scema patetica e sentimentale.

Una comunicazione aperta e onesta era l'unico modo per gestire la situazione.

L'unica alternativa era affrontare tutto con sorriso e ignorare i propri sentimenti.

Non c'erano alternative.

Gunner le si avvicinò al fianco e le si appoggiò a una gamba. Lei lo guardò, che cane brutto ma adorabile, lo grattò dietro un orecchio. Lui tirò fuori la lingua e sembrò fare un sorriso beato.

Poi Miranda si sentì soffocare.

"Santo cielo!"

"Scemo di un cane," brontolò Decker. "Vieni qua, porta fuori il tuo culo puzzolente. Nessuno ti ha insegnato a non riempire di tanfo la casa se c'è una signora? Non hai un minimo di dignità?"

Miranda sentiva gli occhi quasi bruciare, ma non poté trattenere la risata dal profondo della gola. Decker portò fuori Gunner, poi tornò in casa, col sorriso sul viso. Gunner, con la sua orribile dose di gas canino, aveva per il momento interrotto l'imbarazzo tra loro due. Peccato che l'aveva fatto in modo così fetido.

Decker prese Miranda per mano e la portò in cucina. Il tocco ruvido delle mani callose fece sentire Miranda come a casa. Diamine, si sentiva un'idiota, ma le bastava così. Per il momento. "Non mi hai più detto se vuoi qualcosa da bere, oppure no. Io ho sete, sarà meglio che usciamo dal salotto, altrimenti rischiamo di asfissiare."

Miranda rise con Decker e si appoggiò al mobile della cucina, mentre lui andava al frigo. "Un'acqua gassata va bene, se ce l'hai."

"Ho una Coca, normale, non dietetica."

Lei alzò gli occhi al cielo. "Ormai mi conosci da un sacco di anni, pensi che beva dietetico?"

Lui la guardò, mentre apriva il frigo. "No, ma potresti anche essere cambiata mentre guardavo da un'altra parte." Non si stava riferendo alle bevande, lo sapevano entrambi.

"Non bevo spesso acqua gasata, perché dicono che faccia male, ma se devo concedermi qualcosa, preferisco lo zucchero all'aspartame."

"Mi sembra giusto." Le allungò una lattina, poi si fece serio. "Hai bisogno di un bicchiere, del ghiaccio, qualcos'altro?"

Lei sospirò, prese la lattina e la aprì. "No, non sono così esigente. È bella fresca, quindi va bene così. Decker, cosa c'è che non va? Perché è tutto così strambo?"

Decker la guardò negli occhi, Miranda sentì lo stomaco stringersi. Non sapeva bene se quella stretta allo stomaco fosse una reazione positiva o negativa. Non era nemmeno sicura di volerlo sapere.

"L'ultima volta che eravamo in questa stanza, ti ho spinta contro quello stesso mobile a cui sei appoggiata adesso e ti ho baciata, con molta passione. L'ultima volta che sei stata qui, ti ho messo le mani nei capelli e la lingua in bocca. Da allora sono successe un sacco di cose… ma non abbastanza."

Miranda trattenne un brivido al ricordo di quel tocco, del sapore di quel bacio. Avrebbe voluto tutto di nuovo, avrebbe voluto di più. Però ciò non significava che sarebbe successo. Specialmente sapendo con chi l'aveva visto, l'ultima volta che si erano incontrati.

"Come sta Colleen?" gli chiese, con la voce più disinteressata possibile. Quindi non troppo disinteressata.

Decker alzò un sopracciglio. "Non è qui."

Lei reagì con un gridolino. "Scemo. Non intendevo questo. Eri con lei, quella sera."

"Sì, ma quella è stata l'ultima volta che ci siamo visti. Già prima il nostro non era un rapporto serio. Adesso non c'è più alcun rapporto."

Miranda si leccò le labbra, quella novità era fastidiosamente piacevole. Eppure… "Allora l'hai solo parcheggiata?" Forse Decker aveva ragione, forse lei non lo conosceva affatto.

Decker sospirò. "No, non è così. Non stavamo veramente insieme, non eravamo nemmeno grandi amici, perché non abbiamo molto in comune."

"Allora perché ci uscivi insieme?" Miranda avrebbe preferito mordersi la lingua, in quel momento. Ovviamente c'era un motivo per cui uscivano insieme. Ma lei non voleva proprio pensare a quel particolare motivo.

Lui fece una smorfia. "Non è come pensi." Poi sospirò di nuovo. "Non andavamo a letto da mesi, Mir."

Lei spalancò gli occhi. "Davvero?"

"Non che siano fatti tuoi, o forse sì, sono anche fatti tuoi, se c'è un motivo per cui ne stiamo parlando. Io e Colleen non andavamo a letto da mesi, come ti dicevo. Non credo il nostro si potesse definire davvero un rapporto, dato che non facevamo molto altro se non mangiare insieme ogni tanto. Quella volta che è venuta da Montgomery non era previsto che venisse, si è un po' invitata da sola. È una persona gentile, ma non è la donna con cui voglio stare." Gli occhi di Decker incontrarono quelli di Miranda, lei inspirò con forza.

"Decker."

"Miranda."

Lei rise timidamente. "Non so, cosa ci faccio qui?" Si mise le mani in faccia e imprecò.

Decker le si avvicinò al fianco, con una Coca in mano, ancora chiusa. Gliela appoggiò ai lividi e cercò lo sguardo di Miranda. "Non farti del male, Mir."

Lei chiuse gli occhi. Se avesse fatto un passo in più (santo cielo, quanto voleva fare quel passo) magari non sarebbe stata lei, a farsi del male.

"Mi sono dimenticata dei lividi," gli disse.

Decker le prese il mento con una mano e le fece alzare la testa. "Io non me li sono dimenticati," le disse, con voce profonda. "Potrei ammazzarlo, quel coglione che te li ha fatti." Dal tono della sua voce, Miranda gli credette.

"È tutto finito," gli rispose, sperando fosse vero. Lunedì mattina al lavoro sarebbe stata una situazione di estremo disagio, terribile, ma lei l'avrebbe superata; era una Montgomery.

Decker le sfiorò il volto con le dita, sempre tenendole l'altra mano sul mento. "Non ancora, ma quasi. Non gli permetterò di farti altro male."

"Cosa stiamo facendo?" gli chiese lei, con la voce fastidiosamente affannata.

Decker la guardò negli occhi, poi fece un passo indietro. Lei si irritò, quella distanza la faceva rabbrividire. "Stiamo per bere qualcosa, poi parleremo."

"Di cosa?"

"Del fatto che, anche se ti ho spinta ad allontanarti, sembra proprio che non sia riuscito a tenerti a distanza."

Lei strinse gli occhi, indispettita. "Così mi dipingi come un insetto che non riesci a schiacciare."

Lui aprì la sua Coca e ne bevve un sorso. "Vieni, andiamo a sederci."

Non sfuggì all'attenzione di Miranda che Decker non aveva corretto l'immagine dell'insetto. Bastardo. Un figo bastardo, ma sempre bastardo. Lo seguì comunque in salotto, contenta di sentire che il regalino di Gunner nel frattempo era svanito.

Si mise seduta vicino a lui sul divano, abbastanza distante, per non stare appiccicati, ma abbastanza vicina da sentire il calore del suo corpo. La tortura proseguiva?

Lui la guardò negli occhi e trasalì.

"Cosa?"

"Eh, mi ero dimenticato che ti sei persa l'inizio della serata. Merda, non so come dirtelo."

Lei si fece seria. "Cosa? Cos'è successo? Stanno tutti bene?" Miranda era così concentrata su se stessa che non aveva notato nulla negli altri. Diamine, non era da lei.

"Fisicamente stanno tutti bene." Decker sospirò. "Non conosco tutta la storia, sembra che non l'abbia raccontata a nessuno, ma Jessica ha lasciato Alex."

Miranda appoggiò la sua bibita sul tavolino. "Davvero? Oh, povero Alex. Cioè, tutti odiavamo Jessica, anche se abbiamo cercato di includerla perché era sua moglie. Non l'ha presa bene, vero?"

Miranda si sentiva addolorata per il suo fratellone. Era quello più vicino a lei per età, anche se aveva cinque anni più di lei. Si era sposato troppo alla svelta, troppo giovane, doveva subirne le conseguenze. Ma quello non era importante, era comunque suo fratello, avrebbe fatto tutto il possibile per aiutarlo a superare quel momento. Per quanto lui non volesse coinvolgerla.

Decker sospirò e mise la sua bibita vicino a quella di lei. "No, non l'ha presa bene, ma voi parenti siete abbastanza per aiutarlo a rimettersi in carreggiata." La guardò in modo da farle capire che pensavano entrambi la stessa cosa.

Forse Miranda non poteva fare molto, ma avrebbe provato comunque a fare del suo meglio.

"So che avevano dei problemi, però è sempre brutto sentire che è finita. Lo sai?"

Decker fece spallucce.

"Cosa?"

"Non è stata una grande sorpresa, era destino che andasse a finire così." Nella voce di Decker c'era un tono particolare, che Miranda non riuscì a capire.

"Cosa vuoi dire?"

"Niente, Mir. Non preoccuparti."

Lei scosse la testa. "Non trattarmi così. Non sono mica una ragazzina che non può capire!"

Decker mormorò qualcosa a denti stretti, poi sbuffò. "Va bene. Si sono sposati troppo giovani. Oppure magari hanno solo sposato la persona sbagliata. Comunque sia andata, non si conoscevano abbastanza bene, così adesso Alex sta passando le pene dell'inferno. A volte non conosci la persona con cui stai finché non è troppo tardi."

A quel commento così cinico, Miranda si sfogò imprecando. "La tua è una visione molto pessimistica dei rapporti tra le persone."

Lui sollevò un sopracciglio. "Ma è naturale."

Miranda strabuzzò gli occhi. "Sia come sia, se stai facendo questo discorso per alludere in modo poco chiaro a noi due, allora sei proprio fuori strada."

Decker sbuffò di nuovo. "Non c'è nulla tra noi due, Mir."

Miranda gli mise una mano sul braccio, grata che lui non si allontanasse. "Sì, c'è qualcosa. Magari non c'è un rapporto, ma c'è qualcosa. Dobbiamo solo chiarirci le idee su cosa significa."

Lui la guardò negli occhi. "Tu mi vuoi. Io ti voglio. Abbastanza chiaro?"

Miranda deglutì a fatica, quelle parole le riscaldarono comunque il cuore. "Mi sorprende che tu lo dica ad alta voce."

Lui le mise una mano sulla guancia non ferita. "Non ho intenzione di mentirti. Non su di noi. Ma Miranda... tu mi vuoi? Dovrai prenderti tutto il pacchetto. Stare con te sarebbe una stupidaggine."

Sbalordita, Miranda si allontanò. "Come dici?"

"Cazzo, non è quello che volevo dire. Vedi? Faccio solo casino. Sei troppo giovane per me. Siamo una famiglia, sei la sorellina del mio miglior amico. Se lo facciamo e poi finisce, roviniamo tutto ciò che avevamo e faremo del male anche agli altri, non solo a me e a te. Capisci? Lo capisci che potremmo perdere tutto, solo per rischiare qualcosa che potrebbe non significare nulla?"

"Ma non sarà così, significherà qualcosa," gli sussurrò. Doveva significare qualcosa, per sé e per Decker.

"Non siamo le persone che eravamo prima, non siamo gli stessi che sono cresciuti insieme. Siamo adulti, abbiamo vissuto le nostre esperienze. Non siamo ragazzini. Tu non sei più la ragazzina che ho visto crescere tanti anni fa, e io di sicuro non sono il ragazzo che ero allora. Se succede qualcosa, sarà molto diverso. Dobbiamo conoscerci di nuovo. Io non sono l'uomo che pensi. Devi capire questo, non sono il principe dei tuoi sogni, o non so che cazzo hai in mente. Davvero, non mi conosci."

Miranda chiuse gli occhi e respirò profondamente. Non si voleva arrabbiare. Però, sai una cosa? Vaffanculo.

"Tutte stronzate da sapientone," sbottò.

"Cosa?" Decker la guardò, era davvero confuso.

"Non sono più una ragazzina, Decker. Vuoi conoscermi? Bene. Anch'io ti voglio. Anch'io voglio conoscerti meglio. Voglio vedere come stiamo insieme, so che stavamo molto bene come... insomma, qualunque fosse prima il nostro rapporto, voglio scoprire come sarebbe un rapporto diverso, più profondo. Le persone cambiano, quando stanno insieme." Alzò una mano. "Non sto dicendo che sia un male, tutt'altro. Ci sono sempre dei piccoli cambiamenti, per adattarsi a un rapporto. Non sono così giovane come mi credi tu, penso che dovresti accorgertene. E tu non sei un principe azzurro che ho messo su un piedistallo, non sono una ragazzina che sogna a occhi aperti, sarà meglio che lo teniamo presente entrambi."

"Mir."

"Deck."

Decker stropicciò gli occhi, Miranda sospirò. "Insomma, Decker, possibile che non ci arrivi?"

"Non arrivo a cosa?"

Miranda gli prese la faccia tra le mani e sentì la barba che le solleticava i palmi. "Tu mi *piaci*. Voglio conoscerti come uomo, non come il ragazzo con cui sono cresciuta. Non ho i paraocchi." Indicò il proprio viso. "So già fin troppo bene che, al di là dei sorrisi e degli sguardi angelici, gli uomini possono essere dei bastardi."

Decker si fece serio. "Lo ammazzo, quello stronzo."

Lei gli diede un colpetto sulla guancia. "Smettila di minacciare di uccidere qualcuno."

"Vedi? Non sono una brava persona. Non abbastanza per te."

"Hai appena detto che non mi conosci, e io non conosco te. Beh, allora vuol dire che non mi conosci abbastanza da sapere che non sei abbastanza per me."

Decker chiuse gli occhi e sospirò. "Miranda, finirò per ferirti."

Miranda sentì le farfalle allo stomaco ed ebbe la sensazione che forse anche lui... ma ne valeva la pena, altrimenti se ne sarebbe pentita.

"Baciami."

Lui aprì gli occhi e incrociò lo sguardo di lei. "Se lo facciamo, non c'è modo di tornare indietro."

"Ma io non voglio tornare indietro."

Decker la tirò tra le proprie braccia, prendendola in braccio. Prima ancora che Miranda potesse fare il suo prossimo respiro, sentì la bocca di Decker sulla propria e si perse. Decker le mordicchiò e le succhiò le labbra e la lingua. Lei gli prese la faccia tra le mani, la barba era ispida, ma stranamente eccitante. Decker le mise le mani tra i capelli, tenendola stretta. Miranda poteva sentire il suo uccello tra le gambe, era duro, pronto a essere cavalcato da lei. Mosse i fianchi, voleva sentirlo di più.

Decker tirò via le labbra da quelle di lei, ansimante, poi le mise una mano sui fianchi per tenerla ferma.

"Decker."

"Dannazione, almeno sappiamo che questa parte funziona bene."

Lei sorrise, compiaciuta. "Ma davvero?" lo provocò. "Forse dovremmo controllare ancora. Tanto per sicurezza."

"Tentatrice." Le si avvicinò e le morse un labbro. Piuttosto forte. Il brivido che attraversò Miranda la sorprese più di quanto si aspettasse.

"Buono a sapersi," mormorò Decker.

"Cosa, è buono a sapersi?"

Lui scosse la testa. "Solo qualcosa che mi passava per la testa."

Lei inclinò la testa. "Sei sfuggente."

"Vero. Adesso ti seguo mentre torni a casa, così sono sicuro che arrivi sana e salva, poi me ne torno a casa mia, mangio qualcosa e vado a dormire. Da solo."

Lei sbatté le palpebre, sorpresa. "Ma davvero?" Poi mosse il bacino sulle gambe di Decker, finché lui non la strinse per fermarla.

"Vuoi che succeda?"

Lei sorrise come lo Stregatto di Alice. "Sì."

Lui alzò gli occhi al cielo. "Intendo dire questo, se vuoi che stiamo insieme. Vuoi che succeda? Allora usciamo, per il nostro primo appuntamento. Così cerchiamo di capire cosa vogliamo, prima che io ti tolga tutto per assaggiare ogni centimetro del tuo corpo."

Lei deglutì a fatica e rabbrividì. "Adesso decidi tu come staremo insieme?" Chissà perché, una parte di lei lo apprezzava, mentre un'altra parte di lei voleva schiaffeggiarlo per quell'atteggiamento paternalistico.

Decker la baciò dolcemente. "Solo se va a finire così. Vengo a prenderti domattina alle sette. Se vuoi ancora stare con me, con il vero Decker, allora preparati." Fece una pausa. "Mettiti dei jeans e una maglietta vecchia."

La mente di Miranda turbinava. Stava succedendo per davvero. Come diamine era potuto accadere? Solo un attimo prima era da sola, tutta piena di dolori, mentre un attimo dopo era seduta sulle gambe di Decker e lo ascoltava parlare del loro appuntamento, il giorno dopo. Forse aveva ragione lui, forse lei aveva bisogno di una nottata per pensare, per capire.

Decker le toccò il mento. "Vedi? Hai bisogno di pensare. Indossa dei jeans, quelli sexy strappati al ginocchio."

Lei alzò un sopracciglio. "Sai che jeans porto?"

"Sì, e so che sono molto sexy." Decker si alzò in piedi tenendola tra le braccia, Miranda lasciò andare un gridolino, poi lo avvolse con le braccia e con le gambe. Lui la sostenne da sotto il sedere, lei ansimò. Davvero, che figo.

"Cosa facciamo domani?"

"Lo vedrai. Oh, mettiti i tuoi vecchi scarponcini da montagna."

Lei si fece seria. "Non sono sicura che ti ricordi cosa vuol dire uscire per un appuntamento, Decker. Mi sembra più una sudata che altro."

Lui sorrise, mentre Miranda trattenne un sospiro molto femminile. "Ti porto fuori, è tutto ciò che devi sapere." Lei scivolò giù, lentamente, mettendosi a sedere. Quando Decker imprecò, Miranda sorrise.

Aveva ragione lui, almeno *quella* parte del rapporto funzionava bene, tra loro.

Miranda sperava solo che funzionasse bene anche tutto il resto.

~

"In montagna?" chiese Miranda, incredula. Erano andati in macchina fino ai piedi delle montagne.

"In montagna," ripeté Decker. Gunner saltellava tutto contento ai loro piedi, evidentemente entusiasta della novità. "Immagino che tu sia abituata a uscire a cena, oppure ad andare al cinema, va bene, ma non è divertente come una bella passeggiata in montagna. Possiamo goderci la natura, guardarci intorno senza avere altre persone intorno." Si girò verso di lei e le prese il mento con le dita. "Così possiamo andarcene in giro senza doverci preoccupare che qualcuno ti fissi, pensando di dover chiamare la polizia perché quel tipo grosso vicino a te deve averti colpita, o qualcosa del genere."

Miranda sospirò e si appoggiò a lui. "Sono imbecilli, se la pensano così." Anche lei però ci aveva pensato. Aveva notato che le poche persone che incontravano squadravano Decker dalla testa ai piedi. Lui *era* un tipo grosso coi tatuaggi e una barba che gli nascondeva il sorriso, infatti lo si notava solo da vicino. Lei poi, aveva la faccia che sembrava ancora come dipinta con bombolette di vernice di cinque colori diversi, con tutti quei lividi. Un po' le piaceva nascondersi dietro quella specie di maschera.

Decker si abbassò per baciarla, lei si sciolse. Le piaceva *davvero* quel Decker. Non le dimostrava il suo affetto in un modo strano, come facevano gli altri quando non erano a proprio agio in pubblico, o anche peggio, quando cercavano di marcare il territorio.

La toccava giusto il necessario per riscaldarla (lei non ne aveva mai abbastanza), ma non troppo, per non mettere nessuno dei due a disagio. Lei ancora non si capacitava di come fossero arrivati lì, insieme, con le labbra appiccicate. Non voleva pensarci troppo, temeva di spaventarsi, di rendersi conto che non era vero.

Gunner le si appoggiò al fianco, Miranda scosse la testa.

"Ci sei?" le chiese Decker, lei annuì.

"Scusa, mi sono persa per un attimo. Ma ora va meglio."

Lui sorrise e la prese per mano. "Se ti stanchi, basta che me lo dici. Ho uno zaino con tutto il necessario, non sarà un sentiero difficile, niente rocce o percorsi ferrati."

Lei annuì e prese un respiro profondo. Le camminate in montagna non erano in cima all'elenco delle cose che amava fare, ma era domenica, aveva già corretto il giorno prima tutti i compiti. Così almeno poteva uscire con Decker e conoscerlo meglio.

Decker la prese per mano e si avviò per il sentiero, con Gunner che li precedeva, annusando tutto ciò che poteva. Dopo una mezz'oretta, Miranda capì che stavano percorrendo il sentiero più facile, Decker l'aveva scelto per lei; non si lamentò, preferiva non farsi male alle caviglie, non doveva dimostrare nulla.

"Vieni spesso da queste parti?" gli chiese.

Decker le strinse la mano e annuì. "Sì, Abbastanza spesso, direi; ci venivo con Griffin." Poi trasalì. "Cazzo."

Lei trasalì con lui. "Capirà."

Decker alzò un sopracciglio. "Certo, Mir. Certo che capirà."

Detto ciò, conversarono di argomenti più tranquilli. Parlarono di lavoro (senza citare il fatto che Decker lavorava con la famiglia Montgomery e che Miranda lavorava con quell'imbecille che l'aveva ferita). Parlarono dell'appartamento di Miranda, di quanto le piacesse. Un giorno si sarebbe trasferita, ma per il momento era perfetto, per quella fase della sua vita.

Camminarono per un paio d'ore, facendo una sosta per una barretta di cereali e un po' d'acqua, infine tornarono indietro alla macchina. Prima di salire a bordo dell'auto, Miranda si voltò indietro a guardare la catena montuosa e sorrise.

"Oddio, quanto mi piace vivere da queste parti," disse. Le

facevano male i muscoli, aveva i jeans sporchi, ma le sembrava di aver trovato delle energie di riserva.

Decker la raggiunse da dietro e la abbracciò. "Ah sì?"

Lei sospirò e si appoggiò a lui. "Già, dove altro potresti andare a fare una passeggiata e vedere in giro cervi, il fiume, tutti gli uccelli e questa natura?"

"Guarda l'orso!"

Miranda urlò e gli saltò tra le braccia. Decker ricadde all'indietro contro la macchina, ridendo sguaiatamente.

"Non riesco a credere che ci sei cascata," le disse ridendo. Gunner abbaiò trotterellando intorno a entrambi, giocosamente.

Lei rimise i piedi a terra e fece una smorfia: "Non è divertente."

"Ah sì? E allora perché ridi?"

Lei alzò gli occhi al cielo e grattò Gunner dietro le orecchie. "Torniamo a casa tua per pranzo. Sto morendo di fame, adesso ho perfino paura a guardare quell'ombra troppo da vicino."

Decker sbuffò, la baciò, poi la sculacciò. Lei deglutì a fatica. Le piaceva, c'era qualcosa di sbagliato? No? Allora tutto bene.

"Sali in macchina. Quell'ombra è solo un'ombra, di un albero."

Quando arrivarono a casa, si stravaccarono in cucina a trangugiare acqua. Miranda si guardò i jeans e sussultò. "Penso di essermi portata dietro una buona parte della foresta."

Decker sorrise. "Beh, sei stata tu a correre contro quell'albero."

"Ma mi hai distratto tu!" Miranda arrossì, non credeva Decker se ne fosse accorto.

"Mi stavi solo guardando il sedere."

Beh, era vero, ma non c'era bisogno che lui lo ammettesse. "Fa nulla, posso farmi una doccia?" Gli occhi di Miranda squadrarono Decker dalla testa ai piedi, poi lei deglutì sonoramente. "Anche tu potresti farti una bella doccia."

Lui fece una smorfia. "Ho due docce, Mir. Possiamo usarne una ciascuno. Andiamoci piano, va bene?"

Lei sospirò. "Certo. Però finora l'unica cosa che facciamo diversa dal solito è baciarci."

Lui le sollevò il mento. "Già, e per quanto mi piaccia baciarti, perché sappi che sei dannatamente brava, non ho intenzione di forzare la mano. Se cambiamo tutto troppo alla svelta, rischiamo di rovinare tutto. Capisci?"

Lei si tirò indietro, per non saltargli addosso. "D'accordo, vado a farmi la doccia. Hai nulla che possa mettermi?"

Gli occhi di Decker cambiarono espressione, Miranda sperava che si stesse immaginando il suo corpo, nuda. Lei se l'era raffigurato nudo varie volte.

"Come mai arrossisci?"

Miranda tossì. "Oh, niente. Allora, vestiti?" Non avrebbe mai ammesso le sue fantasie erotiche, molto erotiche. Almeno, non ancora.

Decker si schiarì la gola. "Ho qualcosa per te."

Miranda si fece una doccia veloce, poi si asciugò, guardando la vecchia maglietta e i pantaloni della tuta che Decker le aveva preparato. I pantaloni erano enormi, probabilmente le sarebbero caduti. Tanto valeva non metterseli affatto. Dopo tutto quella maglietta le arrivava quasi al ginocchio, bastava indossarla insieme alle mutandine e sarebbe stata bene così.

Decker non sapeva cosa l'aspettava.

Miranda si sciolse rapidamente i capelli, che le caddero sulle spalle, poi uscì dal bagno, imbattendosi in un petto maschile molto muscoloso, molto nudo, molto sexy.

Decker imprecò abbassò lo sguardo, con gli occhi spalancati. "Cazzo, Mir, non ti avevo dato dei pantaloni?"

Miranda non riusciva a toglierli gli occhi di dosso, continuava a guardargli il petto, dove le gocce d'acqua scendevano in piccoli rivoli verso i suoi pochi peli, giù fino all'ombelico; dei rivoli molto, molto promettenti.

Lui le tirò indietro i capelli, costringendola ad alzare lo

sguardo per guardarlo negli occhi. "Mir, piccola, guardami. Non è una buona idea."

"Smetti di cercare di decidere al posto mio," gli rispose a bassa voce. Lui si fece serio, Miranda proseguì. "Ho capito. Vuoi solo proteggermi, ma dirmi quello che penso e quello che voglio non è il modo giusto per trattarmi. Mi conosci fin troppo bene (anche se dici di non conoscermi), quindi sai bene che non sopporto di essere gestita così. Se non vuoi fare l'amore con me, va bene." Cioè, non andava bene, ma ne avrebbero parlato in un altro momento. "Ma se è così, devi solo dirlo chiaramente. Non puoi addossare a me questa responsabilità, quando io sono proprio quella che dice di volerti. Sono stata io a fare il primo passo nella tua cucina, mi sto facendo avanti di nuovo. Se mi vuoi, prendimi. Prendimi così come sono. Mettere delle barriere che non esistono non serve a nulla."

Decker le passò una mano sui capelli qualche volta, poi sospirò. "Non so come comportarmi con te, Miranda Montgomery."

Lei gli mise una mano sul petto e gli accarezzò la pelle, sempre più in basso, fino a mettergli la mano sul pacco, coperto dai jeans. "Ma io so come comportarmi con te," gli sussurrò.

Non era più la ragazzina che aveva in mente lui; a giudicare dagli occhi di Decker, finalmente se ne stava accorgendo.

Bene.

"Se lo facciamo, non si torna indietro." La voce di Decker si era fatta profonda, quasi minacciosa.

"Non è mai possibile tornare indietro, Decker. Lo sai bene."

Lui si leccò le labbra, poi la prese per i fianchi, si attaccò con le mani alla maglietta e la alzò un poco. "Tu conosci il mio passato, conosci la mia vita, ma non sai come scopo, bella bimba."

"Ah sì? Allora dimostramelo."

"Non sono uno facile," le disse, avvicinandosi, per poi farle scorrere la lingua sul collo. Non la baciò, ma le fece sentire il fiato caldo sulla pelle, facendole venire la pelle d'oca su tutto il corpo. "Lo sai di che gruppo facevo parte?"

Miranda annuì. "Facevi parte dello stesso gruppo di Austin." Le ginocchia le tremarono, ma non cadde, non con Decker che la sosteneva.

"Sì. come Austin, ma non proprio come lui." Decker si tirò indietro, Miranda si fece seria. "Non sono un vero dominante, come potresti pensare, Miranda. Sono solo me stesso. Mi è servito molto tempo per scoprirlo, mi piace avere il controllo, sia a letto che fuori, ma non faccio tutti quei giochetti strani."

Miranda annuì. "Ognuno ha diritto a divertirsi come vuole, Decker. Io…" Beh, onestà per onestà… "A me piace quando mi dici cosa fare," gli sussurrò. "Mi piace quando mi prendi per i capelli e mi baci. Mi fa sentire… esaltata, perché scegli di farlo con me. Capisci cosa intendo?"

Decker sorrise, Miranda si rilassò. "Capisco. Penso che potremo essere contenti tutti e due. Siamo solo io e te, Mir. Niente famiglia, niente legami, niente ex e niente regole, conta solo il piacere che ci diamo. Lo capisci?"

"Certo. Adesso baciami."

Decker sbuffò. "Mi stai dicendo quello che devo fare?"

Miranda trasalì. "Ehm, no?"

Decker la sculacciò. Forte. Miranda strillò e poi sospirò affannata, quando lui le massaggiò la pelle dove le faceva male. "Mi piacerà scoprire quello che ti piace di più, Mir. Mi piacerà un sacco. Perché non ti giri e non vai in camera da letto? Fallo lentamente, così posso vedere come si muove la mia maglietta mentre cammini."

Miranda deglutì a fatica, poi fece come le aveva ordinato, ben sapendo di avere gli occhi di lui puntati sul sedere. Ad ogni movimento, sentiva la maglietta salire sempre di più. Poteva immaginarsi le sue cosce che facevano capolino; se non fosse già stata pronta a spogliarsi sul posto, avrebbe anche potuto provocarlo di più.

Quando arrivò in camera da letto, non sapeva bene cosa dovesse fare. Doveva sdraiarsi sul letto? Doveva tenere addosso i vestiti? Avrebbe dovuto darle più indicazioni. A quel punto sentì il profumo di Decker nella stanza. Aveva dei mobili maestosi, maschi, nella camera prevalevano colori scuri. Quella camera rappresentava Decker fino al midollo, Miranda si calmò e si eccitò allo stesso tempo.

"Mi piace guardarti con la mia maglietta addosso."

Miranda si voltò e lo vide in piedi sull'uscio. Aveva gli occhi seri, sensuali, come quelli di lei. Almeno per quella sera...

No, non voleva pensarci. Non voleva pensare al futuro, al significato di quell'incontro, non voleva pensare a niente di doloroso. Avrebbe vissuto quel momento, godendosi ogni attimo. Finalmente stava succedendo davvero, l'avrebbe vissuto così com'era. Se anche l'indomani si fossero separati, se anche fosse tutto finito, almeno avrebbe avuto quella sera.

Non avrebbe consentito che il loro rapporto venisse danneggiato per quanto stava per succedere. L'aveva già fatto in passato, pensò, avrebbe protetto il cuore, il proprio e quello di Decker.

Lui non le prometteva nulla, lei sarebbe stata solo onesta.

Decker le si avvicinò lentamente, Miranda inclinò la testa all'indietro, per farsi baciare meglio. Cavoli, quanto era bravo a baciare. Le leccò e le succhiò la lingua, poi le labbra. Lei lasciò andare la testa, mentre lui le scorreva con la bocca sul collo. Poi la morse delicatamente tra il collo e la spalla, lei rabbrividì.

"Decker," sussurrò, ansimante.

Stava succedendo davvero. Stava per andare a letto con Decker. Aveva vissuto quella fantasia molte volte, certo, ma non aveva mai pensato che si potesse realizzare. Ma dato che stava accadendo, non voleva che finisse mai più.

Decker la prese per i capelli e la costrinse a guardarlo. "Concentrati su di me, Mir? Vuoi che succeda? Mi prendo tutta te stessa. Lo capisci?"

Non intendeva proprio tutto. Non l'avrebbe presa tutta, non voleva dire nemmeno che si sarebbe dato totalmente.

Lei annuì comunque, senza fiato.

"Dillo."

"Sì. Ho capito."

"Ora di' il mio nome. Di' il mio nome mentre ti spoglio, mentre ti mangio tra le gambe, mentre ti scopo forte. Dillo."

Lei strinse le gambe a quelle parole, il suo clitoride pulsava. Santo cielo, Decker sapeva come provocarla con le parole. Di solito non le piaceva il linguaggio sconcio, ma con lui? Cavolo, di brutto. Quelle parole, dette da lui, non davano l'impressione di un ragazzino che scopriva come parlare a una donna, solo perché poteva dire certe parole. No, era un uomo, che diceva quelle parole perché la voleva. Perché sapeva *esattamente* l'effetto che quelle parole avevano su di lei. L'effetto che avevano su entrambi.

"Decker. Ho capito. Ti prego, fai tutto quello che hai detto, possiamo farlo, adesso?" Gli sorrise, mentre parlava. Lui fece una smorfia.

Poi le passò le dita sul fianco, sulla maglietta, fino ad arrivare alla sua pelle. Lei inspirò rapidamente, mentre lui alzava lentamente il tessuto sul fianco di lei. Quando tirò la maglia più in alto, lei sollevò le braccia per aiutarlo a toglierla da sopra la testa.

Miranda era lì, davanti a lui, con indosso solo le mutandine; non si era mai sentita così sexy. Gli occhi di Decker si fecero seri dal desiderio, lasciò partire un verso di gola.

Poi si leccò le labbra e le massaggiò un capezzolo col pollice.

"Oddio, ti prego, toccami."

"Prenderai quello che ti do, quando te lo do."

Sì, ti prego.

Miranda deglutì sonoramente e lasciò che Decker la studiasse. Se chiunque altro avesse guardato il suo corpo in quel modo, si sarebbe sentita completamente a disagio, ma con Decker si sentiva come una regina. La guardava come se intendesse assaggiare ogni centimetro del suo corpo, apprezzandolo.

"Ti ho vista in quel cazzo di bikini in piscina altre volte, me ne sono sempre dovuto andare prima, oppure dovevo saltare nell'acqua fredda, perché se no mi si alzavano i pantaloncini. Un'erezione con i tuoi fratelli intorno? Non era una buona idea. Non volevo che lo sapessi. Mi meraviglia ancora che tu lo sappia. Allora, eri solo tante curve e sex appeal, e invece adesso? Adesso mi sembra di essermi perso un sacco, cazzo, perché non ho mai visto una donna come te. Sei affascinante, piccola. Tremendamente affascinante. Voglio leccare ogni centimetro della tua pelle, fino a stamparmi il tuo sapore sulla lingua per sempre."

Miranda arrossì, ricordandosi quei giorni in piscina, quando lo guardava con la coda dell'occhio. Aveva fatto del suo meglio per non guardarlo troppo, quando prendeva il sole, o quando giocava nell'acqua. Quando i loro corpi si erano sfiorati in piscina, scivolando uno sull'altra, quando giocavano in squadre diverse, aveva dovuto nuotar via alla svelta, per evitare di fare una stupidaggine, come tirarlo sott'acqua con sé e baciarlo fino a svenire.

Lui la guardò voglioso, poi le raggiunse la pancia. Quella era una novità. "Non sapevo che avessi un piercing all'ombelico, piccola. Mi piace." Le sue dita giocarono con quella barretta metallica, Miranda trattenne una risata per il solletico. La stuzzicava, ma ridere probabilmente non sarebbe stata la reazione più sexy, in quel momento.

"È abbastanza recente," gli disse, poi inspirò rapidamente. Oddio, che tocco stimolante; almeno, stimolante per lei. "Me l'ha messo Maya, quando ha preso il certificato per fare i piercing."

Decker sorrise maliziosamente. "È sexy da impazzire. Sono contento che non ce l'avevi quando indossavi quei costumini striminziti, non avrei potuto resistere."

Miranda si leccò le labbra, presa dalla voglia. "Se lo vuoi sapere, ho comprato il costumino nero proprio per te," gli disse tranquillamente.

Lui alzò gli occhi fissando quelli di lei, poi sorrise lentamente. "Ah sì? Beh, era una tortura, Mir."

Potente. Era così che la faceva sentire.

"Era una tortura anche per me, sai? Tutto muscoloso e

abbronzato, mi sono dovuta arrangiare da sola un paio di volte, dopo averti visto tutto tirato."

Miranda strinse i denti e spalancò gli occhi. *Non* poteva aver detto tutto, ad alta voce.

Lui le sorrise, con gli occhi che brillavano. "Oh, non avresti dovuto dirmelo, piccola. Adesso dovrò guardarti mentre ti metti la manina nelle mutandine, dovrò guardarti mentre ti masturbi."

Miranda rabbrividì. Poteva farcela? Toccarsi con Decker che la guardava?

Lo guardò negli occhi.

Sì. Ce la poteva fare.

Decker le accarezzò il capezzolo con il pollice, Miranda si morse le labbra. "La prossima volta, Mir. Lo facciamo la prossima volta. Magari mi masturbo anch'io mentre ti guardo." Miranda inspirò rapidamente, lui annuì, sorridendo a quella reazione. "Eh sì, ti piacerà. Sono venuto un sacco di volte pensando a te, dolcezza. Non sei certo l'unica."

"Meno male," lo provocò.

Decker se la tirò più vicina e si schiantò con la bocca su quella di lei. Miranda si lasciò cadere in quel bacio, si lasciò cadere in lui. Decker abbassò le mani sulla schiena di lei, fino al sedere.

"Hai un sedere così godurioso. Oddio, un giorno lo voglio scopare, Mir. Che ne dici? Lo vuoi il mio cazzo nel tuo bel culetto?"

"Ah..."

Decker rise sonoramente. "Corro troppo?"

Miranda scosse la testa. "Non abbastanza. Ti prego, ho bisogno di sentirti dentro." Strinse gli occhi. "Nella mia passera, per ora, se va bene lo stesso."

"Mi piace come pronunci quella parola, con la tua boccuccia dolce. Se vuoi che ti venga dentro, si può fare. Girati verso di me."

Lei corrugò le sopracciglia, ma fece quanto le diceva. Decker inspirò sonoramente, Miranda deglutì.

"Dimenticavo il tatuaggio dei Montgomery dietro la schiena."

Miranda rise. "Sì, mi sono fatta marchiare sulla schiena. Non sono riuscita a pensare a un altro posto dove nasconderlo sotto i vestiti, pur rimanendo me stessa. Capisci?"

Miranda si girò per guardarlo negli occhi, erano pieni di desiderio. Non era solo desiderio nei suoi confronti, era il desiderio per il tatuaggio che portava addosso. Tutte le persone della famiglia avevano un tatuaggio, eppure, per quanto ne sapesse lei, Decker non ce l'aveva. Avrebbe dovuto farselo, si sarebbe ricordata di dirglielo.

Più avanti.

In quel momento, però, voleva che la festa andasse più al sodo.

Così sculettò un po', poi si girò verso il letto. Con la testa ancora girata verso di lui, per poterlo guardare, si piegò in avanti, premendo il petto sul letto, poi infilò le mani ai lati delle mutandine.

Gli occhi di Decker si fecero più seri, le fece cenno di sì con la testa.

Miranda si tolse lentamente le mutandine, facendole scorrere sul sedere, poi giù fino alle cosce. Piegata così non poteva andare oltre, era completamente esposta allo sguardo di Decker, che poteva muoversi come voleva.

Le piaceva da morire.

Il modo in cui quella striscia di tessuto la spingeva sotto al sedere, la faceva sentire come sollevata, come esposta in vetrina, incorniciata, per lui.

Decker le prese il sedere con una mano e lo strinse. "Mi lasci senza fiato, Mir."

Miranda sospirò e ansimò, adorava la sensazione di quel tocco. "Idem."

Decker si abbassò lentamente, fino a trovarsi accovacciato dietro di lei, col viso molto vicino alla sua passera. Miranda cercò di non lasciarsi sfuggire alcun lamento, si sentiva molto esposta, ma non sapeva che farci. *Era* esposta, e poi le piaceva sentirlo così vicino.

Le piaceva molto.

"Lo sapevo che eri così rosa, bel colorito." Le passò lentamente un dito sulle grandi labbra, lei trattenne il fiato. "Così bella," mormorò, per poi abbassarsi.

"Decker!"

Si attaccò con la bocca alla sua passera, mordicchiando, succhiando. Oddio, che bocca, che cazzo di bocca. Miranda mosse di nuovo il sedere, cercando di avvicinarsi. La lingua di Decker continuava a girare al largo dal clitoride. Conoscendolo, lo faceva apposta. La provocava fino a farle mancare il fiato.

La sculacciò, poi l'accarezzò. Il respiro di Miranda tremò. "Non ti muovere, Mir, altrimenti ti sculaccio ancor più forte."

Senza pensarci, Miranda ancheggiò di nuovo.

"Dannazione, Mir. Vuoi sentire di nuovo la mia mano? Vuoi che ti faccia diventare rosso quel tuo dolce culetto?"

Miranda trattenne il fiato, Decker la sculacciò sull'altra natica.

"Parla, rispondimi." La sua voce bastava da sola a farla sentire come drogata, era così profonda, così decisa, così *Decker*.

Va bene. Se voleva la verità, tutta la verità, l'avrebbe sentita. "Sì. Sì, voglio che mi sculacci. Voglio che me la lecchi, fammi venire, sculacciami, scopami, legami. Voglio tutto. Va bene?"

Miranda si guardò alle spalle di nuovo, vedere il sorriso di Decker, pieno di lussuria. Pensò che la barba lo facesse sembrare ancora più sexy, cosa c'era di sbagliato?

"Mi piace quello che dici, piccola. Farò tutto quello che hai detto. Magari non tutto adesso, ma farò tutto. Ora lascia che ti tolga quelle mutandine, voglio mangiare la tua figa succosa, poi ti scoperò. Sei pronta?"

Miranda si lasciò sfuggire un gemito, chiaramente non riusciva a parlare. Quella specie di risposta non verbale sembrò bastargli, perché non la sculacciò più.

Le tolse le mutandine e le fece aprire le gambe. L'aria fresca che le passava sotto il corpo non attenuò minimamente

I confini della tentazione

il calore che la faceva bruciare dentro. Oddio, quanto lo voleva, voleva già venire.

Quando le prese il clitoride con la bocca, Miranda afferrò le coperte, mordendosi le labbra. Affondò le dita nel letto, quasi fino a strapparle, se non avesse fatto attenzione. Santo cielo, che talento con la lingua, avrebbe dovuto avvertirla. La barba si strofinava tra le sue cosce, era un tocco molto erotico, più sensuale di quanto credesse. Decker le leccò e le succhiò il clitoride, per poi scoparla con la lingua.

Quando affondò in lei con due dita, Miranda strillò, stringendosi intorno alla sua mano. L'orgasmo la colpì con gran forza, la sua schiena si contorse, spingendole la faccia più contro il letto. Le tremarono braccia e gambe, la vista le si annebbiò.

Prima che tornasse a respirare, Decker la fece girare sulla schiena e raggiunse con le labbra quelle di lei. Miranda poteva sentire il proprio sapore su quelle labbra, quasi raggiunse di nuovo l'orgasmo. Decker aveva ancora addosso i jeans, il tessuto ruvido sulla pelle delicata di lei la fece vibrare ulteriormente.

Miranda allontanò la bocca da quella di lui, doveva riprendere fiato. "Ti prego, per amor di Dio, togliti quei jeans e vieni dentro di me."

Lui sorrise, poi si alzò. Fissandola negli occhi, si sbottonò i jeans e si abbassò la cerniera. Quando i jeans caddero a terra, Miranda perse ogni residuo di ragione.

Il suo Decker era completamente nudo.

Porca di una vacca.

Aveva un uccello lungo, grosso, bello pronto. Santo cielo, era pure col piercing. Aveva un piercing Prince Albert che lasciava presagire sensazioni incredibili, una volta dentro. Il suo uccello palpitava, sembrava quasi gli facesse male, con la vena blu che da sotto arrivava alla sua cappella tutta rossa. Era gonfia, c'era già qualche goccia di liquido che si affacciava intorno al piercing, l'uccello gli sbatteva contro la pancia quando si muoveva, sulla pancia aveva i segni del liquido, era turgido, pronto.

"Se continui a guardarmi così finirà che vengo prima ancora di entrare nella tua bella passerina."

Miranda sbatté le palpebre. "Ce l'hai… grosso." *Ma brava, Miranda. Che furba.*

Il sorriso di Decker sembrava quasi perfido. "Trovi sempre le parole migliori." Poi camminò intorno a letto, fino al comodino, tiro fuori un pacchetto e indossò un profilattico, facendo attenzione alle palline di metallo sulla punta.

Miranda gli avrebbe detto in un altro momento che prendeva la pillola e che era sana. Avrebbero parlato di tutto un'altra sera. In quel momento erano sicuri, voleva solo averlo dentro di sé. Subito.

Decker si inginocchiò sul letto e si mise tra le gambe di Miranda. Si appoggiò con i gomiti sui lati della testa di lei, che si sentì chiusa, ma al sicuro.

Le dita di Decker giocavano con i capelli di Miranda, che ansimava. "Sei bellissima, cazzo, Miranda."

Le bruciavano gli occhi, deglutì a fatica. Non poteva ancora mettersi a urlare, non voleva. L'uomo chiamava era terribilmente dolce, voleva gemere, ma non l'avrebbe fatto. Poteva farlo più tardi.

Decker abbassò la testa avvicinandosi a quella di lei, poi la baciò con dolcezza. Lei gli mise le mani sulla schiena, affondando le unghie mentre il bacio si faceva più profondo. Lui lasciò partire un gemito, poi mosse i fianchi per portare il suo uccello proprio nel punto giusto per penetrarla. Miranda alzò i fianchi leggermente, per dargli accesso più facile, poi allontanò la testa per poterlo guardare bene negli occhi.

Quando Decker cominciò a spingere, lentamente, Miranda aprì la bocca. Era davvero grosso, davvero… Decker. Si sentì riempita, tirata, in attesa. Un'attesa che sembrava infinita; quando finalmente la penetrò nel profondo, Decker rimase fermo immobile, come aspettando che lei si muovesse, per accoglierlo meglio.

Decker fece un verso di gola, poi uscì parzialmente, prima di spingersi dentro all'improvviso. "Santo cielo, Mir, che bello."

Miranda sorrise, poi inarcò la schiena, avvolgendolo con le gambe all'altezza della vita. "Ce l'hai davvero grosso, mi farai venire solo per questo." Miranda si leccò le labbra. "Scopami, Decker. Scopami forte."

"Davvero, piccola, trovi sempre la parole giuste."

Poi gemette, la baciò e cominciò a pompare dentro di lei, più e più volte, aumentando il ritmo a ogni colpo. Il suo piercing la colpiva nel punto giusto, Miranda rabbrividì. Poi lasciò cadere la testa sui cuscini e urlò, mentre veniva di nuovo. Ma lui non si fermò. No, mise una mano tra loro due e cominciò a giocare con il clitoride, mentre con l'altra mano le prendeva un capezzolo.

Mamma cara, che mani di talento, un'abbinata goduriosa con la bocca.

Beh, in pratica era tutto un talento.

Quando Miranda raggiunse di nuovo il picco del piacere, Decker la baciò, catturando il proprio nome tra le labbra di lei. Eiaculò appena dopo l'orgasmo di lei, riempiendo il preservativo, continuando a pompare. I loro corpi erano sudati e scivolosi, intrecciati, esausti.

Decker la baciò un'ultima volta, poi si fece indietro per occuparsi del preservativo. Miranda si sentì vuota, sentendolo uscire, ma Decker tornò da lei prima ancora che le lenzuola perdessero il suo calore.

Quando tornò, la prese in braccio, sorprendendola. "Decker?" Davvero, a volte le faceva venire quasi un colpo.

Decker la baciò alla tempia, la tenne su con un braccio, poi sistemò le coperte. "Se no ti viene freddo," le disse dolcemente, mettendola sotto le coperte.

Appena lui le si sistemò dietro, a cucchiaio, lei sospirò. "Io..." No. Poteva dirlo. "Vuoi che prepari qualcosa da mangiare?" gli chiese. Era ancora piuttosto presto, ma a lei piacevano le coccole. Solo che non voleva abituarcisi troppo. Anche perché non sapeva ancora cosa volesse Decker.

Lui giocava con una mano su fianco di lei, Miranda si leccò le labbra, era felice. "Possiamo cucinare insieme, tra un po'. Ora rilassati, Mir. Non andiamo da nessuna parte."

Lei sospirò, rilassandosi perché gliel'aveva chiesto lui. Si sarebbe preoccupata in seguito, pensando a come sarebbero andate le cose, a come le avrebbe affrontate. In quel momento voleva solo godere dell'attimo, tra le braccia di Decker. Non sapeva cosa avrebbe portato il domani, era un pensiero che la spaventava abbastanza, tanto da allontanarla; ci avrebbe pensato più avanti. In quel momento stava con Decker. Le bastava. Le doveva bastare.

Capitolo 10

"Ma perché non posso andare a trovare quello stronzo per ammazzarlo?" quasi ringhiò Austin, che andava avanti e indietro nella sua camera da letto, mormorando tra sé e sé. Ormai era passata una settimana da quando aveva visto la sua adorata sorellina tutta piena di lividi e tagli per colpa di quel bastardo, ma non era riuscito a farci nulla. Quel coglione se l'era cavata fin troppo bene, ma Austin non era sicuro di potersi trattenere ancora per molto. Di tutti loro, Miranda era quella più tranquilla, ma Austin avrebbe preferito andare all'inferno, che farle vivere altro dolore come quello.

"Tesoro, no, certo che non puoi ammazzarlo. Se finisci in prigione per aver ucciso un uomo, sarebbe un ostacolo per il matrimonio. Non penso che una tenuta da carcerato si abbini con il tono di colore che abbiamo scelto."

Austin fece una pausa per guardare la sua fidanzata. Era seduta in mezzo al letto, con il tablet tra le mani e un sorriso da furbetta sul volto. I capelli color miele le cadevano sulle spalle, facendola sembrare un'ammaliante giovinetta. Indossava una delle vecchie magliette di Austin, nient'altro. Un sorriso malandrino gli spuntò sul viso. Eh sì, era proprio così che gli piaceva.

Insomma, gli piaceva in qualunque modo poteva averla, ma non era quello il punto.

Le parole di Sierra gli risuonarono nella mente, così scosse la testa. "Ma davvero, mi hai appena detto che non posso uccidere l'uomo che ha colpito mia sorella solo perché la divisa da carcerato non andrebbe bene con le tonalità delle nozze?"

Sierra sospirò e si passò una mano in faccia. Ultimamente lo faceva spesso. Infatti sembrava proprio aver bisogno di una bella dormita. Lui cercava di tenere le mani apposto, perché la vedeva sempre così stanca. All'inizio credeva che fosse solo lo stress per l'apertura della nuova attività, per le nozze da programmare, oltre all'impegno di crescere Leif con lui, ma non ne era più così sicuro.

Doveva assicurarsi di trattare la sua donna con la massima cura.

"Dico solo che Miranda, anche grazie a Decker, sembra proprio avere tutto sotto controllo. Se pesti qualcuno a sangue, non risolverai un bel nulla." Poi alzò una mano. "Sì, lo so che fa schifo, anzi, io stessa vorrei picchiare quello stronzetto che si è permesso di mettere le mani addosso a una di noi, ma non c'è niente che possiamo fare. Dobbiamo solo pregare che la giustizia faccia il suo corso."

Austin la guardò a lungo, Sierra sospirò. Sapevano entrambi che a volte, per quanto ci si provasse, il modo in cui la giustizia funzionava era davvero una presa per i fondelli... e tanti se ne approfittavano.

"Ti ha detto qualcosa del lavoro?" domandò Austin, gettandosi sul letto vicino a lei. Sierra gli si appoggiò, scuotendo la testa.

"In realtà no. Lui la sta lasciando in pace, ma la polizia non ha fatto ancora nulla. Ci sono state un sacco di domande da parte dei docenti, degli studenti, scommetto anche dai genitori, ma a parte questo Miranda ha sempre tenuto la testa alta."

Austin brontolò e si tirò Sierra più vicina. "Non mi piace."

"Lo so, Austin, lo so. Ma vedrai che starà bene. Sta imparando a fare da sé, a prendersi cura di se stessa. Poi c'è Decker. Vedrai che starà bene."

Austin si irrigidì. "Cosa vuol dire che c'è Decker?"

Sierra si allontanò e fece spallucce. "Decker si sta occupando di lei. Sai, controlla che sia al sicuro, che si senta al sicuro."

Austin restrinse gli occhi in due fessure; non riusciva a capire cosa fosse a dargli fastidio. Era bello che Decker si occupasse di sua sorella, ma c'era qualcosa di ... strano.

Non stette troppo a pensarci, perché Sierra si alzò per andare in bagno e lui saltò giù dal letto per seguirla.

"Cazzo. Cosa c'è che non va, Sierra?"

Le teneva i capelli da parte, mentre lei si svuotava lo stomaco, col corpo che tremava. Austin prese un piccolo asciugamano, lo mise sotto l'acqua fredda e lo usò per tamponare il viso di Sierra.

Lei respirò tremando. "Non lo so. Penso che sia l'influenza. Sono piena di dolori. O almeno, ne ho più del solito."

Austin le passò una mano sulla schiena e poi l'abbracciò, quando Sierra gli si appoggiò. "Mi dispiace, piccola. Vuoi che ti porti dal dottore?"

Sierra scosse la testa. "No, sto bene. Almeno credo. Se non mi riprendo presto, vado dal medico, ma sono sicura che starò bene."

Austin le appoggiò la guancia sulla testa. Non avrebbe mai creduto di tenere così tanto a una persona come quanto teneva a Sierra. Eccolo là, che teneva stretta la sua fidanzata, seduto sul pavimento del bagno, dopo che lei aveva vomitato anima e corpo. Eppure, non avrebbe mai fatto a cambio.

"Son qui, spilungona."

"Smettila di chiamarmi spilungona." Sierra parlò a voce così bassa che fu chiaro che non diceva sul serio.

"Dimmi solo cosa ti serve, ci penso io."

Sierra spostò la testa per mostrargli un sorriso. "Lo so. Per questo so che Miranda starà bene. Ci siete tutti voi Montgomery che vi occupate di lei. Siamo una famiglia, Austin."

La baciò sulla tempia. "Sì, siamo una famiglia."

Se qualcuno avesse cercato ancora di fare male alla sua famiglia, lui avrebbe trovato un modo per reagire.

Capitolo 11

Decker passò la mano sul viso di Miranda. Gli piaceva molto il modo in cui lei si girava verso il palmo della sua mano, anche nel sonno. Miranda aprì leggermente la bocca e gli succhiò il pollice. Lui trattenne un gemito, per non svegliarla, poi tolse lentamente la mano. Lei fece un lamento e si girò, riaffondando la testa nel cuscino. Decker era in piedi vicino al letto, vestito per andare al lavoro, con i suoi vecchi jeans, gli stivaletti ancor più vecchi. Si sentiva stranamente fuori posto, nella camera da letto di Miranda. Sì, era rimasto lì a dormire, quella notte, ma forse avrebbe dovuto indossare dei jeans più puliti, o qualcosa del genere.

A Miranda però non sembrava importare.

Come cazzo aveva fatto a essere così fortunato?

Era passata una settimana abbondante, da quando aveva rotto la promessa con se stesso, accogliendo un po' di felicità. Avevano passato insieme quattro notti, soprattutto a casa di Decker, dato che c'era Gunner e che casa sua era più grande. La sera prima, però, erano rimasti a casa di Miranda, tanto il cane era da Austin, che voleva abituare Leif a prendersi cura di un animale domestico. Decker non aveva detto dove avrebbe dormito, dato che Gunner non era a casa... e poi Austin probabilmente l'avrebbe preso a pugni, se l'avesse saputo.

Lui e Miranda non parlavano di impegnarsi per il futuro, piuttosto continuavano a fare ciò che facevano normalmente, avevano solo aggiunto il sesso al loro rapporto. Non gli sembrava più di scoppiare, perché non doveva più trattenersi. Non doveva mordersi la lingua ogni volta che voleva dirle che era tremendamente sexy. Non doveva nascondere le mani nelle tasche, quando voleva toccarla, o prenderla.

Porca vacca, che uomo fortunato.

Almeno per il momento.

Quando i Montgomery avrebbero scoperto cosa stesse facendo con la loro piccolina, beh, allora la sua vita sarebbe stata in pericolo. Almeno, la vita che aveva vissuto con loro.

Valeva la pena di soffrire per lei, ma Decker sperava solo che Miranda non scoprisse mai che non valeva la pena di soffrire per lui.

Quel mattino doveva andare presto in cantiere, quindi lasciò Miranda a letto, addormentata. Si sarebbe svegliata dopo un'ora per andare al lavoro, ma aveva bisogno di riposare. La sera prima erano rimasti svegli fino a tardi. Quel pensiero gli fece venire un sorriso sornione

"Decker?"

Imprecò. Non voleva farla svegliare, perché Miranda aveva bisogno di dormire. Si guardò dietro, Miranda era in piedi nel corridoio. Aveva i capelli tutti arruffati, come se qualcuno ci avesse passato le mani per ore... *colpevole*. Aveva indossato la maglietta che indossava lui la sera prima, quella lunga T-shirt le arrivava fino a metà coscia. Dannazione, era tremendamente bella. Decker si girò, il suo uccello si stava già gonfiando e cominciava a spingere contro i jeans. Cazzo, *non* poteva stamparsi la cerniera per sempre sull'uccello. Così si sistemò il pacco e poi le fece cenno col dito di avvicinarsi.

Lei reagì con un sorriso assonnato e gli si avvicinò. Decker spalancò le braccia, Miranda gli si appoggiò. Quando lui la baciò sulla testa, lei alzò la testa con la bocca aperta. Così Decker la baciò dolcemente, strofinando le labbra su quelle di lei, nella più delicata delle carezze.

Miranda gemette e portò la mano verso il basso, sui

pantaloni di lui. Quando glielo afferrò, lui inspirò di scatto. Poi si tirò indietro, con una risata ruvida e nervosa.

"Se mi tocchi finiamo tutti e due nudi, peccato che devo andare a lavorare."

Lei reagì con un sospiro mezzo addormentato, ma smise di toccargli il pacco. Decker fu preso dallo sconforto.

Più tardi.

"Divertiti al lavoro, oggi. Vuoi del caffè?" Miranda si avviò alla macchinetta del caffè, trattenendo un sorriso. *Non* era una persona particolarmente mattiniera, ma del resto non lo era nemmeno lui. Anche lui avrebbe preferito farla appoggiare sul mobile della cucina e mangiare qualcosa di molto dolce per colazione, ma doveva andare a lavorare.

Doveva comunque mantenere un po' le distanze. Più rimaneva con lei, più si sentiva integrato in ogni parte della vita di Miranda, peggio sarebbe stato quando avrebbero rotto.

Era un rapporto temporaneo.

Una distrazione.

Avrebbe fatto meglio a ricordarselo.

"Decker? Caffè?" Miranda agitò in aria una tazza vuota, ma lui scosse la testa.

"Ne prendo uno in cantiere. Divertiti, a scuola." Invece di salutarla con un bacio, alzò il mento e poi se ne andò. Doveva andarsene subito, altrimenti avrebbe fatto l'errore di rimanere.

Non poteva succedere.

Il sole non era ancora sorto, ma nell'aria si sentiva già il profumo del mattino e della pioggia. Il condominio di Miranda era immerso in un boschetto, godeva dell'ombra degli alberi nei mesi più caldi, ma si affacciava sulle montagne. Anche se era un appartamentino piuttosto piccolo, godeva di un bellissimo panorama.

Decker di sicuro non voleva che Miranda rimanesse in quel posto troppo a lungo, dato che Jack l'aveva attaccata proprio a quell'indirizzo. Forse era un istinto un po' da cavernicolo, ma avrebbe preferito trascinarla a casa propria, dove almeno poteva tenerla al sicuro.

Quando stava per arrivare alla sua macchina, vide un'auto troppo simile a quella di Maya che entrava nel parcheggio.

Era fottuto.

Invece di saltare in macchina e scappare a gran velocità, come se avesse qualcosa da nascondere, rimase lì in piedi, con le braccia incrociate al petto.

Maya uscì dalla sua macchina, con le sopracciglia inarcate. Chissà perché, non sembrava troppo sorpresa di vederlo. Decker sapeva che Miranda non aveva detto niente a nessuno, in famiglia, anche perché il loro rapporto era freschissimo, si stavano ancora conoscendo, come coppia, o come cavolo volessero chiamarsi, ma ciò non significava che Maya non potesse aggiornare tutti in tempo record.

Quella donna sapeva sempre tutto, anche cose che non sapeva nessun altro. Decker non aveva idea di come facesse Maya a scoprire sempre ogni segreto.

"Decker." Maya l'aveva chiamato con voce fredda, ma con lo sguardo sorridente, il che lo sorprese.

"Maya," rispose, con voce altrettanto fredda. Però negli occhi di Decker non c'era alcun sorriso.

"Divertiti al lavoro," gli disse, lentamente.

"Lo dirai a tutti, vero?" Non c'era alcun dubbio.

"Devo," gli rispose semplicemente. "Siamo una famiglia, Deck."

Lui annuì, sapeva che era vero. Era una situazione seccante, ma non c'era nulla che potesse farci.

"Fai parte anche tu della famiglia, lo sai, vero?"

Lui non rispose, si limitò ad alzare il mento, poi salì in macchina. Quando tutto sarebbe andato in malora (e sarebbe successo, perché lui era un Kendrick, e i Kendrick mandavano sempre tutto in malora), sarebbe rimasto da solo. Lo sapeva fin dall'inizio, ma Miranda lo attirava troppo e non era più riuscito a starle alla larga.

Lui sapeva stare da solo.

I confini della tentazione

La seccatura più grande era dover lasciare i Montgomery per quel motivo.

Arrivò a casa di Austin, ritirò Gunner da Sierra, mezza addormentata, poi se la svignò prima che Maya avesse il tempo di telefonare a qualcuno. Non poteva biasimare la sorella di Miranda, che voleva solo proteggerla, non poteva aspettarsi che non spargesse la voce. Comunque prima o poi si sarebbe saputo, ma aveva bisogno di un buon caffè, per reggere il colpo.

Quando arrivo in cantiere, sospirò. Non sarebbe stato un incontro piacevole. Con quelle persone lui ci viveva, ci lavorava, erano la sua famiglia, dannazione, ma lui aveva rovinato tutto perché voleva Miranda.

La voleva.

Ne aveva bisogno.

La desiderava.

La amava.

No, l'ultima non era vera. Non se la poteva permettere. Nemmeno *lei* poteva permetterselo.

Sperava solo che quando tutto sarebbe crollato (perché sarebbe crollato) gli rimanessero abbastanza energie per rimettersi in sesto.

Con quel pensiero infelice, uscì dalla macchina, con Gunner che lo seguiva a ruota verso la cabina. Gunner sarebbe stato al sicuro nella cabina di servizio, per tutto il giorno, fino al momento in cui Decker l'avrebbe portato a fare un giro del cantiere. Solo allora, il cane avrebbe potuto seguirlo anche fuori dal cantiere. A quel furbetto piacevano il rumore, il traffico e le persone. Decker non doveva preoccuparsi che Gunner si agitasse troppo: era proprio destinato a trovarsi bene coi Montgomery, e con tutto ciò che faceva parte della famiglia.

Il cantiere era destinato alla ristrutturazione di una vecchia pensione. Erano verso ovest, nessuno degli edifici era tanto vecchio, rispetto ad alcuni dei lavori che avevano svolto più a est. Denver era una città relativamente recente, non si vedeva negli edifici e nelle strade. Tuttavia, c'era sempre una fetta di storia in ogni edificio, anche in ogni famiglia. Storm si era fatto in quattro per elaborare i piani di sviluppo, fondendo il vecchio e il nuovo, mentre Wes guidava i lavori in cantiere. Decker era il braccio destro di Wes. Erano loro due a svolgere gran parte dei lavori manuali del progetto.

A lui quel lavoro piaceva da matti.

Gli piaceva lavorare con le mani, gli piaceva creare con cura, non gli piacevano le cose trascurate. Sperava solo di non perdere quel lavoro, per essere andato a letto con la sorellina di Wes e Storm.

Santo cielo, Decker era un fottuto idiota egoista.

"Cosa c'è che ti rode le budella?" gli chiese Wes, prima di bere un sorso del suo caffè. Poi fece una smorfia e bevve un altro sorso. "Tabby è via tutta settimana, l'ho costretta a prendersi una vera vacanza, solo che il caffè fa schifo." Tabby era la segretaria amministrativa della Montgomery Inc. e gestiva con pugno di ferro tutta l'azienda (uomini compresi). Decker era quasi certo che tra lei e Wes ci fosse qualcosa di intimo, o almeno che ci fosse stato, a un certo punto. Erano molto vicini, si conoscevano alla perfezione. La loro simbiosi faceva molto bene alla ditta, a Decker il resto non importava, gli bastava mantenere il suo posto di lavoro per poter lavorare come voleva.

Probabilmente aveva rovinato tutto, cedendo alla tentazione, ma Miranda ne valeva davvero la pena.

Santo Dio, eccome se ne valeva la pena.

Decker si versò una tazza di caffè e ne bevve un sorso, fremendo mentre deglutiva. Quel sapore amaro probabilmente gli avrebbe appesantito l'alito, ma che importava. "Il tuo caffè fa davvero schifo, Wes. Pensavo fossi più bravo."

"Ciucciamelo. Perché cavolo hai fatto quella faccia, quando sei entrato? C'è qualcosa che non va con i pannelli che hai messo ieri?"

Decker scosse la testa. "Non c'è niente che non va," mentì. Insomma, mentì su se stesso. I pannelli erano perfetti, meravigliosi. "Solo che non ero ancora sveglio, questo caffè di sicuro non mi aiuterà a star meglio." Appoggiò la tazza e si sentì di nuovo tremare.

Wes lo guardò stranito, chiaramente non gli credeva, ma in quel momento lasciò perdere.

"Allora, che c'è oggi in programma?"

Consultarono i programmi di lavoro della giornata, poi prese un dolcetto con l'uvetta (sentiva già la mancanza di Tabby e delle sue ciambelle con la marmellata), poi si diresse al suo angolo di cantiere. Gunner rimase nell'ufficio, contento di annusare intorno tutto il giorno.

Decker andò a controllare i pannelli che aveva montato il giorno prima, felice dei suoi progressi, poi tornò dall'altra parte del cantiere, dove doveva lavorare su alcune travi portanti. Quando impugnò il martello, gli venne un rapido ricordo del padre, così imprecò.

No. In quel momento non aveva proprio bisogno di pensare a quell'uomo. Del resto non aveva scelta. Sua madre gli aveva telefonato altre due volte, ma lui non aveva risposto. Si era ripromesso di non rispondere, ma la situazione poteva sempre cambiare. Continuare a ignorare la madre poteva diventare un rischio.

Ciò non significava che avrebbe incontrato Frank. Non avrebbe mai potuto accadere.

Se ciò lo rendeva un pessimo figlio, pazienza.

Dopo un paio d'ore di duro lavoro, con il corpo grondante di sudore, Decker si avviò fuori per controllare un paio di dettagli con i suoi collaboratori. Mangiò il suo pranzo con gli altri operai e poi lavorò ancora qualche ora. Wes e Storm lavoravano in altri punti del cantiere, così non doveva nascondersi troppo. Era davvero una seccatura doverli incontrare tutti i giorni e non poter parlare del suo rapporto con la loro sorella, ma davvero non poteva farlo. Non ancora, ma sarebbe successo presto, perché Maya avrebbe fatto circolare la voce, sempre che non l'avesse già fatto, perché andava a finire sempre così, in famiglia. A parte il fatto che stava nascondendo le sue malefatte alla famiglia, quella era stata una giornata molto positiva. In cantiere riuscirono a terminare un sacco di lavori, quando non pensava alle travi portanti e alle pareti in cartongesso, pensava a Miranda.

Una cazzo di bella giornata.

A un certo punto sentì la portiera di un'auto sbattere. La ignorò, poteva essere chiunque.

"Fottuto bastardo!"

Decker si irrigidì, posò il martello che aveva in mano, poi si girò, vedendo Griffin che gli stava davanti, in piedi. Si lasciò colpire in faccia dal suo pugno, pur avendolo visto arrivare. Sbatté le palpebre due volte, lentamente, poi si massaggiò la mandibola. Dopo tutto, se lo meritava. Si passò la lingua sui denti per controllare se c'era qualcosa di rotto. Per fortuna i suoi denti erano in ottima forma, inoltre non sentì il sapore del sangue.

Ma quella fortuna poteva non durare a lungo, non con lo sguardo omicida negli occhi di Griffin.

"Te ne stai lì impalato e non dici niente?" gli chiese Griffin, ondeggiando col petto, per poi alzare una mano e arricciare un labbro in una smorfia. "Ci fidavamo di te, porca puttana se ci fidavamo, e tu sei andato a letto con Miranda?"

Wes e Storm accorsero dietro le spalle di Griffin e si misero ciascuno di fianco al fratello.

Va bene, allora, almeno la situazione era chiara.

Del resto, non era certo una sorpresa.

"Cosa cazzo sta succedendo?" chiese Storm, che poi guardò entrambi, come se fossero impazziti.

Forse era vero.

"Perché hai dato un pugno a Decker?" chiese Wes. "E perché cazzo tu te lo sei beccato? Dannazione, qua siamo in cantiere, sul posto di lavoro. Se avete dei problemi, toglietevi dalle palle e risolveteveli da soli, non portateli qui!"

Decker sospirò. Era vero. "Va bene. Per oggi ho finito." Poi guardò Griffin negli occhi. "Vuoi che andiamo fino in fondo? Seguimi, andiamo a casa mia. Non qui." Aveva già offuscato i Montgomery con la sua presenza, stava ripetendo lo stesso errore portando i suoi fardelli sul lavoro.

Sul loro posto di lavoro.

"Perché non lo dici anche a loro?" gli chiese Griffin, sempre con occhi assetati di sangue. "Non vuoi dire loro perché ti ho colpito? Cerchi di nasconderti il più possibile, vero?"

"Di cosa sta parlando, Decker?" chiese Storm, con voce tranquilla. Non era il tipo da infiammarsi così facilmente come Wes o gli altri; ma quando lo faceva diventava come un uragano.

Decker guardò negli occhi sia Wes che Storm, poi alzò il mento. "Io e Miranda stiamo uscendo insieme."

Ecco. L'aveva detto. Del resto prima o poi l'avrebbero scoperto anche loro, soprattutto dato che Griffin sembrava pronto a spifferare.

Gli occhi di Wes si spalancarono. "Davvero?"

Storm non disse nulla. Anzi, sembrava pensieroso.

"Sì," sbuffò Griffin. "Da quanto tempo va avanti questa storia?"

"Griffin, smettila!" gli ordinò Storm. "Ci vorrà del tempo, per abituarci."

Wes si limitò a sbattere le palpebre qualche volta, poi scosse la testa. "Non me l'aspettavo."

"Da quanto tempo?" domandò Griffin.

Decker sospirò. "Non da molto, adesso dobbiamo andarcene, non voglio ripercussioni sulla Montgomery Inc."

"Ti sei approfittato di Miranda, quindi ci sono già ripercussioni sui Montgomery."

Fu come un colpo al cuore. Decker deglutì a fatica, gli girava la testa.

"Ehi, fratello, ma che cavolo dici?" chiese Wes, girandosi verso Griffin. "È nostro fratello. Non lo trattare così."

Da un lato Decker apprezzò la presa di posizione di Wes, anche se non era vera. Non era nemmeno sufficiente ad alleviare la profonda ferita infertagli dalle parole di Griffin. Le parole del suo migliore amico. Decker si aspettava di essere attaccato, si aspettava di perdere tutto per essersi preso un rischio, con l'unica donna che desiderava davvero, che amava davvero.

Ma non si aspettava un dolore come quello.

"Non è nostro fratello," disse Griffin lentamente. "È uno che abbiamo accolto. Uno che è cresciuto con noi. Adesso è uno che si è approfittato di Miranda."

Decker strinse i pugni lungo i fianchi. "Un pugno me lo sono preso. Mi prendo anche le tue merdate sulla mia lealtà. Ma non puoi dire che mi sono approfittato di lei. Ormai è una donna adulta, ha fatto le sue scelte, io ho fatto le mie. È reciproco."

Griffin inclinò la testa. "Ah sì? E tu ti ci sei fiondato, vero? Proprio dopo che quel bastardo l'ha picchiata a sangue, guarda un po', sei arrivato tu a scoparti la nostra sorellina."

Decker perse le staffe.

Fece partire un diretto in faccia a Griffin, incavolato soprattutto per essersi lasciato provocare.

"Ehi," intervenne Storm, allungandosi per prendere Decker.

Decker si sfilò da quella presa e si avvicinò naso a naso a Grif. "Stai attento a quello che dici su di lei, per me lei è tutto, stronzo. Non puoi dire che me la sono presa quando lei non voleva. Non puoi dire che me ne sono approfittato, che l'ho raccolta per strada, dovresti essere più furbo." Poi respirò profondamente. "O almeno pensavo che fossi più furbo."

Cazzo, tra tutti i fratelli, pensava che almeno Grif lo potesse capire. O magari il discorso era diverso: di tutti i fratelli, Grif era quello che lo conosceva meglio.

Era quello che sapeva di sicuro che Decker non era quello giusto per Miranda.

"L'hai tenuto nascosto, Deck." Grif scosse la testa. "L'hai tenuto nascosto, porca puttana, cosa dovrei pensare? Maya ti ha visto uscire dalla casa di Miranda stamattina presto e tu non ci hai detto niente. Se fossi stato fiero del vostro rapporto, non l'avresti tenuto nascosto come un segreto sconcio."

Decker gli sferrò un altro pugno, stavolta anche Griffin incassò. Wes e Storm sembravano aver rinunciato a impedire che si picchiassero.

Ottimo.

Griffin sferrò un gancio sui reni di Decker, che imprecò. Caddero entrambi a terra, si prendevano a calci e pugni, come se fossero tornati ragazzini... solo che quella volta non si stavano divertendo. Il sangue e i lividi erano reali, forse non sarebbero più guariti, sarebbero rimaste delle cicatrici invisibili.

Decker avrebbe incassato i pugni di Griffin, se lui non avesse mancato di rispetto a Miranda. Ora invece doveva stare attento a non colpire troppo forte. La rabbia che aveva trattenuto negli ultimi mesi, per non poter far nulla per sua madre, per Jack, per moltissime altre cose, stava avendo il sopravvento, spingendolo a continuare a colpire.

Grif rispondeva ai colpi, ma era più piccolo di Decker; avrebbero dovuto smetterla il prima possibile, altrimenti Decker si sarebbe pentito molto più di quanto già non lo fosse.

Così si tirò indietro, ondeggiando col petto.

"È tutto molto nuovo, così nuovo che volevamo del tempo per noi." Era vero, ma non era tutta la verità. "Pensi che avrei rischiato tutto ciò che avevo, tutto ciò che sono per voi, per qualcosa di cui mi vergogno?"

Griffin si fece di nuovo serio. "Ormai non so più cosa pensare, Deck. Mi sembra quasi di non conoscerti."

"Ma io sono lo stesso di sempre." Solo che ora lo vedevano con più chiarezza.

"È la mia sorellina, Decker. Non ci hai detto nulla. Ti sei *nascosto*. Io davvero... proprio non posso."

Decker si alzò in piedi, gli faceva male dappertutto, gli sanguinavano le nocche. Si scrollò di dosso la polvere e porse una mano a Griffin. Questi non la prese, ma si alzò in piedi da solo, così Decker annuì. Non avrebbe dovuto sorprendersi così tanto: era tutto finito.

La bocca gli faceva un male cane, di sicuro la faccia gli sanguinava e gli sarebbe venuto un occhio nero, da abbinare a quello di Miranda. Cazzo.

Miranda.

A lei *non* avrebbe fatto piacere.

Ma cosa c'era poi di così nuovo? Aveva mandato tutto a puttane, continuava a rovinare tutto, perché lui era così.

"Mi dispiace," disse a bassa voce. "Mi dispiace di non essere venuto prima per dirtelo."

Griffin scosse la testa. "Ho bisogno di tempo, Deck. Non farle del male, altrimenti ti ammazzo." Guardò Decker negli occhi. "Hai capito? Hai capito quello che ho appena detto al mio migliore amico, cosa gli succederà, se farà del male alla mia sorellina?"

"Non si tratta solo di te, Griffin," intervenne Storm, con la voce priva di qualunque emozione.

Griffin sospirò. "Si tratta di tutti noi. Me ne devo andare." Corse fuori, lasciando Decker tutto insanguinato e pieno di ferite.

Wes scosse la testa, poi seguì il fratello, senza dire nulla a Decker.

"Perché non ti prendi il resto della giornata?" gli disse Storm tranquillamente.

Decker si irrigidì. "Non voglio che tutto ciò influisca sul mio lavoro." Sarebbe stata una rovina, perdere tutto.

Storm sospirò. "Sei tutto insanguinato, pieno di lividi, vi hanno visto tutti. A me non interessa, perché siamo adulti e vaccinati e può succedere. Ma questo è un luogo di lavoro, adesso saremo sulla bocca di tutti. Se ne faranno una ragione, così come ce la faremo noi, ma tu devi andare a darti una ripulita e una calmata." Mise una mano sulle spalle di Decker. "Per quel che vale, a me fa piacere che tu e Miranda stiate insieme. A lei sei sempre piaciuto, e mi sono accorto di come la guardi."

Decker rimase a bocca spalancata, Storm fece spallucce.

"Non erano fatti miei, non penso che nemmeno Griffin dovesse immischiarsi, ma quelli sono fatti suoi, e tuoi. È la nostra famiglia, Deck, è anche la più giovane, quindi ci sentiamo tutti in dovere di proteggerla, siamo sempre stati molto attenti, vedendola crescere. Te ne accorgerai, lo stesso vale per lei. Anche se tendiamo a dimenticarcelo, è una donna adulta, può fare le sue scelte. Però non ferirla."

Decker deglutì a fatica e annuì. Non promise che non l'avrebbe ferita, non poteva fare quella promessa. Avrebbe fatto del suo meglio per non ferirla, ma ciò non significava nulla, con tutte le stronzate che li circondavano.

Così tornò in ufficio, prese Gunner e si avviò verso la macchina. Quando arrivò a casa, gli facevano male le mani e aveva l'animo abbattuto, come se qualcuno gli avesse spezzato il cuore. Aveva fatto un casino, aveva violato il codice, o come cazzo lo chiamava la gente. Avrebbe *dovuto* parlarne a Griffin, a Austin, agli altri. Nascondendo il suo rapporto con Miranda, l'aveva fatto sembrare qualcosa di sconcio. Aveva creato un problema a entrambi, oltre che a tutta la famiglia che lo aveva accolto. Solo che aveva avuto troppa paura di come avrebbero reagito.

Si guardò i lividi e le nocche insanguinate.

Aveva avuto ragione ad aspettarsi botte e dolori.

Si guardò il sangue sulle mani, ricordandosi la sensazione dei suoi pugni che colpivano Grif, il suo migliore amico.

Quelle non erano le sue mani. No, quelle erano le mani di suo padre. Le mani che avevano picchiato Francine Kendrick per trent'anni e che avevano rotto un braccio a Decker.

I peccati del padre si riversavano sul figlio.

Nonostante si fosse tenuto alla larga, facendo del suo meglio per negare la sua natura, era diventato comunque come suo padre.

Aveva reagito per proteggere il nome di Miranda, anche se lei non ne aveva bisogno. Ne valeva la pena, per poi perdere tutto?

Sì.

Proprio sì.

Ne valeva la pena, più per lui che per lei, almeno.

Solo che non sarebbe riuscito a tenersela stretta.

Capitolo 12

Sierra era in ritardo.

Beh, ritardo era un eufemismo da record.

Si era fermata troppo a lungo al lavoro perché sentiva di dover recuperare il lavoro perso la mattina. Era andata dal medico per farsi visitare, aveva i sintomi dell'influenza, quindi si era persa l'apertura e aveva incaricato le sue ragazze di occuparsi di tutto al posto suo. Non che non si fidasse di loro, tutt'altro, Solo che l'Eden era la sua creatura, voleva sempre avere tutto sotto controllo.

Il medico l'aveva trattenuta per fare degli altri esami, soprattutto per i problemi di salute che aveva avuto in passato, quindi aveva perso molto più tempo del previsto. Quel ritardo si era riversato a catena su tutti i suoi impegni successivi della giornata. Lei *odiava* arrivare in ritardo. Era il tipo di persona che doveva arrivare con un anticipo di almeno un quarto d'ora, per non avere la sensazione di non essere in orario. Austin la prendeva sempre in giro, ma regolava sempre i propri orari in funzione degli impegni di lei.

Tutto per amore.

Anche se forse era un po' ossessiva.

Con un sospiro, Sierra parcheggiò davanti a casa e afferrò le sue cose per entrare. Fu colpita da un forte capogiro, inspirò a fatica. Poi si appoggiò alla portiera della macchina e chiuse gli occhi. Sarebbe andato tutto bene. *Doveva* andare tutto bene. Cavolo, aveva proprio bisogno di cominciare a sentirsi meglio. Non aveva il tempo di ammalarsi, doveva organizzare le nozze, occuparsi del suo fidanzato e di loro figlio, oltre a gestire un'attività. Non sempre nello stesso ordine.

Austin aprì la porta prima ancora che Sierra ci arrivasse, aveva uno sguardo strano.

"Cosa c'è che non va?" gli chiese, prima ancora che lui potesse parlare.

Austin scosse la testa. "Nulla. Ho solo la sensazione che ci sia qualcosa che non va, sono uscito e ti ho vista, sei pallida, tesoro."

Si abbassò e la baciò, nonostante il rischio di farsi passare tutti i germi che probabilmente si portava addosso; poi le prese le sue cose. Lei sospirò; Austin era un omone burbero, ma si prendeva sempre cura di lei anche nei minimi dettagli. Non perché credeva che lei non ce la facesse da sola. No, lo faceva perché *voleva* farlo. Era proprio quella differenza che la faceva innamorare sempre più di lui.

Lo seguì e aprì le braccia. Leif le corse incontro e l'abbracciò forte. Sierra quasi cadde all'indietro, si era dimenticata quanto stava crescendo. Era proprio figlio di suo padre. Profumava di cioccolato. Evidentemente Austin gli aveva dato accesso alle scorte segrete di dolci. Poco male, lo faceva solo quando Leif prendeva dei bei voti a scuola. Gli baciò la fronte e lo strinse di nuovo.

"Ciao, Sierra. Com'è andata al lavoro?" Mamma cara, quanto era cambiato quel ragazzino, dalla prima volta che lo aveva visto, sui gradini davanti alla Montgomery Ink. Ora era più sorridente, sembrava sinceramente interessato a chiederle come stava. Lo baciò sulla testa, poi si allontanò. Era un ragazzino di dieci anni, non troppo abituato ai gesti affettuosi, lei si accontentava di quei gesti spontanei.

"Tutto bene al lavoro. Giornata lunga."

Austin le si avvicinò, le prese il viso tra le mani e la baciò dolcemente. "Siediti, ci pensiamo noi a te. Non sembri affatto migliorata, rispetto a stamattina. Cos'ha detto il medico?"

Sierra sospirò, era troppo stanca per mettersi a discutere; si tolse le scarpe e si mise a sedere sul divano. Leif la spinse all'altezza delle spalle, così lei si sdraiò. Leif distese una coperta su di lei, facendola sorridere.

"Grazie, tesoro."

Leif sorrise e poi fece spallucce. Eh sì, proprio un ragazzino.

"Cerca di star meglio, va bene?"

Sierra annuì, poi Leif tornò ai suoi compiti, al tavolino basso del soggiorno. Sierra lo osservò, stava risolvendo alcuni problemi di matematica. Aveva perso la sua mamma non tanto tempo prima, eppure si era ripreso alla svelta, tipico della sua età. Sierra si chiedeva come fosse, prima della morte della madre; non poteva fare confronti, ma le piaceva pensare che Leif avesse imboccato la strada giusta.

"Allora?" le chiese Austin, sedendosi dall'altra parte del divano, per poi prendere i piedi di lei sulle ginocchia, cominciando a massaggiarli.

Mamma santa, si sentiva in paradiso. Sul serio, ma poteva essere più fortunata di così?

"Non mi hanno detto molto, solo che devo riposare, mi chiameranno più tardi con i risultati degli esami."

Austin si accigliò. "I risultati degli esami? Non credevo ci volesse tanto a capire se avessi un raffreddore o l'influenza. Comunque, cara mia, non dovresti andare a lavorare. Domani è meglio se stai a casa."

Lei inarcò un sopracciglio. "Oggi stavo perfettamente bene, una volta partita. Non posso semplicemente telefonare e darmi malata, il negozio è mio! E poi... tu mi hai baciata." E lei aveva baciato Leif in testa. Capperi. Che madre sciagurata. Forse avrebbe dovuto lavarlo da capo a piedi con un sapone antibatterico. Esisteva uno spray che teneva sani i bambini? Magari una bella campana di vetro?

Austin le strinse un piede, catturando di nuovo la sua attenzione. "Prima di tutto, insomma, sono le tue labbra. E ovvio che avrò voglia di baciarti. Non capiterà mai che *non* avrò voglia di baciarti, quindi mettitelo bene in testa. Secondo, tesoro mio, non puoi lavorare fino all'esaurimento. È per questo che hai assunto le tue assistenti. Se non sei in forma, è meglio che tu non vada al lavoro. Non faresti altro che peggiorare, faresti più fatica a guarire, lo sai bene. Quando ha detto che chiamava, il medico?"

"Sperava di chiamare entro stasera." Sierra non era particolarmente preoccupata, almeno si costringeva a pensare positivo. Ma il fatto che il medico non le avesse detto subito cosa c'era che non andava le aveva creato una strana sensazione di disagio nello stomaco. Sperava non fosse nulla, solo il medico che voleva fare il pignolo. In fondo aveva un passato molto particolare, per cui magari il medico non voleva trarre conclusioni affrettate. Bastava che si sbrigasse a telefonare, per non farla spaventare.

Più di quanto non lo fosse già.

Il campanello di casa squillò, Sierra si fece seria. "Chi sarà?" domandò.

Leif si alzò di corsa per andare alla porta. "Vado io!"

Austin sbuffò e si alzò in piedi, dopo averle dato qualche colpetto alla gamba. "Controlla dallo spioncino, Leif. Non aprire agli sconosciuti." Seguì il figlio alla porta, Sierra chiuse gli occhi, tutto a un tratto si sentiva esausta.

"Ma che cazzo…?"

Alle parole di Austin, Sierra si mise a sedere, non sentendosi più così stanca; poi si alzò dal divano, col cuore che le batteva forte.

Si irrigidì, arrivando nell'atrio. "Oh, Griffin, tesoro."

Griffin aveva lo stesso aspetto di un lottatore di MMA[1] dopo qualche round. Aveva un occhio chiuso, talmente era gonfio, un labbro tagliato, la faccia piena di segni, pronta a riempirsi di lividi. Aveva una mano appoggiata sul fianco, cercava di sorridere.

"Ciao, Sierra, tesoro. Pensi di potermi aiutare a darmi una ripulita?"

Aveva uno sguardo strano, che la preoccupò. Non si era

presentato per farsi dare una ripulita. Era venuto a raccontare la storia di cosa gli era successo. Sierra ebbe la netta sensazione che quella storia non sarebbe stata piacevole.

"Leif, puoi andare per un po' in camera tua?" domandò Sierra, cercando di rimanere tranquilla.

"Zio Grif? Cos'è successo?" domandò Leif a bassa voce.

Sierra gli mise una mano sulla spalla e lo avvicinò. "Te lo raccontiamo dopo, adesso perché non vai in camera tua? Va bene?"

Leif la guardò negli occhi e annuì. Era un bravo bambino, solo che non gli piaceva essere tagliato fuori. Si vedeva chiaramente.

"Vieni in cucina, tesoro," disse Sierra a Grif, quando Leif fu andato in camera sua.

"Speravo proprio che mi invitassi."

"Smettila di flirtare con Sierra e dimmi chi cazzo è stato a conciarti così," sbottò Austin.

Sierra lo fulminò con gli occhi dietro la schiena di Griffin, ma Austin non la guardò.

"È stato Decker," rispose Griffin semplicemente, sedendosi su uno sgabello.

Sierra si irrigidì. Non era possibile, aveva detto Decker. Non poteva essere stato il migliore amico di Griffin. Sierra credeva che fossero molto amici, ancor più degli altri fratelli Montgomery. Austin le aveva detto che a volte i suoi fratelli litigavano e se le davano, per scaricare la tensione, per sfogarsi, ma non pensava si spingessero tanto oltre… la rabbia si vedeva chiaramente nel modo in cui Griffin si muoveva, il suo viso era pieno di lividi.

Griffin non disse altro, mentre lei gli tastava la faccia e il corpo in cerca di ossa rotte. Onestamente non sapeva nemmeno lei cosa stesse facendo, se Griffin doveva andare in ospedale, ce l'avrebbe portato lei, era sconvolta.

Uomini.

Griffin non disse una parola, mentre lei lo controllava, poi Austin si affacciò da dietro le spalle di Sierra, in attesa.

Sierra andò in bagno a prendere il kit di primo soccorso,

dopo aver dato un'occhiata di intesa ad Austin. Forse Griffin non voleva raccontare tutto davanti a lei. Ci poteva stare, ma in un modo o nell'altro *doveva* raccontare loro cos'era successo.

Quando Sierra ritornò, Austin rivolgeva la schiena al fratello, la sua postura le fece capire che c'era qualcosa che non andava.

"Va bene, adesso basta con questi atteggiamenti da maschioni, ditemi cos'è successo."

Austin sbuffò e si voltò. "Sembra proprio che Decker e Miranda… stiano insieme."

Sierra sbatté le palpebre e ignorò la vocina nella testa che si stava entusiasmando all'idea della sua amica che finalmente stava ottenendo ciò che desiderava.

"E allora?"

Austin respirò a fondo, mentre Griffin ribatté "e allora?" Il suo futuro cognato quasi ansimava. "E allora? Ce l'hanno tenuto nascosto, porca vacca!"

Sierra incrociò le braccia al petto, poi si ricordò del kit di pronto soccorso e lo gettò al suo fidanzato. "Prenditi cura di quell'idiota di tuo fratello, va bene? Comunque, Griffin, ma lo senti cos'hai detto? 'Ce l'hanno'. Hai parlato al plurale. Miranda e Decker. Insieme. *Loro* l'hanno tenuto nascosto. Forse lo hanno fatto (a parte che non sarà da tanto tempo) perché avevano paura di come *qualcuno* poteva reagire."

Griffin aprì la bocca per parlare, ma lei alzò una mano. "Cosa sarà, *forse* una settimana che stanno insieme? Devono raccontare tutto quello che fanno?"

"Doveva venire da noi, almeno da Griffin, per dirci che il loro rapporto era cambiato," disse Austin a voce bassa. "È un cambiamento importante, Sierra."

Lei sospirò. "Forse dovevano, forse no, non sta a noi decidere. Ciò che *sta* a noi decidere è non metterci a litigare per questo." Fece un cenno alla faccia insanguinata di Griffin. "Ma guardati. Cos'hai ottenuto, così, eh? Sei riuscito solo a renderti un idiota, perché hai preso a botte il tuo migliore amico."

"Va a letto con nostra sorella, Sierra," ripeté Griffin a bassa voce.

"Ah sì? E allora? Hai intenzione di prendere a botte tutti gli uomini che andranno a letto con tua sorella?"

Austin brontolò lentamente. "Prima di tutto, è una ragazza innocente."

Sierra alzò gli occhi al cielo. Sapeva che il suo uomo si stava solo prendendo in giro da solo, con quelle parole.

"In secondo luogo, non siamo ancora riusciti a beccare quello che le ha fatto del male."

A quel punto, Sierra sbottò. "Ma starai scherzando, mi prendi per il culo? Allora sfogate la vostra rabbia su Decker? Ma siete scemi?"

Griffin scosse la testa, poi fece una smorfia. Non sentiva alcuna solidarietà da parte di Sierra. "Non è così. O almeno non del tutto. Merda. Ce l'ha nascosto, Sierra. Perché ce l'ha nascosto? Mi sono incazzato per questo; perché se l'ha tenuto nascosto è perché si vergogna. Non dovrebbe vergognarsi di Miranda."

Sierra chiuse gli occhi e contò fino a dieci. "Continui a dire le stesse cose senza alcuna logica. Vi siete menati solo perché *non* avete usato la testa. Spero solo che non abbiate rovinato il vostro rapporto. In fondo lui è il tuo migliore amico."

Griffin alzò il mento. Sierra capì che in quel momento non avrebbero risolto nulla.

"Va bene, allora, non darmi ascolto, ma ricordati che sono adulti e vaccinati. Miranda ha dovuto superare una brutta esperienza, se Decker la rende felice, buon per lei. Decker fa parte della famiglia. Forse non nello stesso modo di Miranda, ma fa parte della famiglia. Ricordatevi che con quell'uomo ci siete cresciuti, gli volete bene, cercate di non pensare ad altro. Abbiate fiducia nell'amico a cui volete bene, abbiate fiducia nella sorella a cui volete bene. Capito?"

Il cellulare di Sierra squillò, facendola sospirare. Era proprio il momento giusto per una pausa. "Devo rispondere.

Austin, pensaci tu alla faccia di tuo fratello. Non voglio che mi sporchi di sangue tutta la cucina."

Così Sierra se ne andò verso l'ingresso, prese il telefonino dalla borsetta e rispose. Il medico che rispose al telefono sembrava molto cordiale, Sierra non ebbe l'impressione di doversi spaventare, ma il suo cuore andava comunque a mille.

"Allora, cosa mi dice?" gli chiese.

"Sierra, mettiti seduta," le disse gentilmente il medico. Sierra voleva sentire i risultati degli esami. I risultati dei test per chissà che cosa. Comunque si mise seduta sul divano, pronta ad ascoltare qualunque cosa il medico dovesse dirle,

"Allora, cos'è? L'influenza, vero? Dev'essere influenza." Non sapeva nemmeno lei perché lei era così agitata.

"No, Sierra, non è influenza. Sei incinta."

Sierra sbatté le palpebre. Era impossibile. Doveva aver sentito male. "Come dice, scusi?"

Il medico si lasciò andare a una risatina, Sierra in quel momento avrebbe voluto tirargli il collo. "Ho detto che sei incinta, Sierra. Non da molto tempo, però, giusto il minimo perché il test risulti positivo."

"Ma..." le girava la testa. "Ma pensavo di non potere avere più figli. Credevo fosse più difficile. Cioè, prendevo la pillola Anzi, *prendo* la pillola. Sa, non si sa mai."

"Ma lo sai che la pillola non è sicura al cento per cento? Ora è meglio che tu smetta di prendere l'anticoncezionale, prenotiamo una visita per un esame completo, per controllare che sia tutto a posto."

Sierra strinse forte il suo cellulare. Aveva perso un figlio in passato, si ricordava il dolore, quando aveva scoperto che la vita che pensava di non volere si era interrotta per sempre. Non era pronta a una nuova gravidanza. Come poteva esserlo?

"Io... io..."

"Respira, Sierra. Domani ti faccio chiamare dalla mia segretaria per prendere un appuntamento. Adesso ci salutiamo, chiama Austin, diglielo, se ti senti pronta, poi vedremo cosa fare."

"Cosa fare?" ripeté stranita.

Il medico sospirò. "Parleremo di tutto quando ci incontriamo."

Così si salutarono e Sierra chiuse la conversazione.

Incinta.

Le avevano detto che le possibilità di poter rimanere *di nuovo* incinta erano molto ridotte, anche provando, eppure ecco, era incinta e doveva parlare del *da farsi*, qualunque cosa significasse.

"Sierra? Piccolina? C'è qualcosa che non va?"

Austin si sedette vicino al tavolino, davanti a lei, prendendole il viso tra le mani.

"Io... io..."

Austin la guardò in faccia e respirò lentamente. "Qualunque sia il problema, lo affronteremo insieme. Dimmi tutto, tesoro."

"Sono incinta," sbottò lei.

Austin si bloccò a occhi spalancati. Proprio quando lei stava per aprire la bocca, per chiedergli se stesse bene, lentamente un sorriso si fece strada sul suo volto.

"Incinta?" le chiese, con un filo di voce.

"Sì. So che non era in programma. Anzi, che non era in programma *adesso*, ma sì." Oddio, cos'avrebbero *fatto*?

Austin sorrise e la baciò, con molta passione. "Santo cielo, siamo in dolce attesa. Cazzo, ecco perché stavi sempre male. Avrei dovuto capirlo. Shea non è stata così male, ma era molto debole, quando è venuta qui con Shep e ha scoperto di essere incinta. I cugini, o secondi cugini, non importa, insomma, avranno la stessa età."

Sierra era confusa. "Allora sei contento?"

Austin la guardò come se fossa una pazza. "Ma cavolo, certo che sì, Sierra. Lo volevamo, te lo ricordi?"

"Ma, e se succede qualcosa?" Ecco. Aveva detto cosa la preoccupava.

Austin perse il sorriso, ma continuò ad abbracciarla. "Lo affronteremo insieme. Ci sono io, al tuo fianco, in qualunque evenienza."

Sierra si lanciò tra le braccia di Austin e gli pianse sulla spalla, mentre lui la stringeva. Dannazione, era sopraffatta dalle emozioni.

"Sshh, piccola. Pensiamo a tutto insieme, ci prenderemo cura di te." Poi imprecò. "Ho lasciato Griffin in cucina, probabilmente avrà sentito tutto. Però non dirà nulla, le notizie sui nascituri non si danno, senza il permesso. Ma non riusciremo a farlo aspettare troppo a lungo."

Sierra si tirò indietro e scosse la testa. "Prima dobbiamo parlare col medico. Per sicurezza."

Austin la guardò negli occhi e annuì. "Ma certo. Adesso finisco di dare una ripulita a quell'idiota di mio fratello e poi lo mando via. Tu sdraiati e non fare nulla, hai capito?"

Sierra sorrise teneramente. "Ho capito." Aspettò un attimo, poi disse: "Ma tu sei d'accordo, su Decker e Miranda?"

Austin si fece serio per un momento, si era quasi dimenticato quanto era successo cinque minuti prima, in cucina. Fece spallucce. "Non sono affari miei." Vedendola sorpresa, alzò gli occhi al cielo. "Sì, insomma, sto cercando di convincermi che non sono affari miei. Adesso abbiamo qualcos'altro di molto più importante di cui occuparci. Possono pensarci loro, al loro rapporto (per quanto sia strano chiamarlo così), se hanno bisogno di noi, sanno dove trovarci. Che ne dici?"

Sierra sorrise e gli si avvicinò per prendergli il viso tra le mani. "Sei un brav'uomo, Austin Montgomery."

"Sono il tuo uomo, Sierra quasi Montgomery."

Eh sì, era proprio così.

Grazie al cielo.

Capitolo 13

"Cos'ha fatto?" disse lentamente Miranda, posando sul tavolo della cucina i compiti che stava correggendo, per poi farsi seria. Non poteva aver sentito bene. Era impossibile che fosse successo davvero. Assolutamente impossibile.

Maya incrociò le braccia al petto e inarcò un sopracciglio. "Griffin ha colpito Decker. Poi Decker ha colpito Griffin."

"Ma mi stai prendendo per il culo, cazzo." Non le sembrava possibile. Erano amici per la pelle. L'unico motivo per cui potevano litigare era…

Miranda si alzò in piedi. "L'hai detto a Griffin?"

Maya ebbe il pudore di vergognarsi. "No, l'ho detto a Meghan e alla mamma. Andiamo, è un segreto tra noi donne, è una novità importante, Miranda. La mamma era davvero contenta. Un punto a vostro favore, si fa per dire. Insomma, la mamma era così contenta, che quando Griffin è arrivato per aiutare il papà, lei gliel'ha detto. Non pensava che Griffin reagisse come un idiota."

Miranda chiuse gli occhi e contò fino a dieci. No, non funzionò. "Ma porco cane! Maya! Ma non potevi aspettare? Dovevi proprio andarlo a dire a tutti?"

Maya inclinò la testa. "Perché non gliel'hai detto tu? Per quel che conta, Meghan e mamma non si sono affatto sorprese. Nemmeno io, e di sicuro neanche Jake sarà sorpreso, quando lo scoprirà. Mi *dispiace* che i ragazzi l'abbiano scoperto in questo modo."

Miranda non aveva voglia di pensare alla reazione della madre e di Meghan. Non ancora. Aveva una patata bollente più scottante di cui occuparsi.

"Dimmi esattamente cos'è successo."

Maya sospirò. "Sembra che Griffin si andato fuori di testa, quando lo ha scoperto. È andato in cantiere per affrontare Decker. Secondo Wes, Decker ha lasciato che Griffin gli desse un pugno o due, poi Griffin ha detto qualcosa su di te, o qualcosa che sembrava offensivo, una specie di insulto nei tuoi confronti, allora Decker ha reagito."

Miranda andava avanti e indietro in cucina con i pugni stretti. "Allora lo sa anche Wes. Se è successo in cantiere, lo saprà anche Storm, insomma lo sanno tutti."

"In pratica sì. Per quel che vale, mi dispiace che sia andata così. Ero proprio contenta per te e ho fatto la pettegola. Che scema che sono."

Miranda prese il telefonino per chiamare… qualcuno, ma poi ci ripensò. "Sì, sei stata un po' scema. Devi imparare a non raccontare tutti gli affari di famiglia a tutti gli altri parenti, almeno non così alla svelta, capisci?"

Di sicuro Maya non era la più giovane, certamente non era quella meno matura. Eppure, credeva fermamente che raccontare a tutti i parenti ogni avvenimento significava che erano sempre tutti pronti ad aiutarsi a vicenda. Una situazione ideale, in un mondo perfetto.

Chiaramente, non era la stessa cosa per Griffin.

O per Decker, a dirla tutta.

"Mi dispiace," ripeté Maya, così Miranda annuì.

"Lo so, ma ti perdono, solo perché sei contenta di me e Decker." Poi chiuse gli occhi; si era impegnata molto per non pensare a sé e a Decker come *io-e-Decker*, ma stava diventando sempre più difficile evitare di farlo.

Gli voleva bene, vero, si stava innamorando dell'uomo che si era portata a letto, facendolo entrare così nella sua vita.

Ormai lo sapeva tutta la famiglia, sembrava che tutto stesse crollando.

"Cosa intendi fare?" le chiese Maya.

Era quello il punto, vero?

"Adesso vado da Decker a vedere se magari deve andare al pronto soccorso. Conoscendo lui e Griffin, probabilmente saranno entrambi feriti e sanguinanti, ma troppo macho e col cervello annebbiato per farci qualcosa."

Maya si avvicinò e l'abbracciò teneramente, poi passò le dita sui lividi di Miranda, che stavano svanendo. "La mia famiglia continua a riempirsi di lividi. Non mi fa piacere."

Miranda deglutì a fatica. "Non fa piacere neanche a me."

"Vai a dargli una sistemata e poi fallo rilassare. Austin mi ha mandato un SMS dicendo che Grif era da loro, almeno è già qualcosa."

"Mi spieghi come fai a ottenere tutte queste informazioni? E così alla svelta?"

Maya sorrise tristemente. "Penso sia un mio talento. C'è bisogno di qualcuno che tenga le fila di tutto. Però adesso ho fatto una cazzata, e tu ne subisci le conseguenze. Mi dispiace."

"Smettila di scusarti. Avrai anche raccontato tutto, ma è stato Griffin a prendersela, è stato lui a picchiare qualcuno che per la famiglia è quasi un parente. Qualcuno che *fa* parte della famiglia. Quella è colpa sua." E di Decker.

Dannazione. Non avrebbe voluto dover affrontare una situazione del genere, ma era anche colpa sua. Avrebbe dovuto dire qualcosa... a qualcuno. Era un evento importante, anche se lei aveva cercato di minimizzare. Avendo agito così, doveva affrontare le conseguenze.

"Vuoi che chiuda io casa?" le chiese Maya.

Miranda alzò gli occhi al cielo. "Puoi anche andare, lo sai?"

"Ma a casa tua si mangia meglio."

Miranda baciò la sorella sulla guancia e la salutò con un cenno della mano. "Va bene, ma quando finisci di ripulirmi, poi mi fai la scorta."

"Come sempre." Per quel motivo, da Miranda si mangiava sempre meglio. Non c'era alcuna logica, ma Maya era fatta così.

Erano sorelle. A Miranda piaceva così, anche se a volte si esauriva. Se solo la situazione non fosse sfuggita così di mano.

Arrivò a casa di Decker e si lasciò sfuggire un sospiro di sollievo, vedendo che c'era solo la sua macchina. Maya aveva detto che Storm aveva mandato Decker a casa, ma c'era sempre il rischio che Decker fosse andato da qualche altra parte.

Miranda uscì dalla macchina e si avviò alla porta d'ingresso, bussando, invece di entrare direttamente. Il loro rapporto non era ancora a quel livello, comunque doveva tenere sotto controllo le sue emozioni. Scattare e mettersi a urlare non avrebbe risolto nulla.

Decker aprì la porta, spazzandole via ogni altro pensiero.

"Ma mi stai prendendo per il culo?" scattò, per poi entrare, passandogli vicino.

"Accomodati, Mir," le disse lui, seccato.

"Non fare il furbo, Deck, niente sarcasmo. Ma ti sei guardato in faccia?" *La tua bella faccia barbuta.*

"Ieri sera ti piaceva la mia faccia."

Miranda gli mostrò il dito medio, poi andò in cucina a prendere qualcosa per medicarlo. Decker teneva cerotti e disinfettante nella dispensa, almeno anche il ghiaccio era a portata di mano, se serviva. E a giudicare dallo sguardo di Decker, aveva bisogno di molto ghiaccio.

"Siediti su quel cazzo di sgabello e lascia che ti dia una ripulita."

Decker le camminò vicino e inarcò un sopracciglio. "Deduco che ti è arrivata voce."

"Eh, sì. Comunque, grazie per avermi telefonato, per dirmi cosa era successo." Oddio, era proprio arrabbiata con lui, con Griffin, con se stessa.

Con tutti.

Sbatté le antine di parecchi mobiletti fino a trovare ciò che voleva, poi indicò uno sgabello.

"Ho detto seduto!"

"Che maresciallo," brontolò lui.

"Ah sì? Beh, le hai appena prese da mio fratello." Poi abbassò lo sguardo, notò le nocche di Decker e imprecò. "E a giudicare da quelle, Griffin probabilmente avrà il tuo stesso aspetto."

Decker la guardò negli occhi, a Miranda non piacque il dolore che intravide in quello sguardo. Non tanto il dolore fisico, ma quel tipo di dolore che temeva di non riuscire a risolvere.

"Mi sono trattenuto, Mir, starà bene."

Miranda imprecò di nuovo. "Voi uomini, non vi capisco. Porco cane, ho detto di sederti!"

A quel punto, Decker inarcò un sopracciglio e si sedette sullo sgabello. "Mir."

"Deck."

"Mi dispiace."

Miranda sospirò, poi gli passò in faccia una salvietta inumidita. Lui si era già dato una ripulita, le ferite non sembravano così tremende, ma doveva prendersene cura lei stessa.

"Mi sono spaventata." Miranda abbassò lo sguardo verso quello di lui, mentre Decker le appoggiava le mani sui fianchi.

"Mi dispiace," ripeté lui.

"Non ti devi dispiacere, però non lo fare mai più, hai capito? Voi due siete le persone più vicine che ho, non mi piace se vi mettete a litigare tra voi." Poi Miranda si allontanò e passò un dito su un taglio che Decker aveva vicino a un sopracciglio. Decker lasciò andare un sospiro. "Non ti ho mai visto conciato così, deve essere stata una bella litigata."

"Non è stato divertente, se è questo che intendi."

Miranda sfiorò un altro taglio sulla sua guancia, poi altri lividi sulla sua faccia. Miranda appoggiò le labbra a quelle di Decker, che Griffin non aveva rotto.

"Non farlo più, Decker. Per favore."

Lui sospirò. "Non so se posso promettertelo, Mir. Io non sono un bravo ragazzo."

Lei strinse i pugni, appoggiati alle spalle di lui. "Questa è solo una scusa bella e buona, e lo sai bene. Puoi sempre usare le parole, non i pugni."

Decker chiuse gli occhi, Miranda avrebbe voluto piangere al posto suo. Oddio quanto lo odiava, odiava vederlo soffrire, era stata molto più di una semplice scazzottata. Non era sicura di poter risolvere tutto, ma doveva provarci. Era il minimo che potesse fare.

"Mi sarei limitato alle parole, Mir. Ma poi lui ha detto che mi vergognavo di te, così ho perso le staffe. Ho proprio perso il controllo, cazzo." Decker si allontanò e si guardò le mani, come se fosse sorpreso di vederle.

"Griffin aveva torto. Non ti vergogni di me." Miranda sperava fosse vero, non voleva nemmeno immaginarsi che non lo fosse.

Decker la guardò negli occhi, il suo sguardo franco la fece respirare di scatto. "Mai, Mir. Non mi sarei *mai* vergognato di te. Per questo non ci ho visto più. Tu sarai mia per tutto il tempo che durerà, Miranda, ma a prescindere da cosa possa succedere, non mi vergognerò mai del nostro rapporto."

A quelle parole, lei deglutì a fatica, ignorando il dubbio sulla durata che potevano implicare. Dopo tutto, anche lei la pensava bene o male allo stesso modo.

"Come vanno le costole?" gli chiese, invece di dire qualcos'altro che aveva in mente. Era troppo importante, non poteva dirlo. "Devo portarti al pronto soccorso?"

Decker scosse la testa e le prese la faccia tra le mani. "Sto bene, Mir. Non ho niente di rotto, solo l'orgoglio un po' ferito."

Oltre al suo rapporto con Griffin, ma Miranda non era sicura stessero parlando di quello.

Così si appoggiò al palmo della mano di Decker e sospirò. "Non mi piace che tu e Griffin litighiate."

"Non piace neanche a me," le rispose a bassa voce. "Avrei dovuto dirglielo." Pronunciò quelle ultime parole a voce così bassa, che non si capiva se fossero rivolte a lei o a se stesso.

"Avremmo dovuto dirglielo *entrambi*. Siamo adulti, anche

se sarebbe stato bello gestire tutto tra di noi con un po' di privacy, ma non funziona così. Siamo tutti così legati, che ci sono dei confini che gli altri si aspettano non vengano oltrepassati." Miranda si leccò le labbra e si prese il rischio di proseguire. "Non voglio perdere il nostro rapporto in questo momento per quello che è successo, Decker."

Lui abbassò la testa e la baciò sulle labbra. "Neanch'io voglio perderlo." Poi appoggiò la fronte a quella di lei. "Solo che è una situazione proprio seccante, Mir. Grif è come un fratello, mi ha guardato come se ti avessi ingannata, come se ti avessi rapita o cagate del genere."

"Vi sistemerete. Risolverete il vostro rapporto." Miranda pregò che fosse vero. Oddio, cosa stava facendo alla famiglia? Tutto perché amava l'uomo sbagliato? No, non poteva essere sbagliato.

Non era quello sbagliato.

Decker la baciò di nuovo, stavolta passandole la lingua sulle labbra. Lei aprì la bocca per quel bacio, chiudendo gli occhi con un gemito. Si lasciò trascinare da quel bacio, affidandosi a lui, lasciandogli assumere il controllo. Era molto bravo nel farlo, molto potente. A lei piaceva fare l'amore con lui, le piaceva la sensazione di averlo su di lei, sotto di lei, dentro di lei, ma baciarlo le piaceva quasi altrettanto.

Lui spostò le mani dal viso di lei, facendole scorrere sul corpo di Miranda per andare ad afferrarle il sedere. Poi si tirò indietro e la guardò in faccia.

"Cazzo, se adoro baciarti."

Lei sorrise. "Stavo pensando praticamente la stessa cosa." Gli passò le dita sulle labbra, lui le morse la punta delle dita. "Sono contenta che non ti sia spezzato un labbro, sarebbe stato molto duro, baciarti."

Decker le morse le dita con un po' più di pressione Miranda ansimò. "C'è qualcosa di duro, ma non è quassù."

Miranda alzò gli occhi. "Ah, ecco, una bella battuta del cazzo... che sorpresa."

Decker si alzò dritto in piedi, sollevandola da terra, con le mani sotto il sedere. Miranda si lasciò sfuggire un gridolino e gli mise le gambe intorno alla vita.

"Adesso ti faccio vedere io, furbetta."

"Dai, sei tutto malconcio. Mettimi giù prima di farti altro male." Miranda si dimenò in quella presa, ma lui le strinse le natiche.

"Mi dai degli ordini? Penso che ti meriti una bella punizione, piccolina."

Miranda sentì mancarsi la saliva in bocca. "Eh... cosa?"

Decker la mise sul tavolo della cucina tenendo le mani sui fianchi. "Hai detto che volevi sentire com'era, se ti facevo venire il culetto rosso. Sei ancora della stessa idea, Mir?"

Lei deglutì a fatica e annuì. Voleva provare tutto, con lui. Proprio tutto.

Lui le mise un dito sotto al mento e le fece sollevare la testa. "A parole, Mir. Devi dirlo ad alta voce."

"Ti voglio, Decker. Ti voglio tutto." Quasi imprecò mentalmente, per quanto si era fatta sfuggire. Vide una luce particolare che gli entrava e gli usciva dagli occhi, ma la respinse. "Cioè, voglio che mi sculacci."

Ecco.

Corretto.

Si spera.

Decker la baciò ancora, lei gemette, godendo di tutto quel piacere. Ed era un piacere esagerato. Gli mise le braccia intorno al collo e lo tirò più vicino, ne voleva ancora, di più. Lui tenne le mani appoggiate al tavolo, Miranda sentiva il suo calore, aveva bisogno di lui.

Quando Decker si tirò indietro, Miranda ansimava. La spostò dal tavolo, mettendosi in piedi davanti a lei con le braccia conserte al petto; i suoi avambracci erano gonfi e terribilmente sensuali.

"Spogliati."

"Non vuoi farlo solo per me, vero?" gli chiese.

Lui strinse gli occhi. "Ecco, pensavo di darti cinque sculacciate, adesso sono diventate dieci. Ne vuoi di più, ragazzina?"

Probabilmente era meglio di no, la prima volta, quindi Miranda scosse la testa, ma poi si ricordò le regole e disse: "No. Dieci vanno bene."

Lui accennò un sorriso. Sì, l'aveva beccata, non gli stava rispondendo nel modo giusto, ma forse quella volta gliel'avrebbe fatta passare liscia.

Miranda si tolse rapidamente i vestiti, lasciandoli cadere per terra senza nemmeno piegarli bene, per non perdere troppo tempo. C'era qualcosa di sbagliato in lei, solo perché le piaceva stare nuda davanti a lui, che invece era completamente vestito? Forse era solo sicura che lui si sarebbe preso cura di lei... per poi spogliarsi completamente anche lui.

"Girati, piegati, tette sul tavolo."

Miranda inspirò tremante, poi eseguì gli ordini. I suoi capezzoli, già eccitati, si indurirono ancor più, tanto da farla tremare quando toccarono il tavolo. Non era troppo freddo, ma era una sensazione comunque strana.

Miranda lo sentì arrivare da dietro, si era messo così vicino da farle sentire il suo calore, pur senza toccarla col corpo. Dovette sforzarsi per non arretrare, per avvicinarsi.

Le mise una mano su una natica, lei lasciò partire un gemito. Santo cielo, era così... *suo*.

Poi Decker allontanò la mano, ma quando la colpì lei strillò. Lo schiaffo le attraversò tutto il corpo, poi Decker la massaggiò dove l'aveva colpita, facendola gemere. Poi la sculacciò altre quattro volte di fila, in rapida successione, mai nello stesso punto, ma sulla stessa natica. Di nuovo le massaggiò i colpi, facendola ansimare. Le prudeva la passera, sapeva di essere bagnata, pronta per lui.

Poi Decker la colpì sull'altra natica, facendola gemere più forte.

"Che brava ragazza. Puoi urlare quanto vuoi, Mir. Fammi sentire quello che vuoi."

Lei si lamentò con più forza, quando lui la sculacciò di nuovo. Mancavano altri tre colpi, non era sicura di farcela. Le tremavano le ginocchia, mosse le braccia per poter afferrare il tavolo.

Decker le si mise sopra, avvicinandole la bocca all'orecchio. "Adesso il tuo culo è bello rosso, quasi quanto la tua fica. Lo sai quanto mi piace leccarti la fica succosa; in questo preciso momento, piccola, sei bella bagnata. Voglio leccarti ogni goccia, scoparti con la lingua fino a farti venire con la mia faccia. Poi scoperò quella bella bocca, prima di affondare il mio cazzo nella tua dolce passerina, ti piace l'idea, piccola?"

Lei sentì il clitoride pulsare a quelle parole, così ancheggiò contro il corpo di lui, aveva bisogno di quel contatto.

"Voglio tutto, ti prego. Fammi venire, Decker. Non penso di resistere tanto lungo."

Lui le morse una spalla, poi la baciò. Lo desiderava, lo voleva. "Ti darò tutto, Miranda. Proprio tutto."

Quando lui si allontanò, Miranda sussultò, lo voleva ancora. Dannazione, lo voleva fino in fondo. La sculacciò di nuovo, Miranda gridò. Le faceva davvero male, ma quel tipo di male che la eccitava, al punto da voler venire, o da volerne di più. O magari entrambi. La colpì di nuovo, più volte, finché non fu libera.

Miranda sentì il proprio corpo tremare, aprì la bocca per pregarlo di fare qualcosa, ma si sentì la bocca di Decker addosso e tutto ciò che poté fare fu gridare, per un altro motivo. Le stava leccando la passera come fosse stato il dolce più succulento del pianeta.

Le succhiò il clitoride, leccandola con tutta la lingua. Miranda si sentì vibrare, ne voleva di più.

"Oh mio Dio, Decker, ti prego, sto per venire."

Lui le separò le natiche con le mani, Miranda si sentì arrossire. Santo cielo, era così… brutale. Lo adorava.

La trafisse con la lingua, per poi continuare a succhiarla. Il corpo di Miranda si scaldò, la sua schiena si inarcò. Poi pronunciò il suo nome, venendo, spingendo il sedere contro la sua faccia.

Prima ancora che quel picco di piacere potesse scemare, lui la fece eccitare di nuovo, penetrandola con le dita, cercando il suo punto G, strofinando quel fascio di nervi, fino a farla venire di nuovo.

Tutta ansimante, Miranda cercò di parlare, ma prima che ci riuscisse, lui la tirò giù dal tavolo, prendendola tra le braccia. Decker mise la bocca su quella di lei, facendola tremare di nuovo. Miranda poteva sentire il proprio sapore su quelle labbra e voleva ricambiare.

Si fece indietro e si mise in ginocchio. Lui le prese la faccia con le mani, lei lo guardò, alzando gli occhi. "Timido?" lo provocò, dato che doveva ancora spogliarsi.

Lui alzò gli occhi al cielo, poi si tolse la camicia. Cavolo, che uomo muscoloso, lo avrebbe leccato tutto, più tardi. In quel momento doveva vedere una certa parte del suo corpo. Lo aiutò a sbottonarsi i pantaloni e poi gli prese in mano il membro, appena liberato.

Decker inspirò sonoramente e le passò una mano nei capelli. "Devo togliermi il piercing?" le chiese, con voce roca.

Lei scosse la testa e gli leccò la punta dell'uccello, appena sotto al piercing. "L'abbiamo fatto qualche volta senza, se per te va bene stavolta non me lo prendo tutto in gola, così non dovrei avere problemi."

Lui le tirò i capelli e li strinse col pugno. "Però fai piano," le disse, quasi ridendo.

Lei alzò gli occhi al cielo, poi lo leccò, scendendo sul suo uccello fino alla base, circondata dal pelo ben rasato. Poi risalì, succhiandogli la punta, facendo girare la lingua intorno alla pallina di metallo. Decker gemette, stringendo la mano con cui le teneva i capelli. Lei se lo infilò fin quasi alla gola, deglutendo, sentendo il modo in cui lui tremava con tutto il corpo. Poi si tirò indietro, facendo attenzione. Avrebbe voluto lasciarsi andare, farsi scopare in bocca, ma non voleva farsi rompere un dente.

Ripeté gli stessi movimenti, amava quel gusto, il modo in cui lui faticava a mantenere il controllo, finché Decker si tirò indietro. La prese da sotto le ascelle e la mise di schiena sul tavolo prima ancora che lei se ne accorgesse.

"Decker..." sussurrò Miranda, che poi chiuse gli occhi con un gemito, mentre lui le succhiava un capezzolo, prendendolo tutto in bocca.

"Ci devi mettere un piercing," le disse a bassa voce, pizzicandole entrambi i capezzoli, ben duri tra le dita. "Sarebbero tremendamente eccitanti con dei gancetti, al lavoro non si vedrebbero.

Lei tremò. "Lo farò, se lo farai anche tu."

Lui sorrise. "Affare fatto."

Oh, merda. Beh, sembrava proprio che si sarebbe dovuta mettere un piercing ai capezzoli. Se serviva a far venire quella faccia a Decker più spesso, allora evviva!

"Piedi sul tavolo, apri le gambe così posso vedere la tua bella fica vogliosa."

Lei fece come le aveva detto, sentendosi aperta, vulnerabile. Decker gemette, poi si abbassò per tirar fuori un profilattico dai jeans. Se lo infilò con attenzione e si preparò a penetrarla.

"Pensi di riuscire a fare la brava, pensi di rimanere aperta mentre ti scopo, piccola?"

Lei annuì. "Penso di sì."

Lui sorrise. "Vedremo."

Oddio, Miranda non vedeva l'ora.

Gli occhi di Decker erano concentrati su di lei, quando si prese la base dell'uccello per farlo scivolare dentro di lei, centimetro dopo centimetro.

Lei spalancò la bocca, mentre lui la penetrava. Il suo piercing la massaggiava lungo le pareti interne, mentre si spingeva più dentro. Davvero, prima di fare l'amore con un uomo col piercing all'uccello non sapeva cosa si stava perdendo.

Decker era tutto suo, non l'avrebbe mai condiviso con nessun'altra. Per tutto il tempo per cui lui l'avrebbe voluta.

Miranda inspirò a quel pensiero, poi lui si spinse tutto dentro. Lei si sentì bruciare, quasi vedendo le stelle, tremò, con le lacrime agli occhi. Oddio, era così *piena*. Lui le prese i fianchi e la fissò negli occhi.

"Vuoi mettermi le gambe intorno al corpo? O vuoi che ti penetri così tanto mentre tieni le gambe divaricate?"

Lei si leccò le labbra, cercando di trovare le forze per

parlare. Come faceva a pensare, quando lui era così dentro di lei, faceva *parte* di lei?

"Entrambi, cioè, come vuoi. Comincia così, poi quando non resisto più ti prendo con le gambe."

Lui sorrise e annuì. "Risposta esatta, Mir. Proprio la risposta esatta." Si tirò fuori, lei gemette, la sua passera lo voleva afferrare. "Santo cielo, sei così stretta. Adoro fare l'amore con te."

Amore.

L'aveva detto ancora. Miranda sentì di nuovo le lacrime agli occhi, ma le scacciò con un battito di palpebre. Non era quello il posto. Non era il momento.

Forse non lo sarebbe mai stato.

Lui cominciò a pompare coi fianchi, scopandola con forza, tanto da farle perdere la ragione. Che bello. Le teneva una mano sui fianchi, mentre con l'altra le stimolava un capezzolo, stringendolo. Non interruppe mai quel ritmo frenetico, anche dopo essersi abbassato per prenderle le labbra in un bacio selvaggio.

Lo amava tantissimo, anche se non glielo aveva mai detto.

Non poteva.

Spinse via ogni pensiero e lo circondò con le gambe, voleva stare più in contatto, pelle a pelle, cuore a cuore. Lo morse su una spalla, lui fece un verso di gola, andando più veloce. L'orgasmo la colpì all'improvviso. Inarcò la schiena, lasciando cadere la testa all'indietro. Decker venne con lei, afferrandole i fianchi così forte da lasciarle quasi i segni. Segni che lei avrebbe gradito, sperando non svanissero mai.

Le aveva già segnato il cuore, da quel momento in poi le avrebbe lasciato su tutto il corpo dei segni, segni che lei desiderava.

Quando l'uccello di Decker smise di pompare dentro di lei, lui rimase in piedi, nudo nella sua cucina, con Miranda nuda sul tavolo. Tenne la fronte appoggiata a quella di lei, che chiuse gli occhi, per evitare di farsi leggere nel profondo dell'animo.

Era successo tutto troppo alla svelta, era troppo presto per dirgli ciò che lei sapeva da così tanto tempo. Miranda lo capiva con la mente, anche se al suo cuore non importava.

Doveva tenere gli occhi chiusi, anche per non vedere i tagli e le ferite sulla sua faccia, per i pugni ricevuti da Griffin. La posta in gioco era alta, molto dipendeva dal rapporto che avevano e da come lo gestivano. Un passo falso avrebbe distrutto non solo il suo cuore, ma la vita dell'uomo che amava, dell'uomo per avere il quale aveva combattuto duramente.

Alla fine, doveva valerne la pena.

Perché altrimenti si sarebbe persa per sempre.

Capitolo 14

Decker fece un respiro profondo, poi sollevò l'enorme blocco di legno sul suo banco di lavoro. Aveva i muscoli tutti indolenziti, sapeva di dover chiedere aiuto a qualcuno degli altri, ma non voleva disturbarli.

Non voleva disturbarli per un sacco di altri motivi.

Non parlava a nessuno dei Montgomery, se non Miranda, dal mattino del giorno prima, quando si era saputa la notizia. Non sapeva bene da che parte stessero gli altri, lo uccideva perfino pensare che ci fossero delle parti da cui schierarsi.

Era colpa sua, cercò di ricordarsi.

Ormai era rimasto solo, sul posto di lavoro, di giovedì sera, perché non aveva avuto il coraggio di scoprire se avesse rovinato tutto, se aveva perso tutto. Guardò in basso, verso il pezzo di legno sul suo banco di lavoro, poi imprecò.

Forse stava facendo tutto quel lavoro per nulla. Griffin gli aveva chiesto delle mensole e lui le stava preparando. Però gliele aveva chieste prima di scoprire tutto del suo rapporto con Miranda. Quindi poteva essere tutto lavoro buttato al vento. Uno spreco che gli si sarebbe ritorto contro, qualora non fosse riuscito a rimediare.

Gli faceva ancora male la faccia per i pugni del suo amico, il fianco gli faceva male a ogni piccolo movimento, ma erano ferite minime, rispetto alla fitta al cuore. Non avrebbe mai creduto che Grif reagisse così.

Sì, si aspettava una reazione decisa, ma il senso di tradimento sul volto dell'amico era quasi troppo da sopportare.

Decker sospirò e si guardò le nocche. Miranda aveva attenuato quelle ferite, baciandole, per farlo star meglio, occupandosi di lui. Il suo uccello palpitò, al ricordo di quando le aveva messo le mani dietro la testa, mentre lei glielo prendeva in bocca. La sera prima, nella sua cucina, l'aveva spinta al limite, poi ancora a letto, ma lei non si era sottratta, prendendo tutto ciò che le offriva, pregando per averne di più.

Lui non l'avrebbe mai creduta capace di tanto, capace di prenderlo fino in fondo, di stare con lui in modo da farlo star meglio, raggiungendo ogni confine del piacere. Sapeva di volerla avere, di volerla far entrare nella sua vita. Solo che non aveva capito fino a che punto, se non quando c'era entrata davvero.

Ma sarebbe andato tutto in malora, quando Miranda avrebbe scoperto la verità.

Decker imprecò, poi cominciò a lavorare alla mensola. I rumori forti e la musica che gli pompava nelle orecchie non facevano altro che scacciare ogni pensiero.

Da un lato voleva Miranda, voleva stare con lei fino al momento in cui lei avrebbe deciso che non ne poteva più di lui. D'altro canto, non stava facendo altro che rimandare l'inevitabile. Lasciò andare un sospiro. Cazzo, quando si era trasformato in una ragazzetta svenevole?

Imprecò di nuovo, poi ricominciò a lavorare il legno. Avrebbe fatto i tagli principali con una sega elettrica, per poi intagliare le intricate decorazioni nel legno con martello, cesello, tutto a mano. Erano solo delle mensole, non si sarebbe preoccupato di renderle così uniche, se non fossero state per il suo migliore amico. Voleva che fossero straordinarie, solo perché erano per Griffin, anche se il ricordo del tradimento sul volto del suo amico era ancora molto vivo, tanto che Decker faceva molta fatica a continuare a lavorare.

Un paio di mensole non avrebbero rinsaldato il loro

rapporto, ma magari avrebbero aperto la strada a una riconciliazione, facendo in modo che Griffin non lo odiasse più.

Mannaggia. Avrebbe dovuto dire a tutti del suo rapporto con Miranda, quando era ancora in tempo. Tenere il segreto (anche se solo per una settimana) era stata la goccia che aveva fatto traboccare il vaso. Tutti avrebbero sempre pensato che lui non fosse all'altezza della loro piccolina, ma l'aver tenuto nascosto il loro rapporto aveva peggiorato tutto. Miranda gli aveva detto che sua madre era molto contenta, ma lui non era sicuro di come reagire.

Grazie al cielo, Miranda era comunque al suo fianco. Gli aveva alleviato le ferite, l'aveva tenuto stretto quando lui voleva scappare. Lei non pensava male di nessuno, una dote per cui lui la ammirava.

Spense la sega elettrica e sentì il telefono che squillava. Quando vide il numero sul display, sospirò.

"Ciao Austin," disse con la voce più tranquilla che poteva.

"Ciao."

Il silenzio tra loro non era piacevole come al solito, quella strana sensazione gli fece più male di quanto si aspettava.

"Immagino tu abbia saputo," gli disse, facendo una smorfia. Tranquillo.

Austin sospirò, Decker si sedette su uno degli sgabelli. "Sì. Sì, ho sentito. Tu stai bene?"

Sorpreso, Decker sbatté le palpebre. "Come dici?"

"Stai bene? Ho visto Griffin, è venuto da noi per farsi dare una ripulita." Poi Austin fece una pausa. "Anzi, in realtà è venuto a raccontarmi cos'è successo, poi gli abbiamo dato una ripulita. Comunque, fa lo stesso, aveva un aspetto di merda, come vanno le mani?"

Decker deglutì a fatica, si sentiva assalito dalla vergogna. Poteva quasi sentire il sapore della bile che gli arrivava alla lingua, ma poi si riprese. Aveva picchiato il suo migliore amico, poi il fratello del suo migliore amico gli stava chiedendo come stavano le sue mani. Decker guardò in basso, aveva le nocche arrossate e piene di graffi, poi si passò la lingua sui denti.

"Si sistemeranno. Mi sistemerò anch'io. Miranda si è presa cura di me." Avrebbe fatto meglio a mangiarsi la lingua, prima di parlare. L'ultima frase gli era scappata, ormai era incastrato, aveva fatto quel nome.

Austin rise della grossa, anche se non era affatto divertente. "Merda, Deck. Avrei preferito che ce lo dicessi, ma non ce la faccio ad arrabbiarmi. Non dopo che Sierra ha fatto il culo sia a me che a Grif, soprattutto a lui."

Decker si fece serio. "Cosa intendi dire?"

"Da quanto state insieme voi due, da una settimana? Da un paio di giorni?"

"Più o meno, ma comunque avremmo fatto meglio a dirvelo."

"Sì, forse sì. Forse avreste anche potuto chiedere il permesso, o cagate del genere, ma anche solo a dirlo mi sento un deficiente. Miranda, anche se faccio fatica a ricordarmelo, è una donna adulta. Può prendere le sue decisioni. Né io né gli altri parenti abbiamo il diritto di ficcare il naso negli affari vostri." Poi Austin fece una pausa. "Beh, insomma, magari un po' sì, siamo sempre i fratelli e le sorelle, in fin dei conti. Ma nemmeno tu sei uno sconosciuto, Deck."

"Ah sì? Ma questo non fa altro che peggiorare la situazione, agli occhi di Griffin."

"Griffin era accecato dall'ira, si è comportato da imbecille. So che fa fatica ad andare avanti col suo libro, dato che voi due siete molto vicini, si è sentito colpito su due fronti, non solo da te, ma anche da Miranda. Quindi, ecco, si è comportato da imbecille patentato, ma è stata solo una reazione da Montgomery. Voi due vi sistemerete, ne sono certo."

"Davvero? Dannazione, Austin, ho mandato tutto all'aria. Faccio schifo, e sto uscendo con tua sorella, ma non capisci? Grif aveva tutto il diritto di picchiarmi a sangue. Però non aveva il diritto di sminuire Miranda."

"Lo sai che non intendeva farlo."

"Forse. Ma si è espresso così, io ho solo reagito. Ho reagito, lo capisci? Sono scattato e ho pestato a sangue la faccia del mio migliore amico. Sul posto di lavoro. Sul cantiere della *tua* famiglia. Storm mi ha detto di andarmene, ieri, quindi oggi non vado a lavorare. Ho una serie di ferie arretrate, quindi finché non capisco che cazzo fare, me le prendo. Storm e Wes si arrangeranno. Se la cavano anche senza di me."

Le ultime frasi gli uscirono di getto, poi Decker sbuffò. Forse tutti se la cavavano meglio senza di lui. Poteva anche andare a lavorare da un'altra parte, magari in un altro cantiere. O addirittura poteva lavorare per qualcun altro. Se se ne fosse andato, forse tutto si sarebbe risolto.

Ma così avrebbe lasciato Miranda, ed era troppo egoista per farlo. La voleva, a dirla tutta la amava, quindi doveva affrontarne le conseguenze.

Anche se non era affatto semplice conviverci.

"Non ce la caviamo senza di te, Decker. Non capisci? Anche tu fai parte della famiglia. Solo che ci hai colti di sorpresa. Anche se, secondo Sierra, non avremmo dovuto stupirci. Non capisco come faccia a sapere tutto prima ancora che succeda. Deve essere qualche superpotere strambo che hanno le donne."

Decker sorrise, fu più forte di lui. "Lo dico a Sierra, che hai detto che è stramba."

"Ma stai zitto, scemo."

"Anch'io ti voglio bene."

Austin sospirò. "Anch'io ti voglio bene, ti vogliamo tutti bene, Deck. Però cerca di non ferirla, va bene? Miranda è una persona speciale per tutti noi, se la rendi felice, sei la cosa più bella che le possa mai capitare. Se anche lei ti rende felice… allora, ma che cazzo, ma va bene! Perfetto!"

Decker chiuse gli occhi e si pizzicò sul naso. "È passato molto meno di un mese, smetti di farti strane idee. Lasciami respirare."

"Tu sei preso, Deck, e lo sai. Ma a me l'idea piace, credo, quindi cerca solo di non mandare tutto all'aria e andrà tutto bene."

Più facile a dirsi che a farsi.

"Adesso di sicuro dovrai rimuginare per un po', quindi ti saluto. Dai a Grif un po' di tempo. È un cretino, ma è il nostro cretino. Anche il tuo. Ci vediamo alla prossima cena di famiglia. Vedrai che sembrerà tutto meno strano."

"Credi che questa brutta sensazione di imbarazzo se ne andrà tutta d'un colpo?"

"Penso proprio di sì." Poi Austin si fermò un attimo. "A proposito di imbarazzo alle cene di famiglia, hai novità da Alex?"

Decker si fece serio. "No. Non da quando ci ha detto che Jessica se ne è andata. Sta male, vero?"

"Stanno scoppiando bubboni a destra e a manca in questa famiglia, non sono sicuro di essere abbastanza forte da tenere tutti insieme."

Fu una delle confidenze più oneste e sincere che Austin avesse mai condiviso con lui, Decker la sentì quasi come una supplica.

"Cercherò di fare la mia parte perché non crolli tutto."

"Nel frattempo, se dessi una mano a spegnere gli altri incendi, sarebbe davvero bellissimo."

"A un certo punto bisogna che le persone vivano la loro vita."

"Sono d'accordo, però devo essere presente, se qualcuno non ce la fa, perché non si senta solo."

Eh già, non era una considerazione troppo acuta, quella di Austin, ma Decker lasciò perdere. Quando tutto sarebbe andato in malora, non sarebbe andato dai Montgomery a chiedere aiuto. Se, o meglio quando Miranda l'avrebbe lasciato, accorgendosi finalmente del suo vero carattere, conoscendo il suo passato, avrebbe perso tutta la famiglia, per sempre.

Però ne valeva la pena, per Miranda.

Per lei, quello e altro.

"Grazie per avermi chiamato," disse Decker dopo un momento. Non c'era molto altro da aggiungere, dovevano un po' capire come stavano le cose.

"Stammi bene, Deck. Cerca di rimetterti, assicurati che la mia sorellina sia felice. Hai capito?"

Decker sorrise. "Ho capito."

Così si salutarono e chiusero la conversazione. Decker non si sentiva meglio di prima, ma di sicuro non si sentiva nemmeno peggio. Austin era fatto così. Anche se a volte non era al massimo, faceva sempre del suo meglio per assicurarsi che i suoi parenti e i suoi amici non venissero lasciati soli.

Decker avrebbe fatto di tutto, perché nessuno facesse del male a Miranda.

Così tornò a lavorare, impegnandosi appieno nel suo progetto. Gli piaceva lavorare con le mani, era anche confortante sapere che incanalando tutta la sua frustrazione in quel modo poteva anche creare qualcosa di bello e di utile per qualcun altro.

Quando il campanello della porta squillò, all'inizio non lo sentì, ma poi le canzoni che ascoltava cambiarono e riuscì a sentire il rumore di quel dannato aggeggio che veniva ripetutamente premuto. Gunner abbaiava a tempo con il campanello, così Decker si fece più serio.

Si dette una ripulita alle mani e si incamminò verso la porta d'ingresso. Doveva essere per forza un'emergenza, per continuare a suonare di continuo. Chiunque lo conosceva avrebbe telefonato, lui avrebbe visto il telefono che si illuminava e avrebbe saputo che c'era qualcuno fuori, anche se stava lavorando.

Così aprì la porta senza nemmeno guardare dallo spioncino, ma cercò subito di sbattere la porta per richiuderla.

"Ragazzo, ma che cazzo fai," disse Frank Kendrick farfugliando, appoggiando la mano alla porta per evitare che si chiudesse. Il padre di Decker mise anche un piede sulla soglia, per impedire alla porta di chiudersi.

"Vattene fuori dai coglioni, via da casa mia," disse Decker a voce bassa, fredda e profonda. Non voleva urlare. Sarebbe servito solo ad agitare quell'uomo ancor di più. Rimanendo calmo, controllandosi, avrebbe avuto più possibilità di vincere quello scontro. Decker era più grande, ma Frank avrebbe fatto una scenata. Una scenata che spesso coinvolgeva poliziotti e menzogne.

"Pensi di essere superiore, più forte, solo perché lavori per i Montgomery? Sei un pezzo di merda, questa è la verità. Appena se ne accorgono, sei fottuto. Magari ti tengono solo per pietà. Per questo ti tengono da loro."

Quelle parole lo ferirono, ma Decker trattenne l'istinto di reagire. Mantenne uno sguardo duro come la pietra, anche se con immensa fatica.

"Vattene e basta, Frank. Non sono dell'umore giusto per le tue stronzate." Guardò negli occhi annebbiati del padre e trattenne un'imprecazione. Non voleva nemmeno pensare a che aspetto poteva avere sua madre, in quel momento. Se Frank l'aveva raggiunto ed era già su di giri, a casa doveva essere successo qualcosa di brutto. Doveva chiamare la polizia, ma poi cosa sarebbe successo?

Trattenne un sospiro, avrebbe telefonato comunque. Non gli importava, se li avrebbe allontanati ancora di più, non avrebbe mai smesso di cercare di proteggere sua madre dall'uomo che aveva davanti.

"Vaffanculo. Dovevi venire a cena quando tua madre te l'ha chiesto." Frank lo guardò con il suo solito sorriso da bastardo, a Decker si rivoltò lo stomaco. Trattenne a fatica la bile che gli saliva in gola. Porca puttana, non poteva più sopportare suo padre, non poteva più sopportare i ricordi che riaffioravano, ricordi di quei pugni enormi, che in quel momento tenevano aperta la sua porta. Guardando più da vicino, Decker poteva vedere in quei pugni anche i propri. Poteva vedere la somiglianza che gli faceva desiderare di scappare da Miranda e da tutto ciò che lei rappresentava per lui.

Frank doveva andarsene alla svelta, altrimenti Decker non sapeva come sarebbe andata a finire.

"Che cosa le hai fatto?" chiese al padre, poi si fermò.

Gli occhi di Frank cambiarono espressione, compiaciuti, così Decker trattenne un'imprecazione. "Tua madre è a casa, dove dovrebbe essere, piccolo bastardo. È a casa in ginocchio." Poi Frank spostò cominciò a barcollare. "La prossima volta che ti telefona, vieni a cena. Siamo una cazzo di famiglia, ragazzo. Quei Montgomery non sono tuoi parenti, io sì. Ricordatelo. Ricorda qual è il sangue che ti scorre nelle vene. Tu non sei uno stronzetto borghese, che pensa di essere migliore degli altri. Non sei così."

Per quanto Frank fosse ubriaco, riusciva sempre a dire cose che colpivano Decker dritto al cuore. Forse un giorno Decker sarebbe riuscito a non farsi ferire, ma le parole di Frank sembravano il solito ritornello che si ripeteva anche lui continuamente in testa. Non lo aiutava di certo. A quel punto voleva solo che suo padre se ne andasse per ubriacarsi.

E poi, ubriacarsi come suo padre.

Visto? Niente. Lui non era un bel *niente*.

Decker si stufò, spinse la porta con tutte le forze per chiuderla, ignorando i versi del padre. Se uno dei vicini avesse chiamato la polizia, sarebbe stata tutta colpa di Frank, non certo di Decker. In realtà non sarebbe stata una novità, vedere la polizia vicino a dove viveva Frank. Solo che non era mai successo prima a casa di Decker.

Frank imprecò e sbraitò qualche altra volta, prima di andarsene. Decker non vide automobili nel suo vialetto o per la strada, suo padre doveva essere venuto a piedi da uno dei bar della zona. Almeno, Decker sperava davvero che fosse così.

Andò a prendere il cellulare e chiamò la polizia, cercando di spiegare la situazione e parlando di sua madre. L'agente in centrale conosceva l'indirizzo e sapeva anche che non potevano fare molto, ma sperava di far intervenire una volante.

Chiusa la telefonata, Decker era esausto, non era dell'umore giusto per aver a che fare con altre persone. Quello che voleva veramente era un cazzo di drink per dimenticare tutto. Non voleva finire ubriaco come suo padre (almeno così sperava) ma non poteva starsene a casa da solo, non poteva bere da solo. Così si avviò a piedi a un bar che conosceva, un posto che suo padre non frequentava, perché ormai suo padre era stato bandito anni prima.

Mise il cellulare in silenzioso, tenendolo acceso, giusto in caso la polizia lo chiamasse con delle novità, anche se non ci sperava troppo. Non voleva parlare con nessun altro. Ma soprattutto non voleva affrontare Miranda in quelle condizioni. Aveva un aspetto terribile, si sentiva una merda... lei non doveva vederlo così.

Ecco, un altro punto nel lungo elenco di motivi per cui Miranda doveva lasciarlo perdere e chiudere con lui.

Mentendo a se stesso, avrebbe anche potuto dire che tra loro c'era soltanto sesso, nient'altro, ma non era così. Tra loro c'era un legame che non aveva nulla a che vedere col sudore dei loro corpi, con la loro compatibilità fisica. No, era diverso, lei lo faceva scaldare dentro. Gli faceva desiderare di essere una persona migliore, anche se lui sapeva che era impossibile.

Si sedette al bar, alzò due dita e sospirò quando il barista gli passò due shot di bourbon. A Decker non interessava quel che beveva, gli bastava tracannare qualcosa che gli bruciasse il dolore. Gli servì un altro minuto, prima di capire chi c'era seduto vicino a lui.

"Hai un aspetto di merda, amico," farfugliò Alex, con gli occhi oltremodo lucidi. Chissà da quanto tempo era là a bere, da solo. Decker non era certo nella posizione di poter giudicare.

"Anche tu hai lo stesso aspetto," rispose Decker, che poi mandò giù i suoi bicchierini. Il bruciore dell'alcol lo scaldò solo per un momento, prima che il gelo tornasse a frustrarlo.

"Vuoi fare due chiacchiere?" gli chiese Alex, tenendo gli occhi fissi sul suo drink, invece di guardare Decker.

"Non proprio," rispose Decker onestamente, per poi ordinare una birra. Avrebbe fatto meglio a bere birra, piuttosto che superalcolici, se voleva svegliarsi il mattino dopo.

"Bene, perché neanch'io ho tanta voglia di ascoltarti." Alex alzò il suo bicchiere come per fare un brindisi. "Salute a chi se ne frega."

Alex bevve prima ancora che Decker sollevasse il boccale per bere insieme a lui. Merda, che brutta situazione. Era una situazione brutta da *sempre*, solo che stava peggiorando.

Decker non era sicuro di poterci fare qualcosa, sempre che toccasse a lui, cercare di intervenire.

Decker sapeva solo che si sentiva circondato, assediato, e non sapeva come fare per sfuggire a quella situazione. L'indomani sarebbe arrivato, avrebbe dovuto affrontare tutto di nuovo. Ma in quel momento avrebbe bevuto fino a dimenticare ogni dolore.

O almeno, sperava di riuscirci.

Capitolo 15

Il lavoro cominciava a pesarle.

Miranda si pizzicò il dorso del naso cercando di ricordarsi perché le piaceva il suo lavoro. Non l'aveva scelto per le persone con cui lavorava, l'aveva scelto perché amava vedere le facce dei suoi studenti quando *capivano*. Quando arrivavano a risolvere la x, quando trovavano il volume di una figura tridimensionale dalla forma strana, o quando qualcuno riusciva a risolvere un'equazione. Quando ci *arrivavano*, il suo lavoro era davvero appagante.

Ciò che *non* era appagante dover lavorare fino a tardi il venerdì pomeriggio, quando gli studenti ormai erano andati via, mentre lo stronzo che era entrato nella sua vita era ancora a scuola.

La polizia non aveva fatto un bel niente per proteggerla.

Un cazzo di niente.

Avevano preso la deposizione di entrambi.

Alla fine, era la parola di una contro la parola di un altro.

Sul serio, lei aveva una faccia che sembrava spiaccicata contro un muro, bastava guardarla per capire cosa avesse fatto Jack, ma non c'erano prove scientifiche, almeno nulla su cui la polizia avesse indagato. Jack era stato richiamato, ma era rimasto in libertà, grazie ai suoi soldi e al suo avvocato.

Nel frattempo, Miranda doveva andare al lavoro con lui

presente tutti i giorni. Grazie al cielo, lui non si presentava più in sala insegnanti. Preferiva mangiare in cattedra, o da qualche altra parte, quindi Miranda non lo doveva vedere. Di questo era grata, perché se avesse dovuto vederlo più spesso non sarebbe riuscita a trattenere i suoi fratelli, che volevano picchiarlo a sangue.

Fratelli *e* sorelle, ripensando a Maya e a Meghan.

Essere bloccata in quella situazione la irritava infinitamente. Del resto, la colpa era solo sua, era stata lei a decidere di uscire con un collega, quando non avrebbe dovuto. Però non era colpa sua, se Jack l'aveva picchiata. Non era colpa sua, se Jack era rimasto in libertà, costringendola a perlustrare attentamente ogni corridoio prima di uscire dalla classe in cui insegnava.

No, la responsabilità era tutta di Jack.

Anche se il peso allo stomaco le rimaneva comunque.

Dopo un profondo sospiro, Miranda riprese a leggere i suoi fogli. Doveva finire le valutazioni e consegnarle nell'ufficio di presidenza prima di andarsene. Il preside sarebbe rimasto a scuola solo per un'altra ora, quindi Miranda doveva sbrigarsi. Per fortuna aveva quasi finito, anche se quello non era il suo modo ideale per passare un venerdì pomeriggio.

In realtà non sapeva bene *come* avrebbe passato il resto del venerdì. Non aveva più notizie da Decker da quando si erano salutati il giorno prima, dopo che lui si era fermato a dormire. Lei si era impegnata per alleviare le ferite di Decker (un po' anche le proprie) e poi aveva dovuto andare al lavoro. Lo aveva chiamato per vedere se voleva uscire a cena, ma lui non le aveva risposto. Gli aveva lasciato un messaggio, poi non aveva più telefonato, non gli aveva mandato altri messaggi. Se voleva parlare con lei, doveva fare lui la prossima mossa.

Miranda si massaggiò la pancia con una mano. Non era una bella sensazione. L'idea che lui non volesse parlarle affatto, dopo ciò che era successo con la famiglia, le faceva venire le lacrime agli occhi, ma non voleva piangere. Era passato solo un giorno, anche lui aveva diritto a un po' di spazio. Lei non era una compagna appiccicosa, ma quella precedente era stata una giornata ricca di forti emozioni, almeno lei credeva, anche dopo quanto era successo sul tavolo della cucina; pensava fosse normale, parlare.

Evidentemente si sbagliava.

Non voleva agitarsi troppo, ma almeno la cortesia di richiamarla sarebbe stata carina.

Sospirò, poi tornò al suo lavoro. Finito il lavoro, sarebbe andata da lui, o magari sarebbe solo tornata a casa. In quel momento non era dell'umore giusto per un confronto.

Le servirono un'altra trentina di minuti, poi terminò l'ultima correzione e portò le valutazioni nell'ufficio del preside, portandoci tutti i fascicoli e anche la borsetta. Dall'ufficio si sarebbe diretta alla macchina, sperava, poi a casa di Decker.

Il preside era al telefono, così Miranda appoggiò i documenti sulla scrivania, attese un cenno da parte del preside, poi uscì. Sospirando, pensò che forse era meglio andarsene a casa e magari telefonare a Maya.

Era stata una settimana pesante, non era dell'umore giusto per affrontare altri drammi. Ci avrebbe pensato la mattina dopo, o magari nel frattempo Decker le avrebbe telefonato.

"Stupida puttana."

Miranda si irrigidì, il gelo le percorse la schiena. Dannazione. Era così concentrata su Decker, pensava solo ad andarsene, si era dimenticata di controllare il corridoio per assicurarsi di essere da sola... o almeno che *lui* non fosse nei paraggi.

"Non dovresti ronzarmi vicino, Jack," gli disse a bassa voce. Poi si voltò verso di lui; era là che la fissava coi suoi capelli biondi e con le spalle curve.

"Perché? In fin dei conti cosa ti è successo? Niente. Invece io adesso ho sempre dei poliziotti intorno."

Diceva sul serio? I poliziotti non avevano fatto *nulla* perché quell'imbecille se l'era cavata spiegando tutto a modo suo.

"Vattene via, Jack." Miranda deglutì sonoramente, la paura le lasciava sulla lingua un sapore amaro, quasi di metallo.

Jack si incamminò verso di lei, ma Miranda alzò il mento. Poteva anche correre via, se doveva, probabilmente sarebbe stato meglio, ma non poteva sempre avere paura, sul lavoro. Poteva proteggersi, l'avrebbe *fatto*, se necessario.

"Perché? Anch'io lavoro qui. Sei tu che vai in giro come un cagnolino con la coda tra le gambe."

"Sono stufa, Jack, tu mi hai picchiata. Mi hai sbattuta contro un muro, minacciando di peggio. Puoi anche pensare di averla fatta franca, perché ti sei comportato bene con i poliziotti, ma io non me lo dimenticherò mai. La mia famiglia non se lo dimenticherà mai."

"Non hai fatto altro che rovinare *tutto*," sbottò lui.

Miranda non aveva idea di cosa stesse parlando Jack, ma era chiaro che aveva qualche rotella fuori posto. Doveva andarsene il prima possibile. Così si voltò per correre via, ma lui la prese per il braccio.

"Lasciami andare, Jack," gli disse, più calma che poteva.

"C'è sempre una donna isterica che rovina *tutto*."

"Jack," gli sussurrò, con voce meno calma di prima. Miranda non capiva il motivo di quel comportamento, ma era chiaro che lei era solo una piccola parte di un problema più grande.

"Cosa sta succedendo qui?"

Jack la lasciò andare subito, Miranda tirò un sospiro di sollievo e si voltò verso quella voce, che le sembrava familiare.

"Luc?"

L'uomo che un tempo era stato un amico di famiglia (soprattutto un ottimo amico di Meghan) ora la stava guardando molto seriamente. La sua pelle color caffè mostrava i segni di un'espressione strana, agli angoli della bocca. I suoi occhi color del miele guardavano Jack, con lo sguardo di chi era pronto a uccidere qualcuno. Miranda si chiese cosa ci facesse lì, ma in quel momento ne fu molto felice.

"Jack stava per andar via," sbottò.

Jack quasi ringhiò, poi annuì appena. "Io e Miranda stavamo solo parlando."

Lui inarcò le folte sopracciglia. "Ah davvero? Perché da

qua sembrava che la stessi costringendo a fare qualcosa che non voleva fare. Vuoi che chiami la polizia, Miranda?"

Per un attimo, Miranda pensò che sarebbe stato meglio chiamare, ma poi si ricordò lo sguardo del poliziotto anziano. Anche in quell'occasione, Jack non aveva fatto nulla di illecito, vero? L'aveva spaventata, più che altro sulla scorta di quanto era successo nel loro incontro precedente. Anche se stavolta c'era un testimone, Luc, Miranda decise di non insistere troppo e di non rischiare con Jack.

Così scosse la testa. "No, voglio solo tornare a casa."

Luc la scrutò in faccia e poi annuì. "Sarà meglio che tu te ne vada, prima che cambi idea."

Jack sbuffò, ma si avviò verso l'uscita della scuola. Il corpo di Miranda cominciò subito a tremare. Luc le mise le braccia intorno alle spalle, Miranda si appoggiò a lui. Non lo vedeva da anni, eppure con lui si trovava sempre bene, era come un altro fratello, uno dei tanti che già aveva. Luc l'accompagnò fuori a una delle panchine, lei si accomodò, sospirando.

"Allora, cosa ci fai da queste parti?" gli chiese, mentre il suo corpo finalmente cominciava a calmarsi.

Luc la strinse tra le braccia una volta, poi si spostò per lasciarle più spazio. "Sto riparando un problema all'impianto elettrico. È il mio primo lavoro da quando sono tornato a Denver."

Luc faceva l'elettricista; per un certo periodo aveva lavorato anche per la Montgomery Inc. e per la famiglia. Poi si era trasferito all'improvviso, Miranda non conosceva bene tutto il retroscena. Del resto, non erano fatti suoi.

Si voltò verso di lui, con un ampio sorriso. "Allora torni?"

Luc annuì, ma non sorrise. "Sono già tornato. Adesso sono in cerca di un impiego che non sia troppo saltuario."

Miranda scosse la testa. "Parla con Wes e Storm. Lo sai che ti assumerebbero in qualunque momento."

Luc fece spallucce. "Vedremo. Me ne sono andato un po' senza preavviso."

Miranda non intendeva chiedergli il perché, in fondo non

erano fatti suoi, lei aveva già abbastanza problemi da risolvere. "Parla con loro. Per mal che vada ti diranno di no."

Luc le sorrise, i suoi occhi si illuminarono. Era un uomo molto piacente, di sicuro. "Immagino tu abbia ragione." Si guardò intorno nel parcheggio e si fece di nuovo serio. "Non mi piace il modo in cui quell'uomo ti trattava."

"È una lunga storia, ma è tutto passato." Miranda doveva voltare pagina, non poteva avere paura per tutta la vita.

"Io sono da queste parti per un'altra settimana circa, devo riportare gli impianti a norma, quindi posso tenerti d'occhio."

A quel punto Miranda alzò gli occhi al cielo. "Sei come un altro fratello, lo sai? Ne ho già abbastanza."

Lui la guardò negli occhi, poi alzò le spalle. "Sei la sorellina di Meghan, non lascerò che qualcuno faccia il bullo con te."

Miranda sorrise, poi scosse la testa. "Siete tutti molto protettivi, mi piace, anche se a volte mi dà un po' sui nervi." Poi si alzò e prese la sua borsetta. "Grazie ancora per essere intervenuto, stavo per scappare via, ma la tua presenza è stata molto utile. Adesso devo andare, ma ti ringrazio."

Luc si alzò con lei e la accompagnò alla macchina. "Ti direi che sono pronto a rifarlo in qualunque momento, ma preferisco non sia necessario. Cerca di stare al sicuro, ci vediamo in giro."

Miranda lo abbracciò di nuovo, lui la strinse forte. "Grazie," gli sussurrò, per poi entrare in macchina. Era bello vedere un volto amico, ancor più bello quando qualcuno si presentava nel momento del bisogno.

Invece di andare a casa, Miranda si diresse verso l'abitazione di Decker. Per quanto voleva lasciargli un po' di spazio e gestire tutto da sola, non poteva. No, doveva vederlo. Doveva sapere di non essere da sola. Cavoli, aveva proprio bisogno di affetto, Jack l'aveva spaventata più di quanto lei non volesse ammettere. Avrebbe dovuto fare qualcosa, ma in quel momento non ne aveva proprio voglia.

Accostò davanti a casa di Decker e vide la sua macchina.

Almeno era a casa. Era già qualcosa. Quando uscì dall'auto, respirò profondamente e si avviò verso l'ingresso.

Decker aprì prima ancora che lei bussasse. Evidentemente l'aveva vista accostare. Tirò Gunner da parte perché smettesse di annusarla, Miranda si abbassò per dare qualche colpetto affettuoso in testa al cane.

"Cosa c'è che non va?" le chiese con voce profonda. Aveva le borse sotto gli occhi, era pallido. A guardarlo bene, sembrava che si fosse appena svegliato dopo una sbornia.

Ma che cavolo?

Miranda scosse la testa e tirò su dal naso.

Lui tenne le braccia aperte, lei si lasciò abbracciare, inalando il profumo di Decker, facendosi calmare. Lui chiuso la porta, poi la prese in braccio. A quel movimento, Miranda sospirò e gli appoggiò la faccia al collo, inalando di nuovo. Aveva fatto la doccia da poco, la combinazione di profumo di uomo e di sapone le dava alla testa.

"Cos'è successo?" le chiese, dopo essersi seduto sul divano, tenendola in braccio. Gunner li annusò entrambi, poi si sedette ai loro piedi.

Lei gli raccontò di Jack e dell'arrivo di Luc, nel frattempo lui la stringeva sempre di più. Miranda gli massaggiò una spalla, cercando di farlo calmare, anche se forse avrebbe dovuto essere lui a calmarla. Non era affatto giusto, e lei lo sapeva. Era ancora seccata con lui, perché non le aveva telefonato, francamente anche lei non stava affatto bene.

"Santo cielo," le disse, finito il racconto. "Per fortuna che c'era Luc, piccola." La baciò sulla tempia e le massaggiò una coscia con la sua manona, un gesto possessivo, ma protettivo.

"Lo so," gli rispose onestamente. "Ti dico la verità, mi sono spaventata, è proprio vero. Ma ero pronta a scappare via. Non mi sono messa subito a correre perché pensavo di poterlo affrontare, ma è stata un'idea stupida."

Decker sospirò. "Sì, credo proprio di sì. Lo so che abbiamo ripassato insieme delle mosse di autodifesa, magari in futuro ci lavoreremo meglio, ma scappare è sempre la difesa migliore, quando è possibile. Non si sa mai, poteva essere armato. Eh sì, è nella tua stessa scuola, eppure non si è fatto problemi a entrare di nuovo in contatto con te. Il fatto che tu debba averlo nei paraggi continuamente mi dà un fastidio enorme."

Miranda sospirò e gli si appoggiò di peso. "L'unico modo per farlo andar via è se decide di andarsene, oppure se succede qualcosa di peggio. Preferirei che non succedesse nulla di peggio."

Decker la strinse più forte tra le braccia, Miranda inspirò rapidamente, prima che quell'abbraccio si sciogliesse un poco. "Se ti tocca ancora lo uccido, Mir."

Miranda si girò e gli prese la faccia tra le mani. "Non voglio che tu vada dentro, quindi non farmi certe promesse, hai capito?" Lo guardò negli occhi e vide la sua lotta interiore tra dolore e preoccupazione. Miranda non riuscì a capire cosa gli passasse per la testa, sentì come una fitta di dolore, perché lui non sembrava fidarsi di lei abbastanza da condividere i suoi pensieri. Anche se non stavano insieme da tanto tempo, erano amici da anni. Miranda avrebbe tanto voluto sentirsi raccontare da Decker i suoi pensieri, ma non era certa che lui lo avrebbe fatto. Poi si erano aggiunti anche i suoi problemi, quello non era il momento giusto per chiedergli di raccontare tutto.

"Oggi mi sei mancato," gli disse, senza riuscire a trattenersi.

Lui la guardò negli occhi e annuì. "Anche tu mi sei mancata."

Miranda si sentì sollevata, ma poi imprecò mentalmente. Perché le interessava così tanto sapere cosa pensava lui? Come si sentiva lui? La giornata era trascorsa senza alcun problema, aveva persino deciso di lasciarlo in pace. Ma poi aveva incontrato Jack nel corridoio, così aveva bisogno di essere rassicurata. Dopo quella sera, avrebbe fatto un passo indietro, ricordandosi che stava bene anche per conto suo.

Però non voleva stare per conto suo, solo che doveva abituarcisi.

Decker aveva un'aria strana, come se qualcosa non

andasse bene, ma lei non sapeva cosa fare. "Cosa c'è che non va, Decker?"

"Nulla," le disse subito. Troppo alla svelta.

"Dai, dimmelo. Non devi tenerti tutto dentro. Spero che tu lo capisca."

Lui la scrutò a fondo e poi espirò. "Sono un po' fuori da ieri, devo rimettermi in sesto. Non è niente che ti riguarda, non pensare che sia a causa tua. Si tratta di me, hai capito? Mi perdoni?"

Lei scosse la testa. "Non c'è niente da perdonare, ricordati solo che io ci sono, se hai bisogno di me. Stiamo insieme, giusto? Quindi possiamo anche parlare delle nostre cose."

Lui sollevò l'angolo della bocca. "Giusto."

Lei gli passò le dita sulla barba sospirando. "Non voglio più pensare a qualcosa di doloroso." Appoggiò le labbra su quelle di lui, Decker strinse la presa sulla coscia di Miranda.

"Ah sì? Allora a cosa vuoi pensare?" le chiese, con voce roca.

"Mi fai dimenticare? Solo per stasera?"

Lui la guardò negli occhi e annuì. "Tutto quello che vuoi, Mir. Davvero tutto."

Lei deglutì sonoramente, ignorando il peso che aveva in cuore. Era tutto temporaneo. Non avevano parlato di un futuro, era troppo presto per farlo, ma Decker era stato molto attento a non spaventarla, all'inizio. Aveva cercato di farle capire che uomo era, o almeno che uomo pensava di essere, quindi non serviva a nulla cercare di farlo cambiare.

Ma lei non voleva farlo cambiare. Lo voleva, così com'era.

"Alzati e vai dietro al divano," le ordinò Decker. "Metti le mani sul bordo del divano e tira fuori il culo."

Lei si sentì vibrare e si alzò. Quando si mise in posizione, si leccò anche le labbra, chiedendosi cosa avesse lui in mente.

Sentì sussurrare, poi dei rumori di zampe sul legno, era Gunner che tornava sul retro della casa.

Decker le si avvicinò da dietro e le fece scivolare le mani lungo i fianchi. Quando le afferrò i fianchi, si spinse col bacino contro il suo sedere, facendole sentire il suo uccello rigido in tutta lunghezza, intrappolato nei jeans; così lei fece un gridolino. Indossava ancora il vestito intero che portava a scuola, le arrivava alle ginocchia, quindi non poteva divaricare molto le gambe, come avrebbe voluto fare. Lui si aggrappò al maglioncino che lei indossava, lei se lo lasciò togliere lentamente. Così rimase con il vestito, i collant e l'intimo. Fosse stato per lei, si sarebbe tolta tutto per poter sentire sulla pelle il calore del corpo di Decker.

"Che cosa vuoi, oggi, Mir? Vuoi sentire il mio uccello nella passera? Lo vuoi in bocca? Vuoi che ti faccia venire il culetto rosso? Potrei anche legarti a letto e scoparti a tutta forza, farti pregare per averne di più. Quando penso a te mi vengono un sacco di idee erotiche. Vuoi che prosegua?"

Lei ancheggiò, strofinandosi contro il suo corpo. Così tante idee. "Decidi tu. Mi piace quando decidi tu."

Lui si abbassò, arrivando con le mani a prenderle i seni, poi la tirò su, contro il proprio petto. Le mise una mano in faccia e avvicinò le sue labbra alle proprie.

"Ecco cosa mi piace sentire, piccola," le disse, allontanandosi. Le morse il labbro inferiore e la tirò leggermente. Lei respirò più affannata, muovendo di nuovo le cosce.

Santo cielo, era un uomo troppo sexy.

"Pensavo di volerti prendere sul divano, adesso invece voglio portarti a letto. Così posso guardarti le tette e la tua bella passera rosa, mentre ti spoglio. Vuoi che ti scopi nel mio letto, Mir?"

Lei annuì.

"Dillo, Mir." Le pizzicò un capezzolo attraverso il vestito, facendola ansimare.

"Sì. Scopami contro la porta."

"Questa è la mia donna." Decker sorrise, facendola innamorare ancor di più.

In quel momento Miranda non riusciva a pensare, lo voleva col cuore, era l'unica cosa che importava.

Decker si avviò verso la camera da letto, precedendola, ma si fermò davanti alla porta della camera degli ospiti. Si fiondò con la bocca su quella di lei, facendola gemere. Le affondò le dita nel sedere, mentre lei si strofinava contro quella presa.

"Non vedo l'ora."

La sollevò, sbattendola con la schiena contro la porta chiusa. Lei lo avvolse con le gambe, mentre lui spingeva, colpendola con l'uccello nel punto giusto, sulle mutandine. Staccò la bocca da quella di lei, ondeggiando col petto.

"Cazzo se sei bella, Mir."

"Scopami," ansimò lei, affondandogli i talloni nella schiena.

Lui le mise una mano su una gamba, cominciò a risalire, poi si bloccò. "Diamine, ma indossi i collant?"

Lei oscillò, strofinando il clitoride contro il suo uccello. "Sì. Non ho le auto reggenti, ho i collant alti."

"Cazzo. Tienili addosso tutta notte, piccola."

"Vieni dentro di me, del mio guardaroba possiamo parlare in un altro momento."

Lui brontolò e le alzò il vestito fino alla vita. "Che ragazzina birichina, proprio birichina. Vedrai che ci divertiamo a scoprire quanto sei birichina." Le abbassò collant e mutandine, poi la aprì con due dita. Miranda ansimò, col corpo stretto intorno a quello di lui. "Sei già tutta bagnata, Mir. Non ti ho neanche toccata e sei già tutta fradicia."

Tenendole una mano sotto il sedere, per sostenerla, le tolse le dita da dentro, portandogliele alle labbra. Lei si leccò le labbra e gli leccò la punta delle dita.

"Ecco, piccola, assaggiati. Ti piace il tuo sapore?"

Lei annuì, ma voleva che anche lui la assaggiasse. Così gli spinse la mano, spostandole verso la sua bocca; lui sorrise.

"Sei proprio una gattina in calore."

Lei ignorò quelle ultime parole, quasi venendo alla vista di lui che si leccava le dita per assaggiarla.

"Terribilmente dolce," le disse, per poi cadere di nuovo con la bocca su quella di lei. Il sapore sulla sua lingua era anche meglio di prima.

"Dentro di me, subito," ansimò lei.

Lui si allontanò, sostenendola con una mano sotto al

sedere, poi annuì e abbassò una mano per sbottonarsi i jeans. Quando lei fece per aiutarlo, lui scosse la testa.

"Attaccati alle mie spalle, piccola. Questa sarà una bella cavalcata."

Detto questo, le tolse del tutto le mutandine, impalandola con un sol colpo.

Poi rimasero entrambi immobili, Miranda aveva il corpo che palpitava, stretto tutt'intorno al suo uccello.

"Cazzo, sei già venuta così, piccola." La baciò di nuovo. "Sei… così… fica." A ogni parola, si spingeva dentro di lei, portandola di nuovo al culmine della passione.

La guardò negli occhi, Miranda deglutì sonoramente. Decker continuò a spingere, dentro e fuori, sbattendola contro la porta a ogni colpo. Lei si tenne aggrappata, muovendo i fianchi per andargli incontro. Aveva ancora il suo vestito addosso, ma non si era mai sentita così sensuale, così *desiderata*.

Lui abbassò una mano tra di loro, per massaggiarle il clitoride, stimolandolo con la punta delle dita. Miranda ansimò, il suo corpo si agitò fino a farle raggiungere di nuovo l'orgasmo. Lui la seguì a breve, urlando il suo nome mentre si svuotava in lei.

Dentro di lei.

Cazzo. Senza profilattico.

Miranda poteva sentire ogni centimetro del suo uccello, ogni spruzzo nel proprio corpo. Il suo piercing la massaggiava nei punti giusti, si sentì vibrare tutta. Decker la guardò negli occhi, con gli occhi spalancati.

"Oddio, mi dispiace, piccola. Non l'ho fatto apposta a dimenticarmi il preservativo. Merda, merda."

Lei scosse la testa e gli prese la faccia tra le mani, baciandolo teneramente. "Stai tranquillo, prendo la pillola e non ho alcuna malattia."

Lui lasciò andare un sospiro di sollievo. "Anch'io non ho alcuna malattia, ho tutte le carte del medico, ma cazzo. Mi dispiace, Mir. Avrei dovuto pensarci."

Lei lo baciò di nuovo. "Stai tranquillo, va tutto bene. Mi piace sentirti dentro, senza barriere."

Così lui le sorrise, lentamente. "Ah sì? Beh, anche a me è piaciuto sentire ogni centimetro del tuo corpo intorno al mio cazzo. Vuoi che smettiamo di usare i profilattici?"

Lei annuì, ben sapendo che il suo uccello ancora duro le palpitava dentro. "Ma se bagniamo il letto, poi dormi tu da quella parte."

Lui lasciò andare la testa all'indietro ridendo. "Oddio, sei fantastica. Io..." si fermò. "Son proprio contento che sei qui."

Lei deglutì a fatica. Decker non aveva detto quello che lei si aspettava di sentirsi dire, ma Miranda sapeva che, anche se le avesse detto quello che voleva lei, sarebbe stato comunque un istinto del momento.

Non erano così importanti i sentimenti di Decker, Miranda lo amava abbastanza per tutti e due.

Sperava solo di non crollare, a un certo punto.

Capitolo 16

NON SI SENTIVA COSÌ NERVOSO DA... BEH, DA SEMPRE. Decker respirò profondamente e bussò alla porta. Nascondersi per oltre una settimana non gli era servito a nulla, doveva affrontare le conseguenze, altrimenti avrebbe solo continuato a mandare tutto all'aria.

Era stata Miranda a spingerlo in quella situazione, ma era stato lui a fare le sue mosse.

Quando Grif aprì la porta, Decker si preparò a incassare un altro pugno.

Però non fu così.

"Ciao," gli disse il suo migliore amico.

"Ciao." Decker si ficcò le mani nelle tasche e appoggiò il peso sui talloni. Tra loro non c'era mai stato così tanto imbarazzo, negli oltre vent'anni di amicizia.

Ma era tutta colpa di Decker, che cercò di ricordarselo.

"Cavolo, amico, dai, entra. Se ce ne stiamo qua in piedi a fissarci come due idioti, non andiamo da nessuna parte."

Insomma, era sempre meglio di nulla.

Grif si fece da parte e lasciò entrare Decker. La casa di Griffin era favolosa, un potenziale incredibile. Peccato che lui fosse quello dei Montgomery con meno talento manuale; tra l'altro, quando aveva delle scadenze, si riduceva a lavorare sommerso di cianfrusaglie

"Ignora questo casino," gli disse Griffin, incamminandosi dietro a Decker.

"Lo faccio sempre," ribatté Decker, che poi si trattenne. Era andato a trovarlo per scusarsi, non per scontrarsi con il suo amico.

Griffin partì con una risatina. "Vero. Credo proprio che mi serviranno le mensole che mi stai facendo."

Decker abbassò la testa e chiuse gli occhi. Avrebbe tanto voluto che fosse tutto più facile, ma Griffin non voleva ancora affrontare gli argomenti scottanti, quindi lui si sarebbe adattato.

"Le ho quasi finite," gli rispose.

Griffin si girò per guardarlo, con occhi dubbiosi. "Davvero? Hai continuato a lavorarci?"

Ecco, allora *avrebbero* parlato anche degli argomenti scottanti. Ottimo. Approfittane e vuota il sacco. "Sì, mica lascio perdere tutto." Incontrò lo sguardo di Griffin. "Non ho ancora lasciato perdere."

Grif sbuffò. "Cazzo, se è difficile."

Decker non rispose nulla. Stava a Griffin fare la mossa successiva, perché Decker era andato a trovarlo.

"Non avrei dovuto colpirti. Mi dispiace di averlo fatto."

Decker scosse la testa. "Su questo ti sbagli, mi meritavo quel pugno, Grif. Ho tenuto nascosto il mio rapporto con Miranda, ti abbiamo messo in un angolo. Mi sono preso il pugno in faccia perché era necessario."

Grif sospirò. "Forse hai ragione, ma non avrei dovuto fare alcun commento su Miranda. Santo cielo, ero solo molto sorpreso e arrabbiato, magari anche un po' ferito, quindi ho detto delle cose sbagliate, ma non dicevo davvero. Di questo mi dispiace davvero."

Decker annuì, si sentiva il petto un po" sollevato. "Non voglio ferirla, Grif."

"Lo so. Avrei dovuto capirlo prima. Sembra che qualche altro parente abbia capito che c'era qualcosa tra voi dal modo in cui vi comportavate, io invece no. Forse, se me ne fossi accorto, non mi sarei comportato da stronzo."

"Secondo me sei sempre stato uno stronzo, proprio come me, è per questo che andiamo così d'accordo."

Grif sbuffò e gli mostrò il dito medio. "Coglione," rispose, ma senza troppa convinzione. "Adesso non so cosa fare, come dobbiamo comportarci, so solo che se Miranda è felice lo sono anch'io. Non avrei dovuto sentirmi attaccato in prima persona, mi dispiace molto anche per questo."

"Io… non so cosa faremo adesso, non so come andrà a finire, ma…"

"Ma…" ripeté Grif. "Eh già, proprio così, fa un bel po' paura. Non voglio perderti, se il vostro rapporto va a finire male, Deck. Quindi non farlo andare male, capito?"

"Farò del mio meglio."

Grif sospirò e sbatté una volta le mani. "Va bene, allora, vuoi vedere dove andranno le mensole?"

Decker lo sapeva già, aveva anche già tagliato il legno, ma lasciò che Grif tornasse dell'umore giusto, quello dell'amico di sempre, anzi, dell'amico nuovo, dato che la situazione era cambiata. Il fatto che Griffin lo perdonasse, nonostante la loro scazzottata, fece crescere la speranza in Decker. Gli altri parenti non erano andati da lui a dirgli in faccia che erano contenti, ma il rapporto che aveva con Griffin non ce l'aveva con nessun altro.

Forse, se l'influenza di suo padre non avrebbe mandato tutto all'aria, aveva una possibilità di far funzionare le cose.

La speranza a volte gli faceva paura…di solito quando cominciava a sperare, poi crollava tutto.

UNA VOLTA ANDATOSENE da casa di Griffin, tornò a casa propria per incontrare Miranda. Lei aveva il giorno libero, dato che non lavorava il fine settimana, ma doveva correggere dei compiti. A quanto pare, averlo vicino le toglieva la concentrazione dalle penne rosse e dai compiti di matematica, quindi Miranda aveva deciso di lavorare a casa propria, nel suo appartamento. Poi si sarebbero incontrati a casa di

Decker, per un po' di esercizio e per vedere i progressi delle lezioni di autodifesa. Quel giorno, forse, avrebbero praticato anche un po' di boxe.

Se la giustizia non la avesse protetta, le avrebbe fatto vedere lui come proteggersi da sola. Decker si eccitava sempre nel vederla colpire la sacca con tutte le forze, ogni volta con precisione e convinzione sempre maggiori. Grazie al suo aiuto, non sarebbe mai più stata costretta a subire, inerme.

Arrivò a casa e si mise la tuta da ginnastica. Proprio mentre stava tirando fuori due bottiglie d'acqua dal frigo, sentì bussare alla porta. Avrebbe presto provveduto a farle una copia della chiave, così poteva entrare senza bussare. Ormai si conoscevano da molto tempo, non avrebbe dovuto essere un problema. Considerando il fatto che, quella mattina, si era ficcato dentro di lei fino alle palle senza un preservativo, la chiave di casa, in fondo ci stava.

Chi l'avrebbe detto? Stava crescendo.

Imparava a fidarsi.

Poteva farcela.

Aprì la porta e non poté trattenere una smorfia maliziosa, vedendola vestita per l'allenamento. Fuori faceva ancora caldino, Miranda indossava dei vecchi leggings, pantaloncini molto corti, una maglietta e un reggiseno sportivo. Decker avrebbe dovuto trattenersi per non spogliarla e scoparla sul posto, prima ancora di arrivare nel seminterrato.

Deglutì a fatica e le disse di accomodarsi, cercando di nascondere l'erezione nei pantaloni. Miranda lo abbracciò all'altezza del collo e si avvicinò alle labbra per un bacio.

"Mm, che buono," mormorò Miranda, spingendo il corpo contro quello di lui; così diventava impossibile nascondere l'erezione.

"Sei dell'umore giusto," le disse provocandola, prendendola poi per mano. La accompagnò nel seminterrato, altrimenti rischiava di scoparsela sul posto, contro il muro. La sicurezza di Miranda veniva prima del suo uccello.

"Allora?" gli chiese, pizzicandogli il sedere e facendolo saltare.

"Santo cielo, ragazza mia. Lascia che ti faccia vedere com'è la posizione di difesa, poi vediamo come ti muovi, più tardi vediamo *tutte* le posizioni."

"Parole, parole, parole…"

Lui le restituì il pizzicotto sul sedere e poi le fece un cenno col mento verso la sacca da boxe. "Hai fatto lo stretching che ti avevo detto?" Le aveva chiesto di fare riscaldamento a casa, perché quando aveva fatto dei piegamenti prima dell'allenamento precedente, aveva finito per prenderla da dietro e poi si erano dimenticati completamente di finire la lezione.

Miranda inarcò un sopracciglio, arrossendo. Eh sì, anche lei si ricordava bene di quell'ultima volta. "Sì sì, fatto tutto lo stretching."

"Bene," rispose Decker, prendendo del nastro. "Adesso ti metto il nastro sulle mani, serve per proteggerle, ma oggi non ci sforziamo troppo. Hai capito? Non voglio che tu ti faccia del male."

Miranda annuì e tirò su le mani. Decker le mise il nastro sulle mani con attenzione, baciandole i palmi, prima di lasciarle andare. Miranda sospirò, ogni suo respiro gli andava dritto ai testicoli, ma Decker si fece indietro e si diresse comunque dietro la sacca.

"Ora mettiti in posizione. No, le braccia vanno più basse, ti ricordi?"

"È vero." Miranda spostò gli occhi sul bersaglio invece di guardare lui. Ottimo.

"Prova un diretto non troppo forte, stai morbida. Ricordati dove va il pollice. Non voglio che ti faccia male o che ti rompa un dito."

Lei annuì e fece come le aveva chiesto. Decker fece una smorfia di approvazione, poi cominciò a parlare del resto della lezione, facendo del suo meglio per mostrarle come proteggersi; anche se, sotto sotto, sperava che non fosse mai costretta a usare quelle tecniche.

"Sei in ottima forma," le disse, dopo qualche altro pugno.

Lei gli sorrise… e lui si perse.

Diamine, la amava.

Amava il modo in cui metteva tutta se stessa in tutto ciò che faceva. Amava il suo aspetto senza trucco, ma anche truccata, insomma gli piaceva sempre. In quel preciso momento, Miranda emanava quell'energia che nasceva dall'allenarsi, ma senza sudare troppo. Si era raccolta i capelli in una coda di cavallo, che continuava a rimbalzare ad ogni suo movimento.

Decker pensò che avrebbe voluto avvolgersi quella coda di cavallo intorno a un polso, mentre la scopava. Voleva sentire la presa del corpo di Miranda, mentre lui veniva all'estremo.

Ma quello che voleva più di tutto era che lei rimanesse… che rimanesse con lui, a casa sua, nel suo letto, nella sua vita.

Quel pensiero lo spaventò più di tutto.

"Ci provo," rispose lei, al che Decker trasalì, riprendendosi dai suoi pensieri.

Sogni come quello erano pericolosi, avrebbe fatto meglio a ricordarselo.

"Vuoi fare qualche altro giro?"

Lei si asciugò il sudore dalla fronte con un braccio e annuì. "Sì, ma ti va di boxare? Si dice così, vero?"

Lui sbuffò. "Sì, si dice così, ma non sei pronta a boxare con me."

Lei alzò gli occhi al cielo. "Non intendo dire uno scontro completo, un match, Deck. Lo *so* che sono appena agli inizi, ma pensavo sarebbe divertente colpirti, così, per vedere cosa succede quando mi blocchi."

Lui annuì. "Questa è un'ottima idea."

Lei sorrise, così Decker ebbe la sensazione che gli sarebbero piaciute le parole che Miranda stava per pronunciare. "Se poi riesci a bloccarmi a terra, ti lascio anche dare una palpata."

Eh sì. Gli piaceva l'idea. Un sacco.

Così Decker allungò una mano e gliela mise su un seno, sfiorandole il capezzolo col pollice. Miranda inspirò sonoramente, facendolo sorridere, mentre il capezzolo si induriva a quel contatto.

I confini della tentazione

"Posso dare una palpata senza bisogno che tu mi prenda a pugni, Mir."

Lei gli prese la mano e la spinse contro il proprio seno. Decker ansimò e le mise l'altra mano sul fianco. Poi la tirò più vicina, mettendo la bocca su quella di lei, preso dal desiderio di assaporarla. Lei si appoggiò al suo corpo, cavalcandolo sulla coscia per fargli sentire il calore che le cresceva tra le gambe.

Decker si allontanò, dovette deglutire a fatica per trattenersi, avrebbe voluto farla distendere sul tappetino e penetrarla all'istante. La prese per la coda di cavallo, Miranda sospirò.

"Credevo che volessi boxare." Poi le morse il labbro inferiore, mentre le passava una mano dietro la schiena per darle un colpetto sul sedere, infilò la mano nei pantaloncini e le afferrò una natica. Lei si alzò in punta di piedi, aiutandolo. In quella posizione, Decker poté passarle un dito in mezzo alle natiche, andando giù a sentire tutto il calore che la accendeva. Miranda divaricò leggermente le gambe, facendolo sorridere. Le tirò i pantaloncini da parte, poi le sfiorò le labbra. Miranda si sentì tremare, Decker sorrise di nuovo, prima di morderle il lobo di un orecchio.

"Sei già bagnata, pronta per me," le sussurrò.

"Sono sempre bagnata, vicino a te. Sta cominciando a diventare un problema."

Decker si fece indietro, sempre sorridente, mettendole entrambe le mani sui fianchi. Lei brontolò, ma Decker sapeva che era meglio fermarsi. Prima dovevano finire l'allenamento, poi sarebbero andati oltre, anche se in quel momento una bella provocazione ci stava.

"Fammi vedere di nuovo la tua posizione."

Miranda sbatté le palpebre e si fece seria. "Come?"

"Fammi vedere come ti metti." Le sorrise e inarcò un sopracciglio. "So bene cosa c'è sotto quei vestiti, Mir. Voglio vedere con quanta forza colpisci." Voleva vedere anche sotto i vestiti, però più tardi.

Così anche lei sorrise. "Ti pentirai di averlo chiesto."

Decker sorrise e le fece pressione sui fianchi fino a farla arretrare. "Mi godrò ogni momento, ora mettiti in posizione. Voglio solo che tu mi colpisca i palmi delle mani, non con tutta la forza, come in una situazione normale. Voglio solo sentire la tua energia." Miranda si leccò le labbra, Decker trattenne un gemito. "Dai, lo sai cosa intendo."

"Sì, ma mi intristisce un po' che tu non voglia sentirmi nell'altro senso."

"Dopo, Mir. Ti prometto che sentirò ogni centimetro del tuo corpo, magari ti lascerò anche succhiare il mio uccello."

Lei lasciò andare la testa all'indietro e rise di gusto, facendolo sorridere. "Sei proprio un cazzone, ma va bene. Se mi fai vedere come colpire bene, magari ti succhio anche il cazzo. Tanto mi piace il tuo sapore."

Decker gemette sonoramente, poi si sistemò i pantaloncini. "Mi togli tutta la concentrazione, ma cercherò di insistere. Qualunque cosa, pur di avere la tua boccuccia sull'uccello." Miranda si leccò di nuovo le labbra, ma Decker fece finta di nulla. "Ora fammi vedere quanto sei brava."

Miranda si mise in posizione e portò i pugni all'altezza giusta. Decker annuì e alzò le mani con i palmi aperti. Miranda orientò il proprio corpo e gli colpì il palmo sinistro con il pugno destro, facendolo sorridere.

"Ottimo colpo, di nuovo."

Dopo qualche altro colpo incrociato, cominciarono i diretti. Miranda era in ottima forma, anche se non stava colpendo con tutta la forza, non perdeva l'equilibrio quando portava a segno i suoi colpi. Quella era già una mezza vittoria. Di certo l'aiutava il fatto che lui non la stesse attaccando, avrebbero fatto pratica in un secondo momento, simulando un attacco.

Quando le braccia di Miranda cominciarono a stancarsi, Decker sollevò il mento. "Va bene, adesso possiamo anche fermarci. Mi piace molto guardarti mentre tiri pugni."

Lei alzò gli occhi al cielo e scrollò le braccia. Una strana luce le passò negli occhi, Decker si maledisse. C'era un motivo per cui Miranda doveva allenarsi, il fatto che dovesse difendersi da un attacco gli faceva venir voglia di prendere qualcuno a calci in culo.

Così la tirò più vicina e l'abbracciò stretta. Quando Decker le appoggiò una guancia sulla testa, sospirarono entrambi.

"Non ho intenzione di fare la vittima," gli sussurrò.

"Infatti, non sei una vittima, piccola. Non lo sei mai stata. Anche quella sera hai reagito. Ti ricordi? Ti sei rifugiata entrambe le volte in un luogo sicuro. La colpa è tutta di Jack, spero proprio che non dovrai mai trovarti nelle condizioni di dover usare le tecniche che ti sto insegnando."

Miranda spostò le braccia e gli afferrò il sedere. "Insomma, potrei sempre sfruttare questi allenamenti individuali, mi capisci? E se non fossi in forma, cosa faresti per punirmi?"

Decker si lasciò sfuggire un leggero grugnito, poi arretrò abbastanza da poterla squadrare in tutta altezza. Evidentemente non avevano più bisogno di parlare di Jack, e a lui andava benissimo così. Preferiva di gran lunga vedere quanto potevano sudare con un contatto fisico diverso, non dando pugni a una sacca.

"In ginocchio," le disse.

Lei spalancò gli occhi, poi si mise in ginocchio. Per terra c'erano dei tappetini, così Miranda non dovette mettersi in ginocchio sul pavimento in cemento. Qualora fosse stato necessario, l'avrebbe fatta spostare in un altro punto, col pavimento imbottito. In quel momento non gli importava, gli bastava sentire le labbra di lei per essere un uomo felice.

Miranda gli afferrò i pantaloncini, ma lui la tirò per la coda di cavallo, costringendola ad alzare lo sguardo.

"Ho ancora il piercing addosso, ma voglio mettertelo in gola fino in fondo. Faremo attenzione, ma se vuoi me lo posso togliere. Decidi tu."

Miranda si leccò le labbra, poi gli abbassò lentamente i pantaloncini, scoprendogli l'uccello in erezione. "Ti voglio tutto, poi voglio sentirti dentro con il piercing. Mi colpisce perfettamente nel punto G, mi sento molto vogliosa."

Decker sorrise, poi si afferrò la base dell'uccello. "Sono io ad avere il controllo, Mir. Lascerò che me lo succhi, ti lascerò afferrare le mie palle, ma ti dico io cosa fare."

Miranda inspirò sonoramente. "Come se io volessi qualcosa di diverso."

Cazzo, perfetto. Era terribilmente perfetta per lui.

"Aprì la bocca."

Lei aprì subito la bocca, con la lingua mezza fuori, pronta per prenderlo.

Lui le sbatté l'uccello sul labbro inferiore, facendo attenzione a non colpirle i denti con il piercing. Togliendoselo, avrebbe potuto colpirla più forte sulla bocca, ma andava bene anche così: gli piaceva anche solo sentirla.

Le prese la mandibola con la mano, facendole aprire al massimo la bocca. Poi fece scivolare con attenzione la punta dell'uccello dentro e fuori la bocca di Miranda; gli piaceva guardare come le sue pupille si dilatano a ogni colpo. Ogni volta andava un po' più in profondità, soffermandosi un po' più a lungo. Quando arrivò fino in fondo alla gola, vide che Miranda inspiro di scatto, così si tirò fuori, non voleva farle venire conati di vomito. Non le era mai successo, quando avevano fatto sesso orale profondo, ma lui non voleva comunque farle del male.

"Prendimi le palle. Giocaci."

Decker continuò a entrare e uscire dalla bocca di Miranda, gli piaceva il modo in cui lei lo colpiva con la lingua, quando lo tirava fuori. Miranda gli mise le mani sotto ai testicoli, facendoli muovere nei palmi. Quando le unghie di lei lo graffiarono, la tirò indietro per la coda di cavallo, riprendendo il controllo.

"Cazzo, quanto mi piace, piccola."

Miranda ansimò quando lui le tirò fuori l'uccello tutto bagnato dalla bocca. "Lascia che ti faccia venire."

"Vuoi che ti venga in gola? Sei sicura, non vuoi che ti venga nella passera?"

Miranda sorrise e gli strinse le palle. Lui chiuse gli occhi e strinse i denti. "Hai un recupero molto veloce, Decker.

Quando avrai finito di leccarmi la passera, sarai già pronto per scoparmi."

Lui le prese la faccia e le colpì una guancia con l'uccello. "Sei una ragazzaccia, Miranda Montgomery."

"Solo con te."

Eh già, solo con lui.

"Preparati." Glielo fece scivolare di nuovo in bocca, per poi scoparla, facendo attenzione a non tirarlo indietro troppo forte, per non colpirle i denti col piercing.

Quando lei gli strinse di nuovo le palle, lui urlò il suo nome. Le tenne ferma la testa con una mano nei capelli, poi le venne in gola. Quando lo tirò fuori, lei glielo leccò da ogni parte, ingoiando ogni goccia di seme.

"Cazzo se mi piace, quando mi ripulisci l'uccello."

Miranda sorrise. "Allora sarà meglio che anche tu mi ripulisca la passera."

"Merda, tu con quella bocca ti metterai nei guai."

"Mi piace mettermi nei guai, se poi sei tu a punirmi."

Decker ridacchiò, poi la tirò su in piedi, per poi abbattersi con la bocca su quella di lei.

Il sapore salato della lingua di Miranda lo eccitò ancor di più. Le afferrò il sedere e la fece oscillare, facendola appoggiare al proprio corpo.

"Togliti il reggiseno e fammi vedere i tuoi bei capezzoli rosa."

Lei si tolse subito il reggiseno sportivo... molto più rapidamente di quanto lui non credesse possibile, considerando quanto era stretto, ma insomma, erano pronti. Invece di aspettare che fosse lui a giocare con i suoi seni, Miranda se li afferrò da sola e gemette.

"Santo cielo, sei eccitante da morire, Mir. Tirati i capezzoli. Sì, proprio così. Falli girare tra le dita."

Decker si tolse rapidamente i vestiti, le scarpe e le calze. Poi si leccò le labbra e le tiro giù i pantaloncini, sfilandoglieli dalle gambe. Miranda indossava ancora le scarpe, Decker pensò che avrebbe perso troppo tempo per toglierglele. Così si inginocchiò tra le sue cosce e si attaccò al clitoride.

"Decker!"

Miranda gli mise una gamba sulla spalla, mentre lui gli passava la lingua sul clitoride e sulle grandi labbra. Decker si fece un po' indietro, sentendola sussultare. Guardò in alto, per guardarle il corpo, per guardarla negli occhi; gli piaceva molto vederla così in estasi.

"Appoggiami una mano all'altra spalla. Poi voglio che continui a giocare con i tuoi capezzoli, mentre ti faccio venire sulla mia faccia."

Lei annuì, poi tornò a pizzicarsi e tirarsi i capezzoli. Eh sì, sapeva come fare per eccitarsi.

Le mise le mani sul sedere, separandole le natiche per poter raggiungere il suo piccolo orifizio. Sempre guardandola negli occhi, prese in bocca un po' dei suoi liquidi per farli scivolare verso il suo ano. Lei spalancò gli occhi, lui sorrise.

"Solo un pochino, Mir."

"È come dire solo la punta?"

Lui rise sguaiatamente, strusciando la barba contro l'interno coscia morbido di lei. "È proprio quello che sto dicendo. Proveremo la punta un'altra sera. In questo momento, voglio giocare con il tuo buchetto vergine mentre ti lecco."

Lei annuì, lui si sentì perso.

La massaggiò delicatamente, prima di penetrarla dietro con l'indice; non intendeva andare oltre. Lei inspirò sonoramente. Decker voleva solo farle provare quella sensazione. Con un po' di pazienza, avrebbero raccolto entrambi una bella ricompensa.

Decker tornò alla passera, leccandole e succhiandole il clitoride. Quando gemette contro di lei, Miranda tese i muscoli e si sentì scuotere. Decker continuò a leccarla durante tutto l'orgasmo, gli piaceva molto sentire la sua pelle tremare.

Quando Miranda stava ancora tremando, Decker si allontanò e la fece sdraiare sotto di lui sul tappetino. Poi la penetrò con un colpo solo, lasciando entrambi senza fiato.

"Santo cielo, mi dimentico sempre quanto ce l'hai grosso."

Lui rise, poi la baciò, spingendosi dentro e fuori a ritmo incessante e sempre più incalzante. "Sei... cazzo... perfetta."

Miranda spalancò gli occhi, lui la baciò di nuovo, cercando di assicurarsi che si sentisse desiderata, voluta, interamente.

Quando Decker sentì che lei gli spingeva le scarpe contro la schiena, spostò il peso su un avambraccio, sollevandole il sedere con la mano libera, sempre senza perdere il ritmo.

"Gioca con le tue tette, piccola. Mi piace quando lo fai."

Lei annuì brevemente, poi aprì la bocca e si prese i capezzoli tra le dita, torcendoli. Lui continuò a spingere sempre più forte, finché Miranda non si lasciò sfuggire un gridolino, mentre inarcava la schiena per l'orgasmo. Anche lui non riuscì più a trattenersi, venendo subito dopo di lei con un'ultima spinta potente, penetrandola completamente fino alla base del suo uccello, riempiendola, sentendosi più vicino di quanto non fosse mai stato prima con chiunque altro, più vicino di quanto mai potesse essere.

I loro petti ondeggiavano insieme, Miranda alzò le mani pigramente, facendole scorrere in su e in giù sulla schiena di Decker.

"Ho ancora le scarpe addosso."

Lui a quel punto rise. "Beh, di sicuro anche questo è un bell'allenamento."

Lei alzò gli occhi al cielo. "La prossima volta che mi scopi con ancora le scarpe addosso, devono essere tacchi alti. Va bene?"

Lui la baciò. "Affare fatto."

Immaginandosi quella scena, Decker spinse ancora una volta dentro di lei con forza. Miranda spalancò gli occhi, poi sorrise.

"Eh sì, mi piace *tanto* allenarmi con te."

"Quando vuoi, Mir, quando vuoi."

Capitolo 17

Le valigie sul pavimento erano inspiegabili. Meghan sbatté le palpebre una volta. Due volte. Perché c'erano tre valigie sul pavimento? Non sapeva che Richard dovesse andare fuori città per lavoro. Non dovevano nemmeno andare in vacanza, non ci andavano dalla luna di miele.

Non sarebbe stata la prima volta che lui si dimenticava di dirle che doveva partire, ma di solito le diceva di preparargli i bagagli, perché lui era sempre troppo impegnato. Glielo diceva sempre, dato che lei non lavorava e doveva solo gestire i loro figli, quindi aveva più tempo per aiutarlo in compiti come quello.

Lei si era sempre adeguata, perché era più semplice rispetto a litigare.

Allora, cosa ci facevano quelle valigie sul pavimento?

In fondo, sotto sotto, Meghan sapeva cosa stava succedendo, sapeva che il suo sogno stava per infrangersi, ma non voleva aprire gli occhi.

Se si fosse concessa quel pensiero, sarebbe diventato tutto vero.

Deglutì a fatica, si passò le mani sui pantaloni. Di solito preferiva indossare jeans, oppure un semplice prendisole, ma quel giorno si era voluta vestir bene per Richard, perché era il loro anniversario.

Ma certo, doveva essere quello il motivo. Magari voleva sorprenderla con un viaggio per festeggiare l'ottavo anniversario di matrimonio.

Anche mentre ci pensava, sapeva che non era così, ma si leccò le labbra pregando di essere in errore.

Le arrivò alle orecchie il suono dei piedini sul pavimento, la bimba che urlava, il bimbo che ridacchiava, le zampe sul legno, Meghan impallidì. No, non potevano assistere a quella scena. Pur non sapendo *cosa* stesse succedendo, non voleva che i suoi bimbi ne fossero testimoni. Il suo istinto materno le diceva che era meglio così. Si girò verso il punto da cui provenivano quei suoni, porgendo le braccia in avanti.

Sasha corse verso di lei, con Cliff subito dietro. La bimba non stava piangendo, probabilmente stavano solo giocando. Il loro cane di razza mista, Boomer, correva dietro di loro; prendeva molto seriamente il suo compito di baby-sitter. Quel cane amava i suoi figli più di quanto lei pensasse fosse possibile. Era una fortuna che Richard le avesse concesso di tenerlo.

"Mamma! Beccata! Ora tocca a te!" rise Sasha, Meghan si sentì le lacrime agli occhi. Passò una mano sui capelli morbidi della figlia e sospirò.

Doveva portare i bambini in cortile, o almeno fuori dal salotto.

"Ma no, ero *sotto* io e ti stavo inseguendo," le disse Cliff, con un sorriso innocente che si rifletteva nei suoi begli occhioni. Poi Cliff allungò una mano per dare qualche colpetto alla guancia di Sasha, fu una carezza così tenera che Meghan faticò a trattenere le lacrime. "Ecco, beccata, adesso tocca a te."

Sasha ridacchiò di nuovo. "Va bene. Mamma, adesso sei tu sotto."

Meghan annuì e si stampò un sorriso allegro in volto. "Tocca a me? Va bene, allora sembra proprio che ora dovrete scappar via, perché vi devo inseguire. Perché non andiamo tutti insieme in cortile, così possiamo giocare?"

Cercò di tenere la voce tranquilla, ma gli occhi di Cliff

erano troppo vivaci e intelligenti e videro troppo. Lui vedeva sempre tutto.

La porta di casa le si aprì dietro la schiena, Meghan alzò il mento. Troppo tardi. Era sempre troppo tardi.

"Ottimo, sei qui. Così possiamo evitare le formalità."

Il tono secco di suo marito andò dritto ai nervi di Meghan, che però fece di tutto per ignorarlo. Così Meghan si voltò, mise le mani sui figli per farli spostare, in modo che fossero dietro la sua schiena.

"Richard," disse, con voce tranquilla. "Perché le valigie?"

Richard la guardò con uno dei suoi soliti sguardi sprezzanti, Meghan sentì che qualcosa nel suo cuore si spense.

"Non sei davvero così stupida, o mi sbaglio?" Poi scosse la testa. "Ma certo che lo sei, non ci arrivi da sola, ti devo dire tutto altrimenti non capisci. Se non ti dico sempre quello che devi fare, chissà che fine fai, ma adesso mi sono stancato." La guardò negli occhi e sorrise.

Sorrise per davvero.

"Ti sto lasciando. Ho un posto pronto per le mie cose, il mio avvocato ti chiamerà per gestire la separazione. Comunque, non ti preoccupare, non ho intenzione di lasciarti senza niente. Anche se per otto anni non hai fatto altro che darmi stronzaggine e sesso scarso, ti pagherò comunque, per quella puttana che sei."

Meghan inspirò sonoramente. I bambini piangevano, dietro di lei.

"Vattene," gli disse sottovoce

Richard rise. "Come dici?"

"Vattene, via." Meghan afferrò due borse e gliele tirò. "Fuori di qua. Puoi anche andartene, vai via e non parlarmi mai più così davanti ai miei bimbi."

Cliff spinse anche la terza borsa, fino a metterla di fianco alle altre due. A quel punto, il cuore di Meghan si spezzò. Si sentì crollare, ma non cedette completamente. Non voleva piangere.

"Cliff, porta Sasha e Boomer di sopra."

"Mamma!" si lagnò Sasha, ma Cliff fece come gli aveva detto.

Che bravo bambino, forte e coraggioso.

"Sono i *nostri* figli, Meghan. Ricordatelo." Poi Richard prese i suoi bagagli e li mise fuori dalla porta. "Il mio avvocato si metterà in contatto con te. Non crollare, non fare l'idiota, Meghan. Non sarebbe il caso."

Poi Richard chiuse la porta senza fare rumore, anche se Meghan la sentì sbattere nel cuore. L'eco del colpo si smorzò nel nulla.

Nulla.

Meghan scosse la testa. Non poteva permettersi di cedere, non ancora. Decise invece di telefonare a sua madre, per spiegarle con parole felpate che Richard l'aveva lasciata.

No, non voleva che nessuno andasse a trovarla.

Quella sera voleva godersi i suoi bimbi.

Ai dettagli avrebbe pensato l'indomani. Dopo tutto, era quella la sua specialità.

Quella sera si sarebbe assicurata che i suoi bimbi sapessero quanto li amava.

Preparò loro la cena (un paio di pizze, perché non aveva né le forze né la voglia di cucinare), li fece lavare e rispose alle loro domande quanto meglio poteva, rassicurandoli che sarebbe sempre stata presente, per loro, in qualunque evenienza.

Meghan immaginò che quella fosse la parte più difficile.

I bambini avevano sentito le parole di Richard, sapevano che se n'era andato. Del resto, erano anni che non era presente per davvero.

Quando andò al piano di sopra, trovò le loro camerette vuote, mentre la camera degli ospiti era occupata dai bambini e dal cane.

"Vogliamo dormire qui, con te." Il labbro inferiore di Cliff tremava, Meghan annuì. Non voleva comunque dormire nel suo letto, i bambini sembravano saperlo.

Così sistemò i bimbi uno per lato, lasciando che Boomer si sdraiasse ai loro piedi. Dopo aver letto e sussurrato storie senza senso, i bambini si addormentarono. Meghan invece non ci riuscì. Non era sicura di riuscire a dormire di nuovo.

Così uscì dal letto senza fare rumore, avviandosi verso il bagno. Ignorò la camera da letto e l'armadio mezzo vuoto. A quelle cose avrebbe pensato il mattino dopo, i giorni seguenti.

Aprì l'acqua calda e riempì la vasca da bagno, aggiungendo olio alla lavanda e bagnoschiuma, per poter sentire un profumo diverso da quello del tradimento.

Quando la vasca fu piena, Meghan si immerse nell'acqua, ignorando la temperatura quasi bollente. Poteva comunque sentirla a malapena. Con la porta chiusa e il vapore che riempiva il bagno, si lasciò andare. Il suo corpo si scuoteva a ogni singhiozzo.

Pianse per ciò che aveva perso.

Per ciò che non avrebbe mai più riavuto.

Per ciò che aveva sbagliato.

Buon anniversario.

Capitolo 18

Luc Dodd spense il motore della macchina e tamburellò con le dita sul volante. Non sapeva perché, ma era molto nervoso, anche se stava andando a parlare con persone che conoscevo da anni, o meglio, con persone che aveva conosciuto molti anni prima. Era tornato a Denver solo da un paio di settimane, un periodo che gli era servito per sistemarsi e per cominciare a cercare impiego, ma sapeva di dover ingoiare il rospo e fare la cosa giusta, anche se non era facile.

Insomma, chi stava prendendo in giro? Non c'era nulla di facile.

Era andato via da Denver per motivi personali, ma i Montgomery si erano incuriositi, pur avendo accettato che se ne andasse di punto in bianco, lasciandoli senza elettricista. Di sicuro ne avevano assunto un altro, o molti altri, dato che erano passati degli anni. Sperava solo che avessero un posto anche per lui. C'erano molti impieghi in giro per un tipo col diploma da elettricista, anche senza un'impresa alle spalle. Lui non aveva mai voluto diventare imprenditore per conto proprio, non faceva per lui, poi non voleva assumersi incarichi pubblici, con paghe misere e orari pessimi.

Poteva sempre cercare da un'altra azienda privata, ma non era quello il vero motivo per cui si era recato dai Montgomery. Gli sembrava sbagliato non cercare di tornare a lavorare per l'azienda che l'aveva aiutato a crescere fin dall'inizio. Conosceva i Montgomery fin dalle scuole superiori, dove aveva studiato con la figlia più grande, Meghan. I Montgomery l'avevano accolto a braccia aperte in casa loro, senza mai preoccuparsi che la figlia frequentasse un tipo più alto di lei di una trentina di centimetri e di corporatura molto più massiccia. Così era diventato molto amico con Meghan, ma dopo un po' di tempo lui aveva cominciato a capire che desiderava di più.

Però l'aveva capito troppo tardi, e così... il resto era storia.

Controllò di non aver strappato il suo curriculum e poi si diresse verso l'ufficio centrale della Montgomery Inc.

Wes era in piedi nell'ingresso dell'ufficio, tutto accigliato. "Storm? Sai per caso dove Tabby ha messo quella fattura? Merda, se scopre che le ho incasinato la scrivania mi uccide."

"Sì, lo farà. Magari dovresti solo controllare le tue e-mail. Lo sai che probabilmente te l'avrà già mandata." Sentendo la voce di Storm dal fondo dell'ufficio, Luc percepì il tono ironico.

Wes si passò una mano nei capelli ben pettinati. "Merda. Di solito non sono così disordinato, ma quando lei parte per una vacanza, mi disoriento." Poi alzò la testa e si bloccò, le orecchie gli diventarono rosse, sbatté le palpebre e spalancò la bocca in un ampio sorriso.

"Mamma santa, Luc?" Fece un giro intorno alla scrivania e quasi abbracciò Luc, dandogli dei colpetti sulla schiena.

Luc si rilassò un poco, per quel caloroso benvenuto. "Vedo che qui certe cose non cambiano mai," disse, provocandoli.

Wes alzò gli occhi al cielo. "Ormai Tabby gestisce le nostre vite, evidentemente non sono bravo quanto credevo."

"Bisogna che ci segniamo questa data sul calendario, Wes ha ammesso di non essere bravissimo in qualcosa," disse Storm, sopraggiungendo dal retro dell'ufficio.

"Ma ciucciamelo."

"Ehm, no," disse Storm, per poi abbracciare Luc. "Amico

mio, non sapevo che fossi tornato in città. Come mai da queste parti?"

Luc si avvicinò trascinandosi, poi sospirò. "A dir la verità, sono qui per trovare lavoro."

Storm spalancò gli occhi, Wes sorrise.

"Ma davvero?" chiese Wes. "Ma cavolo, hai portato anche il curriculum?" Wes prese il fascicolo dalle mani di Luc e cominciò a leggerlo.

Storm guardò Luc con occhi forse un po' troppo penetranti. "Sei tornato per rimanere? Intendo, a Denver? Non stai pensando di andar via di nuovo?"

Luc scosse la testa. "Sono tornato a casa, sono stufo di andare sempre in giro." L'ultima fase gli sfuggì senza troppo pensarci, ma Storm sembrava ben informato. Diamine.

"Sei stato davvero in giro," disse Wes, che poi fischiò. "Vedo che hai tutte le certificazioni aggiornate per lavorare a Denver e in tutto il Colorado, ottimo! Quando puoi cominciare?"

Luc sbatté le palpebre. "Così, sui due piedi?"

"Sui due piedi," disse Storm, che poi sorrise. Luc si rilassò di più. "Eri già uno di noi, ora sei tornato. Perché non dovremmo riprenderti?"

Luc si passò una mano in faccia. "Ero tremendamente nervoso, mentre venivo qui."

Wes fece spallucce. "Non devi. Ogni tanto abbiamo tutti bisogno di intraprendere la nostra strada, tu sei stato in giro per quanto, cinque anni?"

"Otto," lo corresse Luc.

Storm strinse gli occhi e annuì. "Sarai contento di rivedere Meghan, immagino."

Dannazione, sembrava aver già capito fin troppo.

Wes imprecò. "Anche lei sarà contenta di vederti, con tutto quello che sta succedendo!"

Luc si girò di scatto verso l'altro gemello. "Cosa? Cosa sta succedendo a Meghan?"

"Quello stronzo bastardo ieri sera l'ha lasciata." grugnì Wes. "Quel verme l'ha già fatta chiamare dall'avvocato, ma affronteremo tutto in famiglia. Ho un amico che fa l'avvocato, è un vero e proprio squalo dei divorzi, sarà contento di aiutare Meghan. Beh, anche Alex, se accetterà il mio aiuto."

Luc imprecò. "Anche Alex?" Santo cielo, cosa stava succedendo alla famiglia Montgomery?

"Più tardi ti racconto tutto, se vuoi andiamo a farci una birra," disse Wes.

Luc avrebbe voluto accettare, ma c'era qualcos'altro che gli premeva fare. "Per stasera non ce la faccio, magari domani? Ho da fare."

Wes annuì. "Va bene. Oh, allora puoi cominciare domani?" Poi sorrise, Luc alzò gli occhi al cielo.

"Sì, arrivo presto così potete dirmi cosa devo fare."

"Ottimo, allora ci vediamo domani. A proposito, è bello rivederti."

Così Luc salutò, sapendo che Storm lo stava fissando; poi, prima di starci troppo a pensare, si avviò verso casa di Meghan. Conosceva a memoria il suo indirizzo, dato che inviava biglietti di auguri ogni anno, per Natale e per il compleanno di lei, anche se non era mai andato a trovarla. Non ne aveva mai avuto il coraggio, persino dopo tanti anni.

Accostò nel vialetto e imprecò. Che cazzo ci andava a fare? Lei non aveva certo bisogno di lui. Glielo aveva dimostrato tanti anni prima. Ma quello era il passato, lui era tornato e avrebbe ricominciato a lavorare per la sua famiglia. Doveva farle sapere che era tornato. Almeno, tornato per quanto poteva.

Così uscì dalla macchina e si avviò verso la porta d'ingresso, nella speranza di fare la cosa giusta. Bussò alla porta e inspirò rapidamente, quando la porta si aprì.

Santo cielo, era diventata ancora più bella.

I lunghi capelli castani le scendevano ondulati anche sotto le spalle. Anche se era pallida in viso, emanava tenerezza da tutti i pori. Indossava una vecchia maglietta e un paio di jeans strappati al ginocchio.

Luc non aveva mai visto nulla di più sexy.

"Luc?" gli disse, quasi senza fiato. Gli occhi le si riempirono di lacrime, così lui imprecò.

"Ma cavolo, Meghan. Non volevo farti piangere, posso andarmene." Fece un passo indietro, ma lei allungò un braccio e afferrò quello di lui.

"No, non andar via. Solo... *Luc*. Sei qui."

"Io... sì, sono passato alla Montgomery Inc. per un lavoro, così mi hanno assunto. Sono tornato."

"Sei tornato," ripeté lei a bassa voce, con le lacrime che le scorrevano sulle guance.

Non riuscendo a trattenersi, Luc le tolse una lacrima dalla guancia con il pollice. "Non piangere, Meg."

"La mamma ha preso i bambini, per farmi rimanere sola. Però io non penso che dovrei rimanere da sola."

Lui le prese la faccia tra le mani e annuì. "Ti va di prepararmi del caffè, così mi racconti tutto dei tuoi bimbi?"

Meghan reagì con un flebile sorriso e annuì, poi fece un passo indietro per lasciarlo entrare.

Luc sentiva che era un errore riavvicinarsi; il dolore che gli stringeva ossessivamente le ossa in tutto il corpo gli ricordò cos'aveva perso in passato.

Però decise di non andarsene. Era tornato a Denver, tornato dai Montgomery. Aveva solo bisogno di capire qual era il suo posto.

Con quella bella donna in lacrime al suo fianco, sapeva che starle lontano era più facile a dirsi che a farsi.

Capitolo 19

Il dolore era più forte che mai, ma lei strinse i denti e respirò a fondo. Miranda ci era già passata, dopo tutto, non sarebbe stato un gran problema. Non voleva rendersi ridicola di fronte a tutta la famiglia.

"Come andiamo, Miranda?" le chiese Austin, con voce tenera e affettuosa.

Al diavolo lui e la sua punta per tatuaggi.

Invece di insultarlo, lo guardò di sbieco e gli fece un sorriso smagliante. Probabilmente fin troppo, a giudicare dal modo in cui lui le rispose con una smorfia complice, ma che importava.

"Austin ti fa male?" le chiese Maya, guardandola dalla sua postazione. "Se avessi lasciato fare a me, non ti farebbe così male. Quel bestione è un sadico."

Stavolta il sorriso di Miranda fu più genuino. "Tu mi hai fatto l'altro tatuaggio, bellezza, mi faceva male quanto questo. Non mi piacciono gli aghi." Stava per dire che non le piaceva il dolore in generale, ma aveva ancora fresco il ricordo delle sculacciate di Decker.

"A giudicare da come arrossisci, non voglio *proprio* sapere a cosa pensi," la provocò Maya.

Austin gemette e imprecò. "Per amor di Dio, vi prego, basta. Io proprio *non* voglio sapere. Miranda, adesso sei pronta per il finale? Questa pila di libri scolastici starà benissimo, sopra il marchio dei Montgomery."

Miranda annuì. "Sono contenta che finisci il lavoro in una seduta sola, quando capirò che strano tatuaggio voglio sulla matematica, possiamo mettere anche quello sull'altro fianco."

Austin ridacchiò. "Sei proprio una secchiona, ma ti voglio bene lo stesso."

Miranda sorrise e trattenne un sussulto, appena Austin riprese a tatuarla. Le piaceva molto l'aspetto del tatuaggio, anche se non era una maniaca come i suoi fratelli. Non che ci fosse qualcosa di sbagliato, ma a un certo punto aveva dovuto cedere. Giusto per dimostrare che non era una smidollata.

Austin e Maya continuavano a scambiarsi frecciate a vicenda, mentre Callie, l'ultima arrivata della squadra, ne aggiungeva un po' di sue per entrambi. Quel negozio era davvero una grande famiglia molto particolare, un'appendice dei Montgomery, Miranda si riteneva fortunata a farne parte.

Quando vide suo padre entrare in negozio, trattenne a stento le lacrime. Le avevano detto che il papà stava per finire i trattamenti, sembrava aver risposto piuttosto bene, ma comunque non era facile. Era sempre stato un uomo massiccio, aveva perso una decina di chili, forse di più. Sembrava più fragile, eppure non aveva perso la sua forza interiore, Miranda ne era certa, la stessa forza interiore che aveva trasmesso ai suoi figli.

Dato che era bloccata sulla poltroncina e non poteva muoversi, fu il padre a raggiungerla, con un ampio sorriso in volto.

"Sembra proprio che tu ti stia divertendo," le disse, con la sua voce baritonale profonda, la stessa voce che le aveva addolcito ogni dolore, quando era più piccola. Poi le passò una mano nei capelli, facendola sorridere di nuovo.

"Proprio così." Poi Miranda trasalì, Austin stava completando delle sfumature.

"Bugiarda," sussurrò il padre, al che Miranda dovette trattenere una risata.

"Non farla muovere, papà, altrimenti ci metto molto di più."

Miranda si bloccò, entrambi gli uomini risero. "Voi due siete proprio cattivi."

"No, ti vogliamo solo bene." Il padre le diede qualche buffetto sulla guancia.

"Cosa ci fai da queste parti? Mi fa piacere vederti, ma non sapevo che saresti passato."

Harry fece spallucce. "A casa mi annoiavo, volevo che la mamma avesse un po' di tempo libero, è sempre troppo impegnata a prendersi cura di me." Poi sorrise, ma Miranda intravide la tristezza nei suoi occhi. Mamma e papà erano duri come la roccia, ma quella malattia poteva scalfire anche coi più forti.

Suo padre non sembrava voler parlare di cure o di se stesso, così Miranda lasciò perdere quell'argomento. Ne avrebbero parlato più tardi, a casa.

"Allora che fa mamma?"

Harry sorrise di nuovo. "È andata a farsi fare un massaggio insieme a Sierra. Le due signore ne avevano bisogno." Poi guardò Austin facendogli l'occhiolino, Miranda si sporse in avanti, ma per fortuna Austin spostò allo stesso tempo anche l'ago del tatuaggio.

"Aspetta. Che succede?" Miranda si guardò alle spalle e vide Austin che arrossiva. Così capì e si lasciò sfuggire un gridolino. "Sierra è incinta, vero?"

"Oddio, ma state per avere un altro figlio?" Maya venne di corsa alla postazione di Austin, Harry cominciò a ridere.

"Mi dispiace, figlio mio," gli disse, anche se non sembrava affatto dispiaciuto.

Austin sospirò, poi posò i suoi strumenti di lavoro. "Mi metterete tutti nei guai, Sierra voleva essere presente, per dirvelo di persona."

Miranda si girò sulla poltroncina in modo da poterlo abbracciare. "Sono fuori di me dalla gioia, ti prometto che sarò altrettanto fuori di me quando vedo Sierra."

Austin si tirò indietro e si pizzicò il naso. "Te lo giuro su

Dio, Maya Montgomery, se lo dici a *qualcuno* le prendi, hai capito?"

Maya alzò gli occhi al cielo esasperata, ma un po' triste, poi rispose: "Mi dispiace, mi piace chiacchierare, cercherò di migliorare. Il mio primo obiettivo è riuscire a mantenere questo segreto, finché non ce lo comunicherete ufficialmente. Quando sarà, stasera?"

Miranda sbuffò, leggendo la speranza negli occhi della sorella. "Eh sì, scusa, dovete dircelo presto perché non penso di poter tenere questo segreto a Decker."

Austin la guardò negli occhi. "Fa ancora strano sentirti parlare così di lui."

Miranda fece spallucce. "Dovrai abituartici, perché non credo che la situazione cambierà tanto presto."

Era un'affermazione piuttosto coraggiosa, Miranda quasi se ne pentì all'istante. Ma la verità era che era *felice* con lui. Decker stava perfino cominciando a programmare le cose con un mese o due di anticipo, era sempre un ottimo segnale. Finalmente le aveva raccontato anche di quel giorno in cui suo padre si era presentato a casa da lui, spiegandole perché era stato così distante. Sapere di non poter far nulla al riguardo la faceva star male, ma almeno gliene aveva parlato, anche quello era un passo nella direzione giusta.

Il padre le massaggiò una spalla. "Sono felice per te. Sono felice per tutti i miei ragazzi." Nei suoi occhi brillò una luce strana. "Fa piacere vedere che tutto ciò che abbiamo dovuto superare tirando su voi otto (anzi, voi nove) è servito, ne è valsa proprio la pena."

Miranda deglutì a fatica ed evitò di guardare negli occhi Maya o Austin. Senza dubbio, se l'avesse fatto sarebbe crollata; ma quello era un giorno dedicato alla felicità, al tatuaggio, non ai rimpianti.

"Va bene, Austin, dai, finiscimi il tatuaggio, altrimenti corro via e non potrai più avvicinarti a me con un ago."

Austin si lasciò sfuggire una risata leggera. "Ma certo, bella, ma ricordati che Maya si prende il fianco destro, poi io te ne faccio un altro così siamo pari. Quindi pensaci."

Miranda trasalì. La loro competitività sarebbe stata dolorosa, ma almeno così si sarebbe fatta dei bei tatuaggi.

Quando il tatuaggio fu finito, dopo una bella chiacchierata col padre al Taboo, si stava facendo tardi e Miranda doveva andare a casa per finire di correggere dei compiti. Per quella sera, lei e Decker non avevano programmi, quindi poteva recuperare del lavoro arretrato, per evitare di essere distratta, quando stavano insieme.

Il fatto che le avesse dato la chiave di casa, quel mattino, aveva dato un tocco di rosa a tutto ciò che faceva; non riusciva a trattenere la gioia per come il loro rapporto si stava evolvendo. Lui la amava, l'aveva *sempre* amata e non intendeva scappare. Anzi, sembrava anche lui *felice* di stare con lei, la faceva sentire bella, si sentiva apprezzata, valorizzata.

Non poteva chiedere di più.

Almeno, non ancora.

Salì nel suo posto auto e sussultò, sentendo tirare il nastro che le proteggeva la schiena. Austin le aveva detto che non aveva sanguinato troppo, per fortuna, ma stava ancora trasudando plasma nel nastro che le aveva messo sul tatuaggio, per proteggerlo. Non era il massimo del divertimento, ma con due tatuatori in famiglia, almeno conosceva bene l'importanza della protezione dopo il tatuaggio.

Una volta uscita dalla macchina, inspirò l'aria fresca di montagna, mista all'odore degli alberi. Presto sarebbe arrivato l'autunno, non vedeva l'ora. Amava la temperatura che cambiava, col fresco sarebbe arrivata anche la neve. Beh, sapendo come andavano le cose a Denver, poteva nevicare anche presto, i primi giorni di settembre, non si sapeva mai che tempo aspettarsi.

Fece un altro passo verso casa, poi ebbe un presentimento e si voltò, per vedere davanti a sé un'auto che le veniva incontro.

Prima ancora che potesse urlare o saltare di lato, la macchina la colpì.

Miranda non sentì il dolore, non sentì l'impatto.

Sentì solo l'aria che veniva spinta fuori dal suo corpo,

mentre volava lentamente sospesa in aria. Sentì il vetro del parabrezza che si rompeva all'impatto col suo corpo, poi rotolò a terra.

Sbatté due volte le palpebre, poi il dolore la colpì, come un'onda d'urto. Sentì come mille pugnalate che le martoriavano la pelle, la carne sembrava bruciare. Le facevano male le ossa, come se qualcuno gliele avesse fatte a pezzi.

La testa le girava, il suo corpo combatteva contro la nausea.

Cercò di urlare, ma le uscì solo una tosse mista a sangue, poi tutto si fece buio.

Sbatté le palpebre e aprì gli occhi. Vicino alla testa c'era uomo in piedi, le scarpe eleganti risplendevano alle luci della sera.

Il pugno in faccia le fece perdere di nuovo conoscenza.

"Fratture multiple, contusioni, probabili traumi interni."

Miranda cercò di gemere, svegliandosi, ma non le uscì nulla di bocca.

"Signora? Signora? Si sta riprendendo. Signora? Può dirci chi possiamo chiamare?"

"Decker," sussurrò.

L'altra persona annuì; forse era un'infermiera, Miranda non riusciva a capirlo (le faceva troppo male anche solo pensare), poi uscì a fare qualcosa.

Miranda non riusciva a pensare. La spostarono, la spintonarono, ma lei non sentiva nulla. Sentiva solo un gran dolore. Perché le faceva così tanto male? Perché non poteva solo addormentarsi? Se fosse riuscita a dormire, magari sarebbe stata meglio.

"Ho trovato i suoi documenti, c'è un numero per le emergenze. Ora telefoniamo a Marie Montgomery. Miranda, è stata coinvolta in un incidente automobilistico. Ora le somministreremo degli antidolorifici, ma potrebbe perdere i sensi."

Miranda chiuse gli occhi.

Andava bene tutto, il dolore era troppo. Comunque, non era del tutto sveglia. Non voleva arrendersi, ma dormire le sembrava molto meglio.

Molto. Meglio.

~

Decker sbatté la porta dell'ospedale, ben sapendo di comportarsi come un toro inferocito, ma non gliene importava nulla. Non era riuscito a rispondere al telefono perché era impegnato in un'altra chiamata per lavoro, quando aveva richiamato era uscito di senno.

Cazzo.

Griffin gli aveva telefonato subito per fargli sapere in quale ospedale andare, aggiungendo che non sapevano *nulla* sulle condizioni di Miranda.

Sapevano solo che era stata investita da una cazzo di macchina.

Nel parcheggio di casa sua.

Decker si diresse infuriato all'accettazione, piantando le mani sul legno del bancone. "Devo vedere Miranda Montgomery."

L'impiegata dietro al bancone sospirò, senza sembrare troppo spaventata alla vista di un uomo così massiccio che urlava e sbraitava.

"È un parente?"

Decker aprì la bocca per dire di sì, ma si fermò subito. Prima avrebbe risposto senza batter ciglio, ora non era più così sicuro. Miranda *gli* apparteneva, ma cavolo, in quel contesto era diverso.

"È con noi," disse Griffin, avvicinandosi al bancone dell'accettazione. "Grazie, Jaycee."

La signora annuì, per poi tornare ad occuparsi di altri documenti.

Decker deglutì sonoramente, poi seguì Griffin in sala d'attesa. Non disse nulla, non ci riusciva. Se avesse detto qualcosa in quel momento, avrebbe potuto cedere, crollare, ma non se lo poteva permettere. Sapeva solo ciò che gli aveva detto il suo amico, quando gli aveva telefonato poco prima, cioè che doveva andare all'ospedale perché Miranda si era fatta male. L'avevano portata subito in chirurgia, nessuno era riuscito a vederla.

Decker non sapeva se avesse qualcosa di rotto, se si fosse tagliata o se avesse dei lividi. Sapeva solo che Miranda era sul tavolo operatorio, che i medici se ne stavano occupando, mentre lui era là fuori, impotente, inutile.

Non avrebbe mai creduto di tenerci così tanto, di essere così legato a qualcuno da starci così male, da sentirsi così distrutto. Miranda gli era entrata nel cuore, temeva che perdendola avrebbe perso anche se stesso.

No, ne era sicuro.

Per lui, lei era tutto, era il motivo per cui vedeva un futuro felice, anche se non sapeva cosa sarebbe successo. Voleva a tutti i costi trovare un modo per migliorare quella situazione, ma non aveva una bacchetta magica. Le sue mani erano buone a rompere, a plasmare, a trasformare materiali in altri oggetti, ma non era capace a far guarire.

Non poteva aiutarla in alcun modo.

La sala d'attesa era piena di Montgomery.

Quando uno della famiglia era in difficoltà, accorrevano tutti. A prescindere da cosa stesse succedendo nella vita di ognuno, i parenti mettevano da parte ogni altra preoccupazione, per occuparsi di chi aveva più bisogno in quel momento. Da ragazzo, aveva sempre invidiato quella disponibilità, mentre in quel momento la apprezzava tantissimo, era grato che Miranda avesse tutti i parenti vicini.

Austin era in piedi in un angolo, guardava fuori da una piccola finestra, una delle poche fonti luminose in quello stanzino. Sierra era in piedi al suo fianco, pallida, con la testa appoggiata sulla spalla di Austin. Era rivolta verso la stanza, con gli occhi umidi, il volto segnato.

Leif era seduto su una sedia, vicino ad Austin, Sasha era seduta in braccio a lui. Quel ragazzino stava parlando alla bimba più piccola, la sua voce morbida e sommessa si confondeva coi rumori degli altri presenti nella sala d'attesa, tutti preoccupati per quanto non sapevano. Cliff era seduto vicino a Leif, con la testa appoggiata sulla spalla del cuginetto. Decker si chiese se i tre bambini sapessero cos'era successo, avevano tutti superato situazioni difficili, sapevano cosa voleva dire essere tristi.

Meghan era seduta vicino a Cliff, con le mani appoggiate sulle ginocchia. Sembrava non dormire da settimane, probabilmente era proprio così, dato il tormento personale che stava affrontando. Decker fu sorpreso di vedere anche Luc, seduto vicino a Meghan, nessuno dei due parlava. Luc faceva parte del clan Montgomery anni prima, era tornato, sembrava aver ripreso da subito il suo vecchio ruolo.

In quel momento, a Decker non interessava di nulla e di nessuno, perché non sapeva nulla di cosa fosse successo alla donna che amava.

La amava, pur non avendoglielo mai detto.

Fu sorpreso di vedere anche Alex, in piedi con una tazza in mano, probabilmente piena di caffè, almeno così sperava Decker. Non avrebbe dovuto essere così sorpreso, però: Alex ultimamente era sembrato isolato, appartato, ma amava la sua sorellina spassionatamente.

Maya andava avanti e indietro su un lato della camera, con i pugni stretti. Ogni volta che tornava in un angolo, il suo amico Jake l'abbracciava, poi le dava un'altra spinta per farla ricominciare. Lui sembrava così furioso che avrebbe potuto uccidere qualcuno, Decker si sentiva dello stesso umore.

Wes e Storm erano in piedi vicino alle macchinette delle bibite, parlavano tra loro, le loro teste erano vicine. Parlavano a voce molto bassa, ma a Decker non interessava neanche quello. Lui voleva solo Miranda, l'unica persona che non poteva vedere.

"Decker," disse Marie, lanciandosi verso di lui.

Decker la abbracciò facilmente, lasciandola appoggiare al

proprio petto. Marie gli singhiozzò sulla spalla, costringendolo a trattenere le lacrime, anche se i frequenti singhiozzi smascheravano il suo stato d'animo. Quella donna, che era per lui una madre più di quanto non lo fosse la sua madre biologica, gli saltava sempre tra le braccia come una ragazzina. Tutto era cominciato quando Decker era diventato più alto di una decina di centimetri, a quanto pare da un giorno all'altro, quindi non poteva più abbracciarla come faceva quando era più piccolo. Lui non era abituato agli abbracci, ma ormai aveva bisogno di quelli di Marie più di quanto credesse. C'era qualcosa nel modo in cui lei lo abbracciava, gli trasmetteva tutto l'amore e tutta l'appartenenza del legame familiare dei Montgomery. Dato che lui non poteva più gettarle le braccia al collo, i ruoli si erano invertiti, ora lo faceva lei con lui.

L'amava tantissimo, e ora la figlia, la sua Miranda, era ferita e non c'era niente che potessero fare.

"Sono proprio contenta che tu sia qui, tesoro," gli sussurrò, dandogli dei colpetti sulla guancia. "Devi farti la barba, lo dico sempre anche a tutti gli altri miei ragazzi."

Decker fece una risata di circostanza e poi scosse la testa. "Tu sei l'unica donna per la quale mi raderei."

Lei inarcò un sopracciglio. "Sei sicuro?"

Lui sospirò. "No. Farei qualsiasi cosa per lei, Marie." Decker tirò su dal naso. "Qualsiasi cosa."

"Lo so, tesoro." Le tremavano le labbra, Harry la raggiunse, lei si voltò per abbracciarlo. Non piangeva, ma singhiozzava profondamente.

"Che si dice?" domandò Decker.

Harry sospirò. "È stata investita da un'auto, poi secondo i testimoni un uomo è uscito dalla macchina per picchiarla."

Decker imprecò e si voltò per non rivelare lo sguardo omicida che gli oscurava il volto.

"Jack," disse a denti stretti.

"Jack," ripeté Griffin tutto serio. "La polizia lo sta cercando."

Decker sbuffò. "Sì, perché prima hanno fatto davvero un bel cazzo di lavoro."

"Adesso ci sono delle prove e dei testimoni," disse Harry, con voce bassa ma sicura. Di certo non era un oratore in grado di infiammare le folle, ma Decker non sapeva come cavolo facesse quell'uomo a tenere il controllo. "Lo so che il sistema giudiziario ha fallito, credetemi, faremo di tutto per ottenere soddisfazione, ma in questo momento dobbiamo concentrarci su Miranda. Jack prima o poi avrà ciò che si merita, ma la nostra piccolina adesso ha bisogno del nostro supporto."

Decker deglutì a fatica e si voltò di nuovo verso di loro. Harry teneva la testa alta fieramente, nonostante sembrasse invecchiato per la malattia.

"Di certo io non mi arrendo," rispose Decker. "Ma che cavolo, odio non sapere."

"Dobbiamo solo aspettare," intervenne Austin. "Dobbiamo avere fiducia dei medici."

Decker annuì e poi andò a sedersi su una sedia libera. Rimanendo in piedi, avrebbe cominciato a camminare avanti e indietro, rendendo tutti più nervosi, come stava già facendo Maya.

T<small>RASCORSERO DELLE ORE</small>, Meghan portò tutti e tre i bambini a casa. Luc rimase per un poco, poi se ne andò un paio d'ore dopo. Gli altri fecero a turno per andare a prendere del cibo e del caffè, o per controllare che Sierra e Harry stessero bene e si riguardassero, mentre tutti gli altri facevano finta di mangiare.

Decker non riusciva a concentrarsi, doveva vedere Miranda, vederla tutta intera, sana e salva. Ma non era sicuro di cosa sarebbe successo dopo.

Le porte del reparto di chirurgia si aprirono, uscì un uomo col camice verde. Lo stomaco di Decker si strinse, mentre si alzava. Tutti gli altri Montgomery si misero in piedi intorno a lui. Marie lo prese per mano, lui gliela strinse.

"Siete la famiglia di Miranda Montgomery?" chiese il chirurgo.

"Sì, siamo tutti qui," disse Harry. "Come sta la nostra piccola?"

Il medico annuì e si passò una mano sulla testa, coperta dalla cuffia sanitaria. "Ha superato l'intervento, ma sarò sincero, siamo stati sul filo del rasoio. Aveva lacerazioni al fegato e alla milza. Abbiamo dovuto toglierle la milza, vivrà comunque normalmente anche senza, basterà qualche precauzione. Ha un polso rotto e una spalla lussata. Fratture a entrambe le gambe, ma quelle sono state sistemate senza intervenire chirurgicamente. Dovrà portare il gesso per un bel po'. Per fortuna, nessun danno alla spina dorsale, ma ha subito un trauma cranico. Non sappiamo se ci siano danni al cervello, se ce ne fossero, non ne conosceremo l'entità se non quando si riprende dall'anestesia."

Il medico proseguì spiegando dettagli che Decker avrebbe chiesto più tardi agli altri; in quel momento gli bastava sapere che Miranda era *viva*.

Santo cielo, era stato un incidente molto brutto, peggio di quanto credesse, ma almeno era *viva*.

"Quando posso vederla?" domandò Decker, con la voce rotta dall'emozione. Poi si accorse di aver interrotto il medico, ma pazienza.

Harry si schiarì la gola. "Sì, quando possiamo vederla?"

Il medico sospirò, poi annuì. "Non prima di domani. Ora potete andare a casa a riposare. Potete tornare domani e vederla, ma a turno."

Decker tornò alla sua sedia, sapeva bene che non se ne sarebbe andato. I Montgomery ringraziarono a turno il medico, prima di mettersi a parlare tra loro per decidere chi sarebbe rimasto. A lui non interessava, bastava che non cercassero di farlo andar via. Sarebbe rimasto fino a rivederla. Nessuno l'avrebbe mai fatto andar via.

Alla fine, Storm lo raggiunse e si sedette vicino a lui, con i gomiti appoggiati alle ginocchia. "Gli altri vanno tutti a casa a dormire. Io rimango, anche perché forse sono l'unico che ti può far rimanere tranquillo, così non ti incazzi e non ti metti a urlare o a prendere a pugni qualcuno."

Decker inarcò un sopracciglio. "Finora ci stai riuscendo alla grande."

Storm scrollò le spalle e si appoggiò allo schienale. "Gli altri faranno a turno. Noi non la lasciamo da sola. Specialmente sapendo che Jack è ancora in circolazione."

Decker annuì. "Se lo vedo lo ammazzo."

"Un altro motivo per cui devo rimanere. Non le serviresti a nulla, in carcere."

Quella frecciata lo punse sul vivo, anche se sapeva che Storm aveva ragione. Anche se suo padre non era in carcere al momento, ma che cavolo, aveva già superato il limite. Chi lo conosceva tirava a sorte per stabilire chi lo faceva incazzare di meno? Quanto era vicino al trasformarsi in suo padre? Aveva già le stesse mani, lo stesso temperamento. Cosa poteva farlo esplodere? Quale sarebbe stata la goccia finale?

Poteva immaginarsi facilmente ad uccidere Jack senza alcun rimorso, ma quello non lo preoccupava quanto avrebbe dovuto. Anzi, gli faceva capire solo che tipo di uomo era veramente.

L'uomo creato da suo padre.

Passarono molte ore, si fece mattina, così arrivò l'orario del cambio turno. In sala d'attesa arrivò un'infermiera, dicendo che qualcuno poteva andare a visitare Miranda, solo una persona, a turno.

"Vai tu da lei," disse Storm, tirando fuori il suo cellulare. "Finché non la vedi non torni in te. So che gli altri stanno arrivando, ma intanto li aggiorno."

Decker annuì e seguì impacciato l'infermiera fino alla stanza di Miranda. Era ancora in terapia intensiva, l'avrebbero trasferita in un reparto ordinario, una volta stabilizzata. Decker si disinfettò le mani con del gel antibatterico all'ingresso, poi fece due passi nella stanza e si bloccò.

Santa Madre di Dio.

Miranda aveva la faccia tutta piena di lividi neri e blu. Aveva le gambe e un braccio ingessati, e un supporto all'altro braccio. La pelle che non era coperta da bende o dalle lenzuola era arrossata o piena di lividi. Aveva gli occhi chiusi, sembrava dormire, probabilmente il dolore era sotto controllo. Quando si sarebbe svegliata, non sarebbe stato affatto piacevole.

Decker si avvicinò al suo fianco e fece per prenderle la mano non ingessata, ma si fermò e arretrò. Non poteva toccarla in alcun punto, senza rischiare di farle del male. Le lacrime gli scorrevano sulla barba, cominciò a singhiozzare.

L'unica cosa a cui riuscì a pensare fu il rossore del suo sedere, i segni che le aveva lasciato sui fianchi quando l'aveva presa con forza, contro il muro, a letto, o sul pavimento. Era stato molto duro con lei, che era così fragile.

Cosa lo rendeva migliore di Jack?

Solo perché i segni che le lasciava lui erano nascosti sotto i vestiti, non per questo erano meno dolorosi.

Sprofondò nella seggiola vicina al letto, sapendo di dover porre fine a tutto. Cosa sarebbe successo, nel momento in cui avrebbe perso le staffe? Come sarebbe andata a finire, quando si sarebbe finalmente trasformato nel proprio padre? Non poteva essere lui la persona che faceva così male a Miranda, non poteva darle altro dolore.

Gli sembrava che qualcuno gli stesse strappando l'anima dal corpo, ma sapeva che era la cosa migliore da fare. Se non se ne fosse andato subito, prima o poi le avrebbe fatto del male, in futuro.

Così si alzò sulle gambe incerte, si abbassò, sfiorandole un tratto di pelle sana con le labbra.

"Ti amo stramaledettamente, Miranda. Per questo devo farlo. Spero che un giorno capirai. So che mi odierai, ma è la scelta migliore."

Sapeva che lei non poteva sentirlo e che non avrebbe capito, al risveglio, non trovandolo.

Ma sentiva di non poter essere la persona di cui lei aveva bisogno.

Le avrebbe scritto una lettera spiegandole i motivi per cui

la sua vita sarebbe stata migliore, senza di lui, poi avrebbe cercato un modo di tornare a vivere.

Così uscì dalla stanza, attraversò la sala d'attesa senza fermarsi a parlare con Storm. Avrebbe capito anche lui, insieme a tutti gli altri parenti, prima o poi. Sarebbero stati meglio senza di lui. Tutti.

Decker era destinato a rimanere da solo. Per quanto i Montgomery fossero un porto sicuro, per lui non lo erano più.

Era ora che lo capissero.

Decker finalmente l'aveva capito.

Capitolo 20

MIRANDA ALZÒ UN BRACCIO E IMPRECÒ. VICINO A LEI C'ERA Austin, che le teneva un bicchiere di succo e le metteva una cannuccia in bocca. Prese a fatica la cannuccia tra le labbra e succhiò, ignorando il dolore che quel semplice gesto le dava alla testa. Non aveva subito una commozione cerebrale, ma aveva un mal di testa feroce.

Continuavano a dirle tutti che era fortunata a essere sopravvissuta, eppure lei non era così sicura, nemmeno una settimana dopo. No, non poteva essere così triste, così depressa, ma di sicuro la convalescenza era molto dolorosa. Le faceva male muovere ogni centimetro del corpo. Almeno nelle poche occasioni in cui le era consentito muoversi. Aveva le gambe ingessate, il resto del corpo bendato, a volte non poteva fare altro che muovere la punta delle dita. Ma se non doveva muoversi troppo veloce, o se non doveva muoversi affatto, allora stava meglio.

Tornare a vivere senza potersi muovere era un'enorme seccatura.

Certo, era una situazione solo temporanea, ma non si sapeva per quanto tempo. Quando si trattava di tempistiche, i medici diventavano molto vaghi, perché non volevano che si sforzasse troppo. Così le avevano detto solo che serviva più tempo di quanto lei immaginasse, che doveva pensare solo a riposarsi, prima di passare alla fase successiva. I suoi genitori probabilmente sapevano qualcosa in più, ma non le dicevano tutto. Almeno potevano informarsi sulla riabilitazione, sulle tempistiche e sulle metodologie, invece lei era bloccata a letto. Ma ogni mistero sarebbe svanito presto, perché aveva intenzione di pretendere delle risposte. Nessuno voleva farla preoccupare, erano tutti molto vaghi, ma ottimisti. Però a lei servivano dei numeri. I numeri la mantenevano concentrata. Aveva bisogno di un obiettivo, ma i medici rimanevano sul vago, probabilmente perché non sapevano neanche loro come facilitare la sua convalescenza.

Una volta riuscita a rimanere sveglia per almeno un'oretta o due di fila, avrebbe potuto chiedere quando sarebbe cominciata la fisioterapia, quando sarebbe tornata se stessa.

Deglutì a fatica, cercando di trattenere le lacrime.

Non era così sicura di riuscire a tornare se stessa.

Santo cielo, era spaventata a morte. Aveva davvero pensato che fosse tutto finito.

Per fortuna, ricordava a malapena l'impatto con la macchina. Ricordava solo la confusione, poi la paura, mentre volava per aria. Non ricordava il dolore, o almeno ne ricordava una *parte*, ma andava e veniva a tratti. In ogni caso, l'agonia straziante la raggiungeva in sogno, dall'incidente... con Jack. Si ricordava solo le scarpe, quindi non era nemmeno sicura che fosse lui, non fosse stato per i testimoni che si erano messi a urlare, accorrendo verso loro due.

Non si ricordava chi fossero. Il suo primo ricordo fu il risveglio, quando aprì gli occhi e trovò nella stanza la mamma e il papà, che le tenevano ciascuno un dito della mano. Avevano paura di toccarla di più, ma a giudicare dal suo aspetto, non c'era da biasimarli. Non era certo un bello spettacolo.

Aveva la pelle di un adorabile colore tra il nero e il blu, con delle piccole chiazze di violetto e verde sparse qua e là. Le faceva male lo stomaco, non riusciva a piegarsi, anche perché aveva una cicatrice dovuta all'intervento chirurgico, che le andava da parte a parte. Non aveva un busto, il fegato si stava riprendendo. Poteva andare molto peggio, però, e lei lo sapeva. Il cuore, i polmoni e i reni erano a posto.

Grazie al cielo.

"Miranda? ti fa male? Devo chiamare il medico?"

Scosse la testa, poi tremò. "Sto bene. Beh, però non devo scuotere la testa così tanto."

Austin sospirò e si mise a sedere nella seggiola vicina al letto. "I medici hanno detto che sei stata fortunata, non hai avuto commozioni cerebrali, ma con tutti i traumi che hai subito, la convalescenza ti farà sentire uno straccio. Prendi, bevi un altro sorso di succo. Probabilmente sarai ancora disidratata, non ti fa bene alla testa."

Miranda bevve un altro sorso, poi chiuse gli occhi. "Vorrei tanto sapere quando potrò uscire da questo inferno."

Austin sbuffò. "Anche se esci di qua, non torni certo a casa. Vieni a stare da uno di noi. Probabilmente da me, perché abbiamo abbastanza spazio, non vogliamo che mamma e papà si stanchino troppo."

"Ah, che fastidio, ma è così. Non voglio più mettere piede in quell'appartamento, lo sai?" Figuriamoci nel parcheggio, troppi cattivi ricordi. Avrebbe potuto stare a casa di Decker… ma lui non c'era.

Miranda deglutì sonoramente e scacciò quel pensiero. No, non voleva pensarci.

"Allora ti va bene stare da noi, finché non ti sarai ripresa e non troverai un altro posto tutto tuo dove stare?"

Miranda sospirò. "Sierra è incinta, Austin. Forse dovrei stare da Griffin."

"Griffin è troppo arrabbiato per essere di buona compagnia, adesso."

Miranda trasalì e arricciò le labbra. "Beh, ha diritto anche lui a essere arrabbiato. Anch'io non sono certo allegra."

Austin sospirò. "Mi dispiace, tesoro. Non volevo andare sull'argomento."

"Su quale argomento? L'argomento del grande assente? Il fatto che l'uomo che amo mi ha dato un'occhiata e poi è scappato via con la coda tra le gambe? O il fatto che non ha nemmeno avuto la gentilezza di dirmelo in faccia? No, è scappato col favor della notte, anche se era già mattina, ma che importa... non mi ha nemmeno detto che mi lasciava."

Le lacrime le riempirono gli occhi, Miranda si morse un labbro, rifiutandosi di piangere per lui.

"Ha lasciato una lettera," le disse Austin tranquillamente.

Sì. La lettera.

"Una dannata lettera, Austin? Ha scritto che non era alla mia altezza, ha scritto che aveva paura di trasformarsi nel proprio padre, o in Jack, perché anche lui non è un brav'uomo. Ma che cazzo, Austin. Le parole che mi ha scritto in quella lettera sono state le più oneste e sincere che mi abbia mai detto, eppure sono un mucchio di stronzate. È scappato via perché aveva paura, così mi ha lasciata da sola." Stavolta Miranda non riuscì più a trattenere le lacrime e singhiozzò. Piangere le faceva venire male alla testa, davvero non voleva piangere per lui. Le faceva troppo male al cuore... le faceva male dappertutto.

"Lo prenderei a pugni per farti contenta, ma la mamma dice che poi mi sgrideresti."

Miranda accennò una risata leggera, poi gemette per il dolore allo stomaco. "Non farmi ridere. Mi tira la cicatrice."

Austin spalancò gli occhi, poi chiuse la bocca.

Miranda rise di nuovo per quell'espressione, poi sussultò.

"Fa lo stesso, Austin. Per un po' mi farà male, ma non possiamo farci niente, se non aspettare che il mio corpo guarisca. Per quanto riguarda il prenderlo a pugni, è vero, ti sgriderei. Prima di tutto lo amo ancora, anche se questo mi fa incazzare. E poi non pensi che ci sia già stata abbastanza violenza in questa famiglia?"

Austin ebbe la grazia di sembrare imbarazzato, poi si accomodò sulla sedia. "Potrebbe tornare sui suoi passi, Miranda. Si è spaventato. Cavolo, ci siamo spaventati tutti."

"Ma nessun altro è scappato via."

Austin sospirò. "Nessuno di noi ha la sua stessa storia. So che suo padre è uscito di nuovo dal carcere e lo sta infastidendo. Sua mamma è rimasta a vivere con lui, Decker non sa più cosa fare per tirarla fuori da quella situazione. Si sente strattonato da tutte le parti, quindi ha fatto una cazzata."

Miranda deglutì a fatica, poi rivolse lo sguardo verso il suo fratellone. "È tutto vero, ma rimane il fatto che mi ha ferito. Mi ha *ferito* quando stavo già male. Se ne è andato via senza dire una parola. Ho sempre saputo che il rapporto che avevamo poteva anche essere transitorio, ma non credevo sarebbe stato così crudele. Oddio, quanto *odio* i suoi genitori. Li odio. Ma lui *non è* come loro. Finché non lo capirà, non potrà stare con me. Non con tutto se stesso."

Austin la scrutò in viso. "Tu non sei più una ragazzina."

"No, esatto, non sono più una ragazzina. Sono una donna adulta che è stata picchiata a sangue, per poi essere colpita di nuovo. Sono stufa di fare la vittima, Austin. Sono stufa di essere messa da parte."

Austin le passò una mano sul viso, imprecando. "Santo Dio, quanto vorrei uccidere quel bastardo."

"Quale?" gli chiese lei, seccata.

Austin spalancò gli occhi. "Tutti e due. Uno ti ha spezzato nel corpo, l'altro nel cuore, nessuno può permettersi di farlo alla mia sorellina. Decker è fortunato che lo abbiamo sempre trattato come uno della famiglia. Questo è l'unico motivo che mi impedisce di andare a bussare alla sua porta per prenderlo a calci in culo. Questo, e il fatto che tu non vuoi che lo faccia. Per quanto riguarda Jack? Adesso è protetto dalle sbarre, è difficile andarlo a beccare."

Miranda chiuse gli occhi e deglutì sonoramente. Non voleva pensare a nessuno di quei due, ma il fatto che Jack fosse stato arrestato l'aiutava a dormire meglio la notte. La polizia lo aveva fermato il mattino dopo, era in un casotto di sua proprietà, a tre ore di distanza da Denver. Quell'idiota pensava davvero che nessuno andasse a controllare le sue proprietà. Anche se, a giudicare dalla stronzaggine con cui la prima squadra era intervenuta fin dall'inizio, quando era stata assalita la prima volta, Jack probabilmente pensava di potersela cavare anche in quell'occasione.

Si era scoperto che nella vita l'aveva fatta franca in molte occasioni.

Infatti probabilmente aveva picchiato la sua precedente fidanzata. Parecchio. Al punto da dover cambiare città e trovare un nuovo impiego, per evitare di venire beccato. Quando si era saputo della storia di Miranda, anche l'altra ragazza si era fatta avanti. Miranda era sicura che quell'uomo biondo dagli occhi celesti avesse picchiato in passato anche altre donne. Avrebbe affrontato la giustizia, anche se il prezzo era stata la salute di Miranda. L'accusa era di tentato omicidio, oltre a vari altri capi di imputazione a cui Miranda ancora non voleva pensare.

Non le avrebbe più fatto del male.

Non avrebbe più fatto del male a nessuna.

Dalla scuola avevano telefonato la signora Perkins e tanti altri. L'anziana docente di inglese, che sembrava godere delle difficoltà di Miranda, si era invece offerta di aiutarla in ogni modo. Tutti le si erano stretti intorno, dicendole che, quando sarebbe stata pronta, il posto sarebbe sempre stato suo. Sembrava che mancasse anche ai suoi studenti, si trovavano bene anche con il supplente, ma non era la stessa cosa. Quando Miranda riusciva ad alzare la testa senza troppi dolori, quel pensiero la inteneriva.

Aveva un futuro che l'attendeva. Si sarebbe ripresa, si sarebbe rimessa in piedi, sia pur col cuore spezzato. Il suo lavoro la aspettava, avrebbe trovato il modo di attraversare gli stessi corridoi, senza dover continuamente ricordare l'uomo che l'aveva mandata all'ospedale.

Un giorno magari sarebbe persino riuscita a voltare pagina, dimenticando l'uomo che l'aveva lasciata col cuore infranto in un letto d'ospedale.

Sapeva che Decker aveva un sacco di problemi suoi da gestire, ma sapeva anche che l'aveva abbandonata non perché lei non fosse alla sua altezza, ma perché *lui* pensava di non essere all'altezza.

Avrebbe anche potuto perdonarlo, se non l'avesse lasciata

proprio quando era piena di dolore, in punto di morte, ma non sapeva se ce l'avrebbe fatta.

Tutto ciò che credeva di volere con lui era volato fuori dalla finestra, ormai poteva solo raccogliere i cocci e andare avanti.

Peccato che non era facile.

Peccato che lo amava ancora.

Ma l'amore non bastava. Decker glielo aveva dimostrato.

PER LA SECONDA VOLTA, quel mese, Decker si ritrovò all'ospedale. Gli faceva male la testa perché non dormiva, non perché beveva. Non aveva bevuto alcol, dall'ultima volta che aveva attraversato quelle porte, da quando aveva visto la donna che amava a pezzi e piena di lividi.

Se n'era andato perché non voleva diventare come suo padre, allontanare il dolore bevendo non avrebbe fatto altro che avviarlo verso il sentiero della perdizione.

Era un passo, ma ormai aveva già mandato all'aria qualunque speranza di felicità. Doveva solo abituarsi a vivere con ciò che gli era rimasto. Ormai aveva tirato avanti per anni, avrebbe continuato a farlo. Il momento magico con Miranda era finito, e lui era l'unico colpevole.

Ma l'aveva fatto per il bene di Miranda.

Altrimenti l'avrebbe ferita di più, quando ormai di ferite lei ne aveva avute abbastanza.

Si ritrovava di nuovo all'ospedale, ma non per Miranda. No, attraversava le corsie per andare dall'altra donna della sua vita, anche se ripensandoci non era stata molto partecipe, almeno non lo era da molto tempo.

Però avrebbe dovuto essere presente, dannazione.

La telefonata gli era arrivata dal pronto soccorso, gli avevano detto che sua mamma era all'ospedale. Evidentemente Frank l'aveva picchiata così tanto che era impossibile nascondere i lividi. Decker non capiva come avesse fatto sua madre a finire all'ospedale, dato che era sempre riuscita a sopportare ogni dolore. Per lui era un dolore enorme sapere che sua madre non riusciva, o non voleva ribellarsi, difendersi. Decker era abbastanza grande per difendere anche lei, ma lei non gli aveva mai chiesto aiuto, non aveva mai accettato di farlo intervenire, nonostante lui si fosse offerto. Lui aveva pregato che un giorno sua madre capisse di non essere obbligata a stare con Frank... ma forse quel giorno sarebbe stato troppo tardi.

Si avvicinò al banco dell'accettazione e chiese di Francine Kendrick. Quella volta poteva ben dire di *essere* un parente, anche se solo biologicamente.

Mentre nell'occasione precedente era tutto agitato, col corpo contratto e con la voce profonda e aspra, in quel momento aveva un atteggiamento più rassegnato. Non voleva vedere com'era conciata sua madre. Odiava quella sensazione di impotenza. Non poteva far nulla, se non rapire sua madre per tenerla lontana dal proprio padre. Anche così, forse non sarebbe bastato. Ormai Frank aveva incasinato la testa di Francine e Decker non sapeva come farle aprire gli occhi. Sua madre proveniva da una famiglia in cui una donna stava sempre dalla parte del marito, a prescindere. Le promesse e i vincoli andavano mantenuti.

Il fatto che quei vincoli un giorno potevano ucciderla non aveva importanza.

Un'infermiera lo accompagnò fino alla stanza. Chiaramente, quel che era successo non era terribile come l'attacco a Miranda.

Santo Dio.

Poteva ancora immaginare il viso pallido di Miranda tutto pieno di lividi scuri. In cantiere, al lavoro, aveva sentito che Miranda era stata congedata e si era trasferita a casa di Griffin, dove avrebbe vissuto durante la convalescenza. A quanto gli aveva riferito Luc, Miranda avrebbe preferito stare da Austin, ma col bimbo in arrivo e che Sierra che già aveva delle complicazioni per la gravidanza, da Griffin sarebbe stato più facile sistemarsi creando meno disturbo.

Il fatto che Decker lavorasse ancora per Wes e Storm era

tremendamente imbarazzante, ma Tabby era tornata dalle vacanze forzate e si era trasformata in una specie di mediatrice. Wes non gli parlava direttamente, scriveva degli appunti e glieli faceva avere tramite Tabby. Storm gli parlava solo di lavoro, poi se ne andava e lo lasciava da solo. Solo Luc gli parlava, trattandolo come se non fosse lo stronzo che era, ma Decker non sapeva quanto sarebbe durata.

Sapeva che avrebbe fatto meglio a dimettersi e trovare un altro impiego. Meglio ancora, doveva andarsene da Denver, così non avrebbe ferito la famiglia Montgomery più di quanto non aveva già fatto. Lui era un dannato Kendrick, sapeva che c'era sempre da aspettarsi di peggio, prima di qualcosa di buono, se mai fosse arrivato.

"Decker. Sei venuto."

La vocina di sua madre gli vibrò nel petto, Decker respirò profondamente, poi si fece forza. Entrò fino in fondo alla camera e cercò di mantenere un'espressione del viso neutra.

Frank l'aveva conciata davvero male, aveva il viso deturpato e un braccio rotto. Decker non sapeva cos'altro avesse, ma quelli erano i segni più visibili. Era già fin troppo così.

"Mamma, santo cielo. Ti fa male?"

Lei scosse la testa e poi tremò. "Starò meglio. Mi hanno dato delle medicine che mi faranno stare meglio. Decker. Ho bisogno del tuo aiuto."

Decker sentì la speranza riaccendersi nel petto, fece tre grandi passi fino al fianco della madre. Poi le prese la mano che aveva libera e riprese fiato.

"Finalmente. Va bene, puoi venire a stare da me. Ti terrò io al sicuro, intanto che sporgiamo querela contro Frank. Poi vedremo cosa fare. Ci sono io con te, mamma, hai capito?"

Lei sembrò confusa e ritirò la mano. "Ma no, Decker, sono caduta."

Il volto di Decker si spense, lui si rialzò lentamente, incredulo. "Sei caduta," ripeté sottovoce, quasi privo di emozioni. "È una bugia, e lo sai bene."

Lei sbatté le palpebre cercando di trattenere le lacrime e distolse lo sguardo. Decker imprecò e fece un altro passo indietro. Sua madre aveva una paura così folle di Frank che non avrebbe mai fatto nulla contro di lui. Lo stava guardando come se anche lui fosse lo stesso mostro.

Forse era proprio così, ma dannazione, non poteva permettere a sua madre di andare avanti così.

"Io... ho comprato la birra sbagliata. Era giusto vicino a quella in offerta e mi sono confusa. Va bene così, tesoro, non succederà più. Però ho bisogno del tuo aiuto."

Era una storia già sentita, gliel'aveva raccontata un'infinità di volte, anche quando era un ragazzino. Ma perché sua madre non si rendeva conto di cosa le faceva quell'uomo? Perché Decker non riusciva ad aiutarla?

"Mamma. Lascia che ti aiuti."

"Ma certo, tesoro. Aiutami. La polizia cerca tuo papà, vogliono incriminarlo per questo e lui si arrabbierà troppo. Ho bisogno del tuo aiuto con la cauzione. Lo sai che non mi piace chiedere dei soldi, ma mi serve il tuo aiuto col tuo papà."

Ogni speranza che poteva ancora nutrire nel suo cuore di figlio ferito gli si spezzò dentro. Sua madre preferiva il marito al figlio. Per quante volte Frank l'avesse mandata all'ospedale, lei sarebbe sempre tornata da lui.

Decker non sapeva come interrompere quel circolo vizioso. Sapeva solo che lui ne era fuori.

Era il porto sicuro che lei non avrebbe mai cercato.

Si sarebbe sempre assicurato che sua madre sapesse di poter contare su di lui, avrebbe sempre cercato di tirarla fuori da quel gorgo, ma se lei non ci provava...

Sarebbe stato tutto invano.

"Mamma. Non ho intenzione di aiutarlo."

Lei lasciò cadere la testa, lui si sentì come preso a pugni. Lo sguardo negli occhi di sua madre... diamine. Lui *non* era come suo padre.

Sbatté le palpebre.

Lui non era come suo padre.

Porca puttana.

Cosa aveva combinato?

Cosa aveva fatto a Miranda?

"Decker, tesoro, ho bisogno di te."

Lui scosse la testa, deglutì sonoramente e fece un altro passo indietro. "Non posso, mamma. Se vuoi uscirne, se ti serve un posto sicuro dove stare, puoi contare su di me. Ma non aiuterò mai l'uomo che ti ha ridotta così. Non ti aiuterò a farti picchiare di nuovo."

Con quelle parole, lasciò sua madre in quel letto, in lacrime. Magari finalmente gli avrebbe chiesto aiuto per sé e non per l'uomo che entrambi odiavano. Magari finalmente le cose sarebbero cambiate.

Decker forse non aveva più speranze, ma era abbastanza forte da non arrendersi.

Almeno, ne era convinto.

Ma si era arreso con Miranda. No, anzi, si era arreso con se stesso, rovinando tutto. Se n'era andato proprio quando lei aveva più bisogno di lui, non c'era modo di tornare indietro. Anche se Miranda lo desiderava ancora, non si sarebbe mai più fidata di lui, non poteva certo biasimarla.

Aveva rovinato tutto per paura.

Aveva incolpato suo padre, le proprie ferite, ma erano tutte scuse. Aveva rovinato tutto solo perché aveva paura, non avrebbe mai potuto perdonarsi.

Quando arrivò a casa, si sentì preso dalla nausea, le mani gli tremavano. Non sapeva cosa aspettarsi, non sapeva cosa fare, ma sapeva di non poter andare avanti così. Se avesse passato il resto dei suoi giorni a nascondersi per la paura, sarebbe diventato proprio come l'uomo che lo aveva sempre spaventato; proprio l'uomo che non voleva essere.

Non aveva idea di cosa fare.

In passato pensava di non essere all'altezza di Miranda, a quel punto ne era ancor più convinto.

L'aveva *lasciata*.

Sì, lui non era come il proprio padre, ma l'averla lasciata gli rendeva molto più difficile cercare di tornare alla normalità.

Era impossibile tornare indietro.

Con un sospiro, uscì dalla macchina ed entrò in casa. Gunner gli venne incontro e abbaiò, danzando intorno alle gambe di Decker. Lui si abbassò per dare una bella grattata su tutto il corpo del suo cane. Era bello vedere almeno qualcuno (per quanto fosse un cane) che era felice di vederlo. In realtà, Gunner era stato un po' depresso nell'ultima ventina di giorni, da quando Miranda non c'era più. Evidentemente il suo fascino aveva colpito più di un maschio, nella casa.

Poi era arrivato Decker a rovinare tutto.

Qualcosa colpì la porta e Decker si fece serio. Gunner cominciò a ringhiare al suo fianco, ma lui lo fece zittire.

"Vai di là," gli ordinò, indicandogli il corridoio. Gunner non sembrò contento, ma obbedì al comando.

C'era qualcosa che non andava, Decker non voleva che il suo cane si facesse male, per qualunque motivo. Per anni aveva cercato di proteggere chi gli stava vicino.

Qualcosa colpì la porta, infrangendosi come vetro, Decker sospirò. Invece di uscire ad affrontare chiunque fosse, telefonò alla polizia. Il centralino delle emergenze gli disse che stava arrivando una pattuglia e che doveva rimanere in casa.

La finestra che dava sulla strada andò in frantumi.

Il vetro si sparse in tutto il salotto, Decker andò a nascondersi dietro la penisola della cucina, mentre schegge di vetro piovevano in casa.

"Ragazzo! Porta fuori quel cazzo di culo. Mi devi aiutare, porca troia!"

Era un idiota patentato. Un idiota di prima categoria che scappava dalla polizia e aveva deciso di urlare a pieni polmoni per farsi riconoscere. Decker si rialzò in piedi e afferrò il matterello. Decise di non prendere un coltello. Dal modo in cui quell'ubriacone figlio di puttana si era presentato a casa sua, Decker sarebbe stato quello più a rischio di farsi del male.

"Porco cane, Frank."

"Ragazzo, non mi rispondere così. Mi devi nascondere. Ho la polizia alle calcagna."

Come avesse fatto a non farsi trovare prima, Decker non

lo sapeva. Però Decker decise che avrebbe fatto in modo che suo padre se ne stesse buono e fermo dov'era. La polizia sarebbe arrivata presto, probabilmente quell'incursione con effrazione avrebbe aggravato la pena a cui quell'uomo probabilmente sarebbe stato condannato.

"Non puoi arrivare così a casa mia. Non sei il benvenuto. Non lo sei mai stato. Quando la polizia ti becca, io non ti aiuterò. Ti meriti di andare in galera. Ti meriti di andare all'inferno."

Frank si agitava sul posto. "Io ti ho fatto crescere, ragazzo, adesso mi devi aiutare."

"No, davvero non devo. Sono stufo di te, stufo di pensare che puoi controllare la mia vita, quello che faccio. Anche quando pensavo di aver superato tutto il passato, c'era sempre la tua presenza nella mia testa che incasinava tutta la mia vita."

"Non puoi dare a me la colpa di tutti i tuoi problemi. Ti sei perso quel culetto di una Montgomery tutto da solo."

"Non posso negarlo, ma hai finito di infestare i miei pensieri, la mia vita. Io non sono come te. Non sono mai stato come te e non lo sarò mai."

Le sirene della polizia si facevano più vicine, Frank spalancò gli occhi. "Brutto figlio di troia." Frank cercò di colpirlo, Decker si fece da parte, lasciandolo cadere per terra. Frank si rialzò, si girò e fece per colpire Decker con un pugno.

Decker scansò il pugno e poi prese Frank con un braccio, sbattendolo contro il muro e immobilizzandolo.

"Stai fuori dalla mia vita," gli ringhiò. "Fuori."

Frank slanciò la testa all'indietro, colpendo il mento di Decker, che ondeggiò all'indietro e alzò le mani per proteggersi, mentre Frank cercava ancora di colpirlo.

La polizia arrivò e abbatté la porta, urlando che si mettessero tutti a terra. Frank tentò un ultimo pugno, ma il poliziotto più corpulento lo bloccò prima che colpisse Decker.

Era finita.

Doveva finire tutto.

Quando la polizia finì di raccogliere la deposizione di

Decker, con Frank in manette, Decker era pronto a farsi una dormita di qualche giorno. Invece rimise in sesto la sua finestra e spiegò ai vicini cosa era successo. Ricevette la solidarietà di tutti, nessuno lo guardò come fosse un criminale. Anzi, biasimarono tutti suo padre, non lui.

Se solo l'avesse capito prima, non avrebbe perso l'unica persona di cui gli fosse mai importato.

No, non era proprio così. C'erano altre persone di cui gli importava molto, ma si era innamorato solo di una di loro.

Prima ancora di accorgersene, si trovò davanti a casa dei Montgomery. Aveva bisogno… sentiva il bisogno di una *mamma*. Bussò una volta, poi sbatté le palpebre e si risvegliò dalla confusione mentale in cui si trovava. Ma che cavolo stava facendo? Ormai aveva bruciato quei ponti. Aveva lasciato Miranda, non aveva più quella rete di sostegno di cui non aveva mai pensato di aver bisogno veramente.

Si girò dall'altra parte e si incamminò verso la macchina, con l'animo infranto.

"Decker?"

La voce di Marie lo colpì dritto al cuore, facendolo bloccare.

"Decker, tesoro, cosa c'è che non va?"

Decker si girò, gli tremavano le mani. "Io… io…"

"Vieni in casa, tesoro. Dai che sistemiamo tutto."

Sembrava proprio sicura, ma lui sapeva che non era così semplice. "Frank è tornato dentro, mia mamma vuole che gli paghi la cauzione," sbottò. "Non posso fermarmi qui, Marie. Lo sai, ho mandato tutto all'aria. Ho rovinato tutto. Non potrò mai più riavere Miranda. L'ho persa, l'ho spinta via."

Marie alzò il mento. "Vieni in casa, piccolo. Vedrai che sistemiamo tutto. Siamo una famiglia, tesoro."

Lui scosse la testa, così si incamminò lei verso di lui. Era così minuta, al confronto. Del resto, non poteva essere tanto più grande di Miranda.

"Tu sei come un figlio, per me, Decker. Lo so che non abbiamo mai avuto occasione di ufficializzare, ma ti ho cresciuto insieme agli altri miei figli. Sì, hai mandato tutto all'aria con la mia bambina, ma l'uomo che ho cresciuto è in grado di sistemare le cose. Buttati giù, mettiti in ginocchio, mostra a quella ragazza che sei l'uomo giusto per lei. Devi essere al suo fianco, a qualunque costo. Basta scappare."

"Non mi perdonerà mai."

Marie scosse la testa. "Invece potrebbe farlo. Non potrà mai dimenticare, ma del resto nemmeno tu dimenticherai. Ora muovi il culo e vieni in casa, che ti facciamo passare una bella serata. Hai bisogno di mangiare in compagnia. Quell'uomo..." Marie scosse la testa. "Quell'uomo che dice di essere tuo padre non è *nulla*. È fuori dalla tua vita, vedremo di assicurarci che ci rimanga. Per quanto riguarda Francine, beh, se hai bisogno di una mano per uscirne, noi ci siamo. Io non potrò mai dimenticare cosa ti è successo quando eri ragazzo, ma non potrò *mai* dare la colpa a lei per quanto ha fatto Frank. Ora entra in casa, Decker. Noi ti vogliamo bene, tesoro. Vedrai che sistemeremo tutto."

Decker deglutì sonoramente, poi mise un braccio intorno alle spalle di Marie, che ricambiò con un braccio intorno ai fianchi di Decker, facendolo sospirare.

Harry e Marie erano i genitori che l'avevano cresciuto. Erano quelli che doveva impegnarsi a prendere come modelli, non quel casino da cui proveniva.

Se solo se ne fosse accorto prima, magari non avrebbe perso la sua Miranda. Forse Marie aveva ragione, forse poteva implorarla di tornare insieme. Era disposto a tutto, pur di riaverla.

Sperava solo che lei fosse disposta a riprenderselo.

Capitolo 21

Miranda si coprì la faccia con le mani.

"Te l'ho detto che è stato un dramma," le disse Griffin a bassa voce. "Ma adesso Frank è fuori gioco, Decker ha fatto trasferire Francine a casa della sorella. Almeno quel dramma si è concluso."

Miranda annuì e inspirò di scatto. Aveva ancora le gambe e un braccio ingessato, ma per il resto si stava riprendendo. Non poteva ancora camminare o fare altro per conto suo, ma almeno non le veniva da piangere ogni volta che si muoveva.

Lei e Griffin si erano riavvicinati *davvero* molto.

Grazie al cielo poteva farsi il bagno, bastava avvolgere il gesso con della pellicola per proteggerlo, perché altrimenti non sapeva come avrebbe fatto.

"Non ci posso credere, suo papà si è presentato così a casa sua, è davvero fuori di testa." Poi appoggiò la testa sul divano e cercò di mettersi più comoda. Era ancora più facile a dirsi che a farsi.

Griffin si sedette sul tavolino basso davanti a lei. "La mamma ha detto che Decker finalmente sta cominciando a voltare pagina."

Miranda si fece seria. "Rispetto a cosa?" Il cuore cominciò a batterle più veloce, si morse un labbro.

Suo fratello scosse la testa e imprecò. "Porca vacca, non è quello che intendevo. Scusami. Intendevo dire che sta voltando pagina rispetto a suo *padre*. Non rispetto a te." Poi chiuse gli occhi. "Cazzo. Mi dispiace. È troppo complicato. Non sono abituato a stare attento a quello che dico, con te o con lui. Ma non importa, perché sei tu quella piena di dolori, da molti punti di vista. Adesso me ne sto zitto. Verrebbe da pensare che dovrei cavarmela un po' meglio con le parole, visto e considerato il lavoro che faccio."

Miranda sentì una lacrima che le scorreva sulla guancia, ma scosse la testa, contenta che almeno adesso quel gesto non le procurasse più dolore. Non era colpa di Griffin se la situazione era imbarazzante. La colpa era tutta sua e di Decker. Lei non voleva essere la persona responsabile di aver allontanato Decker dal gruppo. Sapeva di dover affrontare il fatto che Decker aveva *bisogno* di far parte della famiglia, anche se non stava più con lei. Anche se non avevano lo stesso cognome, i suoi genitori lo avevano adottato molto tempo prima che lei si innamorasse di lui.

Doveva affrontare anche lei le conseguenze.

Non voleva che i parenti fossero costretti a prendere posizione, anche se qualcuno l'aveva già fatto. Ma la mamma e il papà ancora no. Li avevano sostenuti entrambi, anche se per motivi diversi. Quello era un altro dei tanti motivi per cui Miranda amava i suoi genitori.

Ma lei era convalescente, tutta sola, mentre Decker stava finalmente capendo chi era... tutto solo.

Che situazione di merda!

"Vuoi che ti prepari qualcosa da mangiare?" le chiese Griffin, cercando chiaramente di cambiare argomento.

"Non ho fame, ma se vuoi mangiare qualcosa, fai pure." Vedendo che non si muoveva, Miranda inarcò un sopracciglio. "Vai a lavorare, fai qualcosa, Grif. Non c'è bisogno che tu stia qui seduto a guardarmi. Non è che stando sempre qui vicino le fratture guariscono prima." Stava solo cercando di scherzare, ma quando lo vide scattare, Miranda capì di essersi espressa male. "Scusami, sto bene, Grif. Dico davvero. Vai a scrivere il prossimo grande romanzo americano, se ho bisogno di qualcosa ti chiamo con questo campanello." Come dimostrazione, prese il campanellino che stava appoggiato sul divano e lo fece tintinnare un po' di volte.

Griffin strizzò gli occhi e si massaggiò la mandibola. "Te lo giuro, quel coso vibra alla frequenza precisa che mi fa male alle otturazioni. Ma che cavolo di idea ha avuto Austin?"

Miranda rise. "Penso che volesse solo essere sicuro di farmi catturare la tua attenzione, quando avevo bisogno di qualcosa."

Griffin si alzò in piedi, brontolando a mezza voce. "A Leif arriva una batteria per Natale."

"Sono quasi certa che Maya stia pensando di comprargliela."

Lui imprecò e si passò una mano sulla testa. "Va bene, allora una chitarra elettrica. Così quel ragazzino può mettere su una band tutto da solo e far impazzire Austin per il rumore."

"Penso che con il nuovo bimbo in arrivo ci sarà già abbastanza casino."

Griffin le sorrise teneramente, poi la salutò con un cenno della mano, prima di recarsi nel suo ufficio. Doveva lavorare, ma con la presenza di sua sorella, Griffin sapeva che non stava rendendo quanto doveva.

Come se non bastasse, lei non poteva muoversi, lui era sempre molto disordinato, quindi la casa stava cominciando a diventare una discarica. Per fortuna, Meghan aveva assunto una colf, anche grazie all'aiuto di Wes e Storm. Meghan avrebbe voluto venire ad aiutarla in prima persona, ma Miranda le aveva detto di no. Sua sorella aveva già abbastanza grattacapi da affrontare, doveva concentrarsi sui suoi bambini, sul suo futuro. Ogni volta che Meghan aveva bisogno di prendersi una pausa, avrebbe sempre trovato Miranda convalescente ad aspettarla, ma per il resto c'erano altre priorità su cui doveva concentrarsi.

Rimanendo da sola in salotto, Miranda si ritrovò a pensare, a volte non le faceva bene rimanere da sola con i propri pensieri. Non riusciva a fare a meno di pensare a Decker, al suo cosiddetto recupero.

Forse finalmente stava trovando un modo di convivere con l'uomo che era, non con l'uomo che pensava di essere, ma Miranda non poteva saperlo.

Le mancava come amico, le mancava l'uomo di cui si era innamorata, ma non poteva guarire fisicamente e aiutare lui a guarire mentalmente, se lui non voleva. Non che volesse essere lei a rendergli la vita migliore, ma sarebbe stato carino che lui si fosse sentito meglio *prima* di strapparle il cuore dal petto.

Oddio, quanto odiava e la debolezza di quei pensieri. Se voleva andare avanti e voltare pagina, doveva togliersele dal cuore e dalla mente. Doveva pensare al suo lavoro che la aspettava, alla famiglia che le voleva bene e che, dopo tutti gli avvenimenti e le peripezie, aveva *bisogno* di lei, doveva concentrarsi sul futuro, un futuro che avrebbe scoperto... da sola.

Poteva farcela, ma ciò non significava che *volesse* farcela, da sola.

Ormai non era più sicura del ruolo che poteva avere Decker nella sua vita. Lui non aveva voluto rischiare di perdere tutto, quindi aveva gettato tutto all'aria, anche se, almeno secondo i suoi genitori, lui faceva parte delle *loro* vite, quindi in fin dei conti faceva comunque parte anche della vita di Miranda. Lei non trovava egoista il gesto dei suoi genitori, che lo avevano accolto a casa loro. Tutt'altro. Lui aveva sempre fatto parte della famiglia, era stata lei a cambiare le carte in tavola. E poi Decker aveva bisogno di loro.

Lei sperava solo che avesse bisogno anche di lei.

Sentì il campanello della porta squillare. Avrebbe voluto andare a rispondere da sola, ma con le gambe ingessate era impossibile.

Così attese che Griffin uscisse dal suo ufficio per andare a rispondere, ma nessuno entrava.

Il campanello squillò di nuovo, Miranda chiuse gli occhi. Suo fratello doveva aver cominciato a scrivere, a volte era così preso che non sentiva nemmeno il campanello della porta... del resto si dimenticava persino di lavarsi.

Proprio per quel motivo Austin le aveva procurato il campanellino che tanto faceva male ai denti di Griffin. Quello era impossibile da ignorare. Miranda lo afferrò e lo fece tintinnare qualche volta, finché suo fratello non si fiondò fuori dal corridoio.

"Per Dio, smettila. Santo cielo, ti prego, basta."

Miranda indicò la porta di ingresso col campanellino, Griffin alzò gli occhi al cielo, le sue guance si arrossarono leggermente.

"Scusa, mi sono lasciato prendere dal lavoro."

Il campanello della porta suonò di nuovo.

"Arrivo, arrivo!" Griffin aprì la porta, Miranda lo vide bloccarsi sui due piedi. "E tu che cazzo ci fai qui?"

Miranda cercò di guardare oltre il fratello, per vedere chi c'era alla porta, ma non riusciva a muoversi bene. Tra l'altro, aveva il presentimento di sapere chi fosse, a giudicare dalla reazione di Griffin. Non era certa di voler indovinare o meno.

"Per favore, posso parlare con Miranda?"

La voce profonda di Decker le scivolò addosso, facendola tremare. Miranda non capiva se la sua era una sensazione di bisogno, di dolore, di tensione, non era nemmeno sicura di essere pronta. Cavolo, quanto odiava la sua debolezza. No, la sua non era debolezza. Era solo sopraffatta, era troppo, tutto in una volta. Non lo vedeva da prima dell'incidente. Gli altri le avevano detto che era rimasto tutta la notte in sala d'attesa, che era stato il primo ad andarla a vedere. Il fatto che poi se ne fosse andato via subito le faceva venire voglia di urlare, ma le aveva scritto che se ne andava per proteggerla.

Che stupido.

Lei non aveva bisogno di essere *protetta*.

Poi si guardò gli arti ingessati. Quelle erano circostanze diverse.

"Lei non ti vuole vedere, amico," rispose Griffin. "Anzi, neanch'io sono così sicuro di volerti vedere. Sei uno stupido idiota, per quello che le hai fatto."

"Lo so, sono d'accordo, Grif. Diamine, sono un coglione deficiente, sono tremendamente avvilito per averti deluso, ma devo davvero vedere Miranda."

Miranda sentì le lacrime che le si formavano negli occhi, ma si costrinse a trattenerle. Aveva già pianto fin troppo per quel che aveva perso, non voleva ricominciare.

"Lei non vuole vederti," ripeté Griffin. "Devi andar via." Poi si lasciò sfuggire un sospiro che le arrivò dritto al cuore. "Forse… forse un giorno mi verrà voglia di rivederti, ma adesso vedo solo l'uomo che ha ferito la mia sorellina, e non penso proprio di poterti sopportare."

Miranda sentì una lacrima solitaria che le scendeva sulla guancia, così imprecò. Diamine. *Non* voleva piangere ancora, eppure sentire che anche suo fratello era così addolorato era troppo da sopportare.

"Griffin," disse a voce alta e roca. "Fallo entrare. Voglio parlare con lui."

Griffin si guardò alle spalle e si fece serio. "Non devi per forza, se ne può anche andare, possiamo farne a meno. Non voglio che ti sforzi troppo, devi ancora guarire."

Miranda alzò il braccio ingessato. "Sto guarendo in questo momento, posso continuare a guarire intanto che gli parlo. Fallo entrare, se lo mandi via proprio adesso non farai altro che rimandare l'inevitabile. Hai capito?"

Griffin sospirò e tornò a guardare Decker. "Ti direi che se la ferisci ti ammazzo, ma ormai l'hai già fatto."

Miranda sussultò a quelle parole.

"Però… guarda di non fare nulla di cui poi ci pentiremo tutti," gli disse Griffin sottovoce, per poi farsi da parte e guardare Miranda. "Io sono in ufficio. Se hai bisogno di me, suona quel dannato campanellino." Baciò la sorella sulla testa, per poi incamminarsi verso il suo ufficio.

Quando il fratello fu uscito dalla stanza, Miranda finalmente si girò verso Decker.

Miranda sentì il cuore sciogliersi.

Stupido di un cuore.

Decker era in piedi sull'uscio, con la luce del sole alle spalle che gli incorniciava il corpo, sembrava uno strano angelo. Chiaramente i farmaci le annebbiavano ancora un po' i sensi.

In quel momento si rifiutò di guardarlo negli occhi, se l'avesse fatto, avrebbe perso il controllo e non sapeva cos'avrebbe detto. Invece abbassò lo sguardo verso Gunner, seduto ai piedi del suo padrone. La lunga lingua gli penzolava dalla bocca, ma aveva gli occhi puntati su di lei, uno sguardo quasi maestoso.

"Ehi, piccolo," gli disse, con voce più acuta del solito. "Mi sei mancato." Si sentiva più tranquilla a parlare al cane che a Decker.

Gunner alzò il muso verso Decker, poi le si avvicinò. Decker fischiò e Gunner si fermò.

"Va bene. Basta che non mi salti addosso, ce la posso fare." Miranda continuò a non guardare Decker, anche mentre gli parlava.

"Stai attento, Gunner," lo avvertì Decker.

Il cane le si avvicinò lentamente, annusando il gesso, prima di appoggiarle il muso bagnato alla mano. Miranda lasciò partire una risatina, sorpresa che Gunner le fosse mancato così tanto.

"Oh, tesoro, che bello vederti, anche con gli occhi gonfi," gli disse a bassa voce.

Gunner ansimava, mentre lei gli massaggiava la testa. Non poteva raggiungere molto altro, ma almeno il cane sembrava felice. Miranda sapeva che stavo solo ritardando l'inevitabile, ma non era sicura di poter alzare lo sguardo.

"Miranda."

Lei strinse gli occhi e continuò a coccolare Gunner. Oddio, quanto le faceva male. "Mi hai lasciata," gli disse tranquillamente. "Cazzo, mi hai lasciata da sola, piena di lividi, in una stanza di ospedale. Mi hai scritto una stupida *lettera*. Ma lo capisci come mi sono sentita? Come un'assoluta *nullità.* Come se non valesse la pena nemmeno parlarmi, dedicarmi del tempo."

Miranda deglutì sonoramente, poi spalancò gli occhi. Decker era in ginocchio davanti a lei, si era ficcato tra Gunner e lo sgabello.

"Mi dispiace tantissimo, Mir." Aveva gli occhi tristi, Miranda li vide pieni di dolore. Solo che non era sicura ne valesse più la pena.

Amava quell'uomo, lo amava con tutta se stessa, eppure lui aveva gettato tutto all'aria.

"Ti amavo, Decker."

"Amavo? Al passato?" Decker aveva la voce rotta, ma lei lo ignorò. Altrimenti temeva di cambiare idea, per quanto non fosse comunque sicura sul da farsi.

Miranda si leccò le labbra e diede a Gunner qualche buffetto sul muso. Decker non la toccò, ma lei poteva sentire il calore del suo sguardo puntato su di sé.

"Non lo so, Decker. Anzi, lo so. Ti amo ancora." Le venne in mente che non glielo aveva mai detto, prima. "Dannazione, non doveva andare così. Non doveva fare così male. L'amore non dovrebbe farmi sentire morta dentro, Decker. Ma non capisci? Io ti ho dato tutta me stessa, tutto ciò che avevo, e tu hai buttato tutto al vento. So di non averti mai detto che ti amavo, prima dell'incidente, ma te l'ho dimostrato in ogni modo. Non volevo spaventarti, come quel giorno in cucina, eppure ti sei spaventato lo stesso. Non so più cosa fare, Deck. Non so più cosa pensare."

Decker fece per prenderle il viso tra le mani, ma poi ci ripensò. Ottimo, perché se l'avesse toccata, lei non avrebbe più saputo controllarsi.

"Lo sapevo, Miranda. Sotto sotto, lo sapevo. Anche se continuavo a dirmi che non era così. Continuavo a dirmi che non potevi amare un uomo come me, un uomo con una famiglia come la mia. Mi sbagliavo, mi sbagliavo completamente. Avevo paura di chi potevo diventare, quella paura è diventata più importante di ciò che avevamo insieme. Anch'io avrei dovuto dirtelo, Miranda. Avrei dovuto dirti che ti amavo."

Lei ansimò, sbattendo le palpebre. "No. Non puoi farlo. Non puoi sbattermi in faccia l'amore, ripetere le mie parole. Non funziona così." Non poteva muoversi, odiava sentirsi come in trappola. Però non suonò il campanellino per chiamare Griffin in soccorso.

Se la sarebbe cavata da sola.

"Non è così, Miranda. Ti prego, per favore, ascoltami. Va bene? Lo so che non ho alcun diritto di chiedertelo, ma te lo sto chiedendo comunque. Quando avrò finito, se non vuoi più avermi vicino, me ne andrò. Ti lascerò in pace, me ne andrò da Denver, lascerò tutto. Farò tutto ciò che vuoi, pur di farti felice."

Miranda scosse la testa. "Ma io non sono felice, Decker. Farti andar via non mi farebbe felice. Non ho intenzione di farti del male, perché sono ferita. Però ascolterò tutto ciò che vuoi dirmi." Lo guardò negli occhi, vedendoci amore misto a speranza. In quel momento, non si girò dall'altra parte. Non sapeva cosa avrebbe fatto, ma sapeva di doverlo ascoltare. Altrimenti avrebbe fatto lo stesso errore che aveva commesso lui, all'ospedale. Se fosse scappata via per paura, se ne sarebbe pentita. Decker chiaramente si era pentito, ma il suo pentimento non risolveva tutto.

"Io non sono come mio padre. Mi è servito fin troppo tempo per capirlo. Lui è un ubriacone, un traditore, un bugiardo, un violento. Ha rovinato la vita a mia madre in tutti i modi, anche se non l'ha ammazzata. Ma sono sicuro che se fosse rimasto in circolazione più a lungo, alla fine sarebbe arrivato anche a ucciderla. Avevo una paura terribile di arrivare un giorno a quel livello, di perdere la testa e diventare come lui."

Miranda scosse la testa. "Ma lo sai che non è così, Decker."

"Lo so. Adesso. Un uomo si distingue per quello che fa, non per la paura. Non ho mai fatto una sola volta quello che ha fatto lui. Non sono un ubriacone. Non sono un violento. Ma la paura più grande e che non mi aspettavo mi è venuta ripensando ai lividi e ai segni rossi che avevo lasciato sulla tua pelle, la sera prima dell'incidente."

Miranda strabuzzò gli occhi, finalmente capiva. "Ma Decker, no, quelli... quelli erano segni tra di noi. Io *volevo* che tu mi sculacciassi. Volevo che mi stringessi i fianchi con forza. Erano tutti i gesti tra due persone che si amano. Non ha *niente* a che vedere con ciò che tuo padre ha fatto a tua madre." Si leccò le labbra. "Se la pensi così, sminuisce tutto ciò che c'è stato tra noi. Lo capisci?"

Miranda sussultò, ricordando che Griffin forse sentiva tutto ciò che si dicevano, ma ormai non le interessava più. Niente affatto. Avevano tutti i loro piccoli segreti, le loro esigenze. Griffin avrebbe dovuto capirlo e accettarlo.

"Lo capisco, Mir. Cacchio se lo capisco. Ho usato il nostro rapporto come una scusa. Avevo paura, ma sono abbastanza uomo da ammetterlo. Però, così facendo, ho ferito l'unica persona a cui tengo più di tutto." Allungò una mano per toccarle le dita, l'unica parte del braccio di Miranda che poteva toccare, dato che il resto del braccio era ingessato.

"Ti amo, Miranda Montgomery. Amo il nostro rapporto così com'era, amo il rapporto che possiamo avere. Sono stato uno scemo ad andarmene, pensavo di proteggerti. Non avrei mai dovuto decidere al posto tuo. Per questo mi dispiace doppiamente. Tu non sei affatto una donna che lascia decidere a un uomo la propria vita, invece ti ho trattata così. Non so proprio come fare per farmi perdonare, ma se me lo concedi passerò il resto della vita provandoci."

Le strinse le dita della mano, lei restituì quel gesto senza pensarci. La speranza si riaccese negli occhi di Decker, Miranda deglutì sonoramente.

"Non so se posso tornare a fidarmi di te, Decker."

Ecco, gliel'aveva detto.

Lui annuì, senza perdere il lumicino di speranza che aveva negli occhi. "Lo so. Mi dispiace davvero un casino. Posso farti tutte le promesse di questo mondo, sapendo nel mio cuore che le manterrò, ma se non mi dai una possibilità, non so davvero che altro fare."

Le sollevò la mano e le baciò la punta delle dita.

Lei lo lasciò fare.

"Farò tutto ciò che posso per dimostrarti di essere alla tua altezza, Mir."

Lei scosse la testa, Decker abbassò lo sguardo. "Decker, tu sei sempre stato alla mia altezza, non è mai stato quello il problema. Eri tu a pensare di non essere all'altezza."

Lui annuì. "Non diventerò come mio padre," disse, stavolta con voce più ferma. "Ti amerò fino all'ultimo dei miei giorni, Miranda. Concedimi di amarti. Stai con me. Non ti chiedo di perdonarmi, perché quello che ho fatto è imperdonabile, ti chiedo di amarmi comunque."

Lei si morse le labbra. "Ma io ti perdono, Decker. Ti sei comportato così da stupido perché non riuscivi a pensare. O forse perché pensavi troppo."

Decker deglutì a fatica, mentre lei gli osservava la gola. "Mi amerai ancora? Mi lascerai tentare di recuperare il nostro rapporto?"

Miranda fece un respiro profondo, poi annuì, decidendo di lasciarsi andare. Amava Decker Kendrick da tanto tempo, le sembrava da sempre, alti e bassi erano prevedibili e se li aspettava, anche se non si aspettava che le facessero così male. Scappare via per paura di essere ferita significava non amarlo abbastanza.

Ma lei lo amava.

Lo amava abbastanza.

Così allungò la mano libera e gliela mise sotto la faccia. Lui girò la testa per baciarle il palmo della mano. "Ti amo, Decker. Ti amo abbastanza per voltare pagina e andare avanti, nonostante ciò che è successo."

Lui tornò a sorridere, con gli occhi accesi di gioia. "Ti dimostrerò tutto, Mir. Ti dimostrerò quanto ti amo. Non voglio più farti dubitare di me, tornerai a fidarti, ad appoggiarti a me. Sarò l'uomo di cui hai bisogno, l'uomo che desideri."

Lei sorrise. "Ma Decker, tu sei già quell'uomo."

Lui le si avvicinò e le sfiorò le labbra con le proprie. Lei si lasciò andare in quel bacio, lo desiderava. Ne aveva sentito la mancanza, le era mancato *lui*, tanto che quasi non riusciva a respirare.

Lui arretrò e appoggiò la fronte a quella di lei. "Non farò altro, finché non sarai guarita. Non voglio farti del male."

Lei vide nei suoi occhi la sincerità e sorrise. "Mi posso accontentare."

"Speriamo. Nel frattempo, perché non vieni a casa mia?" Poi si schiarì la gola. "A casa *nostra*. Così posso aiutarti a guarire meglio."

Miranda lo guardò negli occhi e si sentì amata. "Mi piace l'idea."

Lui la baciò di nuovo, Miranda si innamorò di nuovo di lui. Non sarebbe stato certo facile, ma l'amore era così. Non era una favoletta, non era il sogno di una ragazzina, a cui piaceva il ragazzo che viveva dall'altra parte della strada. L'amore era un fuoco che bruciava tra due persone, due persone che si completavano a vicenda, pur non accorgendosene subito.

Miranda amava Decker Kendrick fin da quando era piccola. Ormai era una donna adulta, con una vita tutta sua, con l'uomo che non avrebbe mai creduto di poter avere.

Non era un brutto modo di riprendersi.

O di vivere.

∼

TRE MESI DOPO.

DECKER SORRISE, mentre Miranda gli si appoggiava contro. "Ecco, piccolo, prendimi. Prendimi tutta."

Gli avvolse le gambe intorno alla vita e lo tirò dentro più in profondità. "Comincia a muoverti, Decker. Se no ti giuro che allungo una mano e mi faccio venire da sola, se non cominci subito a fare la tua parte."

Decker le infilò la lingua in bocca, scopandola in un bacio

profondo, mentre allo stesso tempo pompava con i fianchi. Lei ansimava, si contorceva, gemeva.

Decker si tirò indietro e abbassò la testa per succhiarle un capezzolo con tutta la bocca. Poi lo morse, godendo del modo in cui lei si agitava. Miranda gli aveva messo le mani nei capelli, tirandolo a sé. Lui le solleticò un capezzolo con la lingua, poi arretrò, portando l'attenzione sull'altro seno.

"Decker, sto per..." la sua voce svanì con l'orgasmo, la passera cominciò a palpitare intorno al suo uccello.

Era troppo, lui la seguì a ruota, riempiendola, ma continuando a spingere.

"Santo cielo, quanto ti amo."

Lei gli sorrise, aveva gli occhi pieni di gioia, si muoveva pigramente, gli fece scorrere le mani su e giù per la schiena.

"Anch'io ti amo." Miranda gli toccò una parte irritata della schiena, lui trasalì. "Oh, merda, scusami. Dimenticavo il tuo nuovo tatuaggio sulla schiena."

Lui sorrise e la baciò. "Per questo sono stato sopra e tu sotto."

Lei sbuffò e alzò gli occhi al cielo. "Mi piace che anche tu ti sei fatto il marchio dei Montgomery sulla schiena, ora sei ufficialmente uno di noi."

Decker sentì il petto pieno di orgoglio e annuì. Austin e Maya avevano contribuito entrambi a quel tatuaggio, Decker non si era mai sentito così parte della famiglia.

Si era fatto il tatuaggio sulla schiena, il segno di una famiglia che non aveva mai pensato di avere, il segno dell'amore di una donna che lo aveva spinto a superare se stesso.

Aveva superato i confini della tentazione per arrivarci, ma avrebbe ripetuto tutto senza batter ciglio.

Decker non poteva chiedere di più.

Aveva la sua Montgomery. Era davvero un uomo fortunato.

Fine

Prossimamente:
Un passo difficile;
finalmente Luc avrà una possibilità con Meghan?

Una nota di Carrie Ann

Grazie mille davvero per aver letto I CONFINI DELLA TENTAZIONE. Spero davvero che ti sia piaciuta questa storia, potresti lasciare una recensione? Le recensioni aiutano sia chi scrive che chi legge.

Sono davvero onorata che tu abbia letto questo libro e che ti piacciono i Montgomery tanto quanto piacciono a me!

La serie continua con Un passo difficile e il resto dei Montgomery di Denver.

Se vuoi ricevere tutte le mie ultime novità, puoi iscriverti alla mia newsletter sul sito www.CarrieAnnRyan.com; oppure puoi seguirmi su Twitter, il mio account è @CarrieAnnRyan, o puoi mettere un like sulla mia pagina Facebook. C'è anche un Fan Club su Facebook dove vengono pubblicate domande, indovinelli, chiacchiere e altri annunci. I miei lettori sono il motivo per cui scrivo le mie storie, quindi grazie.

Ricordati di iscriverti alla mia MAILING LIST così potrai sapere subito quando esce un nuovo romanzo, oltre a ricevere informazioni sulle offerte e sulle LETTURE GRATUITE.

Buona lettura!

Se vuoi rimanere aggiornato su nuovi libri o promozioni, sentiti libero di iscriverti alla newsletter di Carrie Ann.

Una nota di Carrie Ann

TI INTERESSA ESSERE UN BLOGGER E REVISORE PER CARRIE ANN RYAN? REGISTRATI QUI!

Book 1: Tatuaggio spinoso
  Book 2: I confini della tentazione
  Book 3: Un passo difficile
  Book 4: Stampato sulla pelle
  Altre storie a venire!

L'autrice

Carrie Ann Ryan è un'autrice bestseller del New York Times e dello USA Today e scrive romanzi contemporanei, paranormali ed erotici per giovani adulti. Le sue opere includono le collane Montgomery Ink, Redwood Pack, Fractured Connections, Elements of Five, che hanno venduto più di tre milioni di libri in tutto il mondo. Carrie Ann ha iniziato a scrivere durante la specialistica per la sua laurea in chimica, da allora non si è più fermata. Carrie Ann ha scritto più di settantacinque tra romanzi e racconti brevi e ha molti altri libri in progetto. Quando non si perde tra i suoi mondi emozionanti e ricchi d'azione, legge più che può... ma sostiene che i suoi gatti abbiano più follower di lei.

www.CarrieAnnRyan.com

Note

Capitolo 12

1. MMA sono le Arti Marziali Miste (NdT).

www.ingramcontent.com/pod-product-compliance
Lightning Source LLC
LaVergne TN
LVHW011803060526
838200LV00053B/3659